AF295356

Aufgewachsen in der Nähe von Lüneburg, lebt **Dani Baker** nach Stationen in Bern, San Francisco und Hannover, seit 2010 mit ihrer Familie in der Nähe von Toronto. Wenn sie nicht gerade damit beschäftigt ist, Stinktiere, wilde Truthähne und unzählige Streifenhörnchen von ihren Gemüsebeeten fernzuhalten, schreibt sie Cosy Crime-Bücher, arbeitet als Lektorin und Korrektorin für Publikumsverlage, entwickelt Unterrichtsmaterialien für Bildungsverlage und unterrichtet Back- und Kochkurse.

DANI BAKER

Erstausgabe Dezember 2024

Copyright © 2024 dp Verlag, ein Imprint der
dp DIGITAL PUBLISHERS GmbH
Made in Stuttgart with ♥
Alle Rechte vorbehalten

Aller Anfang ist tödlich

ISBN 978-3-98998-580-3
E-Book-ISBN 978-3-98998-529-2

Covergestaltung: ArtC.ore-Design / Wildly & Slow Photography
Umschlaggestaltung: ARTC.ore Design
Unter Verwendung von Abbildungen von
shutterstock.com: © EB Adventure Photograph, © Yes058 Montree
Nanta, © SERGUNello, © bluefish_ds, © Kristi Blokhin, © BK666,
© New Africa, © ducu59us, © Leigh Trail, © Mr Doomits,
© Voronin76
stock.adobe.com: © tiena, © KimlyPNG, © pabrady63
Lektorat: Britta Künkel
Satz: dp DIGITAL PUBLISHERS GmbH
Druck und Bindung: Books on Demand GmbH, Norderstedt

Kapitel 1

»Ich hab gehört, Terry macht es für 80.«

Ruby fuhr herum. »Wie bitte?«

Ein etwa fünfzigjähriger Mann beäugte sie und ihren Koffer. »Willst du verreisen?«

Ruby sah sich um. Der Bus hatte am Busbahnhof in Paradise gehalten, und sie war mit ein paar Studenten ausgestiegen. Die Rucksacktouristen waren schwatzend in der Dunkelheit verschwunden, und seitdem lag die Straße wie ausgestorben da. In dem fahlen Licht der Straßenlaterne konnte sie den Mann kaum erkennen.

»Komm schon. Stell dich nicht so an.« Der Mann machte Anstalten, sie am Arm zu fassen, doch sie schlug seine Hand weg. »Steve hat gesagt, er kriegt es billiger«, maulte er.

Bevor Ruby etwas antworten konnte, preschte ein alter Volvo Kombi mit rasselndem Motor um die Ecke und kam direkt vor ihr zum Stehen. Ruby traute ihren Augen kaum. Dass es dieses Auto noch gab! Sie schnupperte. Es lag ein Geruch von Sonnenblumenöl in der Luft. Genau wie früher bei ihren Eltern. Die Fahrertür öffnete sich.

Morgan stieg aus dem Auto und nickte dem Mann zu. »Grady.«

Grady starrte zwischen Morgan und Ruby hin und her. Ruby ging auf ihre Schwester zu, die die Arme ausgebreitet hatte. Ihre Zunge fühlte sich plötzlich an, als wäre sie mit Karamell an ihren Gaumen geklebt. Es war merkwürdig, Morgan nach so langer Zeit wiederzusehen. Früher waren sie unzertrennlich gewesen, doch nach dem Tod ihrer Eltern hatte sich alles geändert. Sie hatten kaum noch gesprochen, immerhin noch die obligatorischen Weihnachts- und Geburtstagskarten ausgetauscht, aber auch durch die Pandemie waren mittlerweile Jahre vergangen, in denen sie sich nicht gesehen hatten. Dennoch war ihr Morgans Äußeres so vertraut wie eh und je. Mit ihren offenen, lockigen Haaren, die mit einem bunten Tuch aus dem Gesicht gebunden waren, und der Cargohose wirkte sie, als wäre sie einem Outdoorkatalog entsprungen.

Morgan zog Ruby in die Arme und strich ihr über den Kopf. Ein paar Haare lösten sich aus Rubys tief liegendem Pferdeschwanz. Sie atmete den leichten Vanilleduft ein, der von Morgans Shampoo stammte, das sie früher schon benutzt hatte. Ruby befreite sich aus der Umarmung und strich sich die Strähne hinters Ohr. Grady stierte die beiden Schwestern immer noch an.

Morgan ging zum Kofferraum und öffnete ihn. »Noch nie Zwillinge gesehen?«

»Ihr seht komplett gleich aus.« Grady griff nach Rubys Koffer.

»Ich kann das allein.« Ruby schob seine Hände unsanft vom Koffergriff.

Doch er ließ sich nicht so leicht abwimmeln und umschlang ihre Hände auf dem Griff. Ruby versuchte, ihn mit dem Ellenbogen wegzudrängen. Doch das war schwieriger, als sie angenommen hatte. Sie riss den Koffer mit einem Ruck nach oben.

Überrascht von der plötzlichen Bewegung ließ Grady tatsächlich los. Doch Rubys Freude darüber verblasste schnell, als sie plötzlich das Gewicht des Koffers spürte, den sie jetzt allein trug. Er war schwerer, als sie ihn in Erinnerung hatte. Sie schwankte, rutschte dabei mit ihren High Heels vom Bordstein und fiel auf Morgan zu, die immer noch vor dem geöffneten Kofferraum stand. Der Griff glitt ihr aus den Händen, und der Koffer rutschte auf den Boden.

»Au!« Morgan zog ihren rechten Fuß unter dem umgefallenen Koffer heraus und stützte sich am Auto ab.

»Ich hab deiner Schwester gerade erzählt, dass Terry es für 80 macht.« Grady kam auf sie zu und half ihr, sich auf eine Bank zu setzen.

»Quatsch!« Morgan zog behutsam den Turnschuh aus. »Hat Steve das behauptet? Der redet viel, wenn das Bier nicht versiegt.«

Grady warf Ruby ein breites Lächeln zu. »Macht ihr es ab jetzt gemeinsam?«

Ruby sah ihre Schwester an. »Ich dachte, du hast dir hier eine Existenz aufgebaut.«

»... hat sie doch«, warf Grady ein.

Morgan betastete ihren Fuß und verzog ihr Gesicht schmerzhaft. »Mein Preis ist und bleibt 100.«

»Aber Terry ...«, begann Grady erneut.

»Wenn du mich willst, kostet es 100.«

Grady stand auf und deutete auf Morgans Fuß. »Kommst du damit überhaupt um mein Bett rum?«

»Ich bin gelenkig wie eine Brezel.« Zum Beweis vollführte Morgan eine Art Schulterrollen.

Grady lachte. »Das will ich sehen. Aber jetzt muss ich los, wichtiger Termin.« Er verschwand in der Dunkelheit.

Während Ruby ihren Koffer ins Auto wuchtete, zog Morgan ihren Schuh wieder an und humpelte los.

»Warte, ich helfe dir«, bot Ruby an.

Doch Morgan ignorierte das Angebot, setzte sich umständlich auf den Fahrersitz und knallte die Tür zu. Ruby öffnete die Beifahrertür und lugte ins Innere. »Soll ich nicht lieber fahren?«

»Ist kein Automatikwagen.«

Auch wenn Ruby froh war, dass sie jetzt nicht fahren musste, nervte es sie, dass Morgan mal wieder bestimmte, wie etwas gemacht wurde. Nur weil sie fünfzehn Minuten älter war, traute sie Ruby nichts zu. Das war schon früher so gewesen und einer der Gründe, warum Ruby an die Ostküste geflohen war.

Ruby schlüpfte auf den Beifahrersitz, und Morgan fuhr los. Nach zwei Ampeln hatten sie den kleinen Ort vor den Toren des Rocky Mountain National Parks schon hinter sich gelassen, und Ruby sah dunkle Kiefernwälder an sich vorbeiziehen. Unglaublich, wie stockdunkel es hier vor 19 Uhr schon war.

»Seit wann verkaufst du deine Dienste?« Ruby vermied es, Morgan anzusehen.

»Mehr oder minder seit ich hergezogen bin.«

»Du hast in Berkeley Medizin studiert!«

»Ich hab das Studium geschmissen«, erinnerte Morgan sie.

»Und wofür? Damit du dich hier als ... als ...« Ruby schüttelte sich kurz.

»Ich bin glücklich. Ich verdiene so viel, wie ich zum Leben brauche. Wenn ich genug für den Monat habe, schlage ich Anfragen auch aus.«

»Wenn Mama und Papa dich so sehen könnten ...«

»... wären sie stolz auf mich.«

»... wären sie entsetzt, dass du deinen Körper verkaufst!«

Morgan stellte das Radio an, startete den Sendersuchlauf und stoppte bei einer Nachrichtensendung. »Das klingt, als wäre ich eine Prostituierte.«

»Wie nennst du dich denn? Hostess? Callgirl? Liebesdienerin?«

Morgan riss das Steuer rum und hielt so abrupt am Straßenrand an, dass Ruby sich am Handschuhfach abstützen musste, um nicht in die Frontscheibe geschleudert zu werden. »Spinnst du?« Sie richtete sich langsam wieder auf.

»Was denkst du eigentlich von mir?« Morgan sah sie stirnrunzelnd an.

»Ist Prostitution in Colorado überhaupt legal?« Ruby hatte Mühe, ihre Stimme unter Kontrolle zu halten. So hatte sie sich das Wiedersehen nicht vorgestellt.

»Du meinst, ich hätte das Zeug zu einer Hure?« Morgan strich sich übertrieben über Brust, Taille und Hüfte.

Ruby deutete über ihre Schulter zurück in den Ort. »Terry macht es billiger«, äffte sie Grady nach.

Morgans Lachen übertönte den Nachrichtensprecher. Ruby verschränkte die Arme vor der Brust und starrte in die Dunkelheit. Nach dem Skandal in New York hatte ihr Chef ihr geraten, sich für ein paar Wochen rarzumachen, bis die Wogen sich geglättet hätten.

Das hatte sie sich nicht zweimal sagen lassen. Sie war es als Journalistin gewohnt, die Fragen zu stellen, aber nicht im Mittelpunkt der Geschichte zu stehen. Plötzlich erschien ihr der längst überfällige Besuch bei ihrer Schwester wie die beste Idee seit Langem. Ruby hatte also spontan den nächstbesten Flug nach Denver gebucht. Und dabei selbst die Tatsache ignoriert, dass für sie als Großstadtpflanze schon der Gedanke an Orte mit weniger als eine Million Einwohnern und Natur ohne Ende ihr so erstrebenswert wie eine Wurzelbehandlung vorkamen. Aber Morgan war die einzige Familie, die sie noch hatte.

Morgan setzte den Blinker und fuhr wieder auf die Straße. »Ich putze. Bei Grady bin ich einmal die Woche. Für 100 Dollar wasche ich eine Ladung Wäsche, putze sein Bad, sauge und wechsle sein Bettzeug.«

»Das klang in meinen Ohren anders«, gab Ruby zu.

»Du hast früher schon gern immer vorschnelle Schlüsse gezogen.« Morgan bog von der Straße auf eine staubige Einfahrt ab.

»Du hast aber auch nie gesagt, was du hier machst.«

»Du hast auch nie gefragt.« Morgan hielt an und stellte den Motor ab. »Aber was dachtest du denn, als ich gesagt hab, ich hab mich mit Healthy Homes selbstständig gemacht?«

»Dass du bettlägerige Leute zu Hause betreust. Vielleicht Verbände wechselst, für sie einkaufen gehst oder so.«

»Du und deine Fantasie.«

»Mit meiner Fantasie hätte ich deinem Unternehmen einen eindeutigeren Namen verpasst. So was wie Morgans Mop and Shine oder Dust Busters.«

Morgan lachte. »Wie ist es in New York?«

»Weniger grün, mehr Menschen.«

»Hektisch, laut und gefährlich, verstehe.« Morgan öffnete die Tür und stieg vorsichtig aus dem Auto.

Wieso musste ihre Schwester immer das letzte Wort haben? Auch daran schien sich nichts geändert zu haben. Aber sie waren keine Kinder mehr, Ruby war erwachsen, und das musste Morgan auch endlich verstehen. »Gefährlich wird es immer dann, wenn Menschen zusammenleben. Idylle gibt es nirgends.«

Morgan winkte ab. »Das hier ist Paradise. Hier ist alles friedlich. Keine Verbrechen.« Sie ging auf das kleine Haus zu.

Ruby wuchtete ihren Koffer aus dem Kofferraum. »Verbrechen lauern überall.«

Kapitel 2

»Ich weiß nicht, ob der noch gut ist, der sieht merkwürdig aus.« Ruby stellte eine Tasse mit schwarzem Tee auf den Tisch, als ihre Schwester am nächsten Morgen in die Küche humpelte. Nachdem sie beide zu Schulzeiten mal eine Teeplantage besucht hatten, war Morgan dem Getränk regelrecht verfallen.

»Ist eine Spezialmischung – schwarzer Tee mit Mate. Stammt von einer Firma in Boulder.« Morgan ließ sich auf einen Stuhl sinken. »Wann beseitigst du das Chaos?«

»Welches Chaos?«

Morgan machte eine ausladende Armbewegung. »Im Gästezimmer, im Bad, hier in der Küche.«

Ruby sah sich um. Auf der Arbeitsplatte neben der Spüle standen drei Teedosen, die sie im Hängeschrank darüber gefunden hatte. Die Schranktür war noch geöffnet ebenso wie die Tür daneben, wo sie die Tassen gefunden hatte. »Ich hab Kaffee gesucht. Was macht dein Fuß?«

»Deine gestrige Kofferattacke hat ihn stark anschwellen lassen. Kannst du mir einen Kühlpack reichen?« Morgan deutete auf das kleine Gefrierfach unterm Kühlschrank.

Ruby nahm schweigend die Kühlmanschette heraus und gab sie Morgan. Dann stellte sie die Teedosen zurück in den Schrank und schloss beide Schranktüren geräuschvoll. »Besser?«

»Erst wenn du auch im Bad und Gästezimmer deinen Kram aufgeräumt hast.« Morgan legte den Kühlakku auf ihren Fuß.

»Was soll ich denn da aufräumen?«

»Im Waschbecken sind Haare, irgendwelche Cremedöschen liegen überall verteilt, deine Bürste klemmt am Handtuchhalter ...« Morgan umschloss die Teetasse mit den Händen.

»Ich hab gestern das rausgenommen, was ich brauchte.«

»... und nicht wieder zurückgepackt«, ergänzte Morgan.

»Ist dein Ordnungsfimmel schlimmer geworden, seit du bei anderen Menschen putzt?«

Morgan kniff die Lippen aufeinander. Ruby lehnte an der Arbeitsplatte und starrte auf ihre Füße. Warum spielte sich Morgan ihr gegenüber immer so auf? Allen anderen begegnete sie mit ihrem Leitspruch ›Jedem Persönchen sein Krönchen‹, doch was Ruby anging, war Morgans Messlatte eindeutig nach oben verrutscht. Morgan strich sich über die Wade ihres hochgelegten Fußes, und sofort wurde Ruby wieder von ihrem schlechten Gewissen überrollt.

»Vielleicht sollte sich mal ein Arzt deinen Fuß angucken?«

Morgan winkte ab. »Ich hab lang genug Medizin studiert, um zu wissen, dass ich den Fuß nur ein wenig schonen muss, dann wird das schon wieder. Aber es wäre schön, wenn du mir ein bisschen unter die Arme greifen könntest, bis ich wieder fit bin.«

Ruby hatte sich ihre Auszeit zwar anders ausgemalt, aber irgendwie war sie ja auch schuld an Morgans Unfall. »Soll ich was einkaufen?«

»Heute steht Grady auf dem Plan.«

Ruby runzelte die Stirn. »Der Typ von gestern?«

Morgan nickte. »Bad, saugen, Wäsche und Bettzeug. Kein Hexenwerk. Das solltest sogar du hinbekommen.«

»Ich soll bei dem Kerl putzen?«

»Ja.«

Ruby dachte an ihr Einzimmerappartement in New York, wo ihre Putzperle Oksana alle zwei Wochen einmal durchwirbelte.

»Du solltest dich umziehen.« Morgan deutete auf Rubys hellgraues Kostüm mit den passenden Pumps.

»Ich hätte noch eins in Dunkelblau.«

Morgan rollte mit den Augen. »Weniger Schickimicki, mehr praktisch. Jeans, Leggings, Jogginghose?«

Mit jedem Wort hatte Ruby das Gefühl, wie Alice durch ein Kaninchenloch in ein anderes Universum zu fallen.

»Hast du wenigstens andere Schuhe mit?«

»Ich hab Turnschuhe zum Joggen dabei.«

»Perfekt. Trag einfach deine Sportklamotten.«

»Ich soll in meinen Lululemon-Sachen putzen gehen?«

Morgan fuhr sich mit der Hand über die Stirn. »Linke Seite in meinem Schrank, kannst dir eine Hose und einen Sweater nehmen. Aber zieh deine Turnschuhe an.« Sie stand auf, deutete Ruby an, ihr zu folgen, und humpelte in ein kleines Nachbarzimmer, das Ruby für eine

Art begehbare Speisekammer gehalten hatte. Das war es früher offenbar auch mal gewesen, doch jetzt waren in den deckenhohen Regalen links und rechts keine Konserven, sondern Putzmittel gelagert. Auf der rechten Seite standen zahlreiche bunte Plastikboxen, die mit Namenlabels beklebt waren.

Morgan zeigte auf eine dunkelblaue Box, auf der Ruby Gradys Namen lesen konnte. »Da ist alles drin, was du brauchst.«

»Du hast für jeden deiner Kunden eine eigene Putzbox?« Ruby hätte es nicht gewundert, wenn sie die Grinsekatze oder den Hutmacher in einer Ecke entdeckt hätte.

»Nur für Stammkunden. So muss ich nicht jedes Mal die Sachen einzeln zusammensuchen. Ich hab sofort alles, was ich in dem Haus brauchen werde. Das nenne ich Organisation.«

»Das nenne ich Kontrollfreak«, brummelte Ruby, während sie Gradys Box aus dem Regal zog.

***

»Ohne Kaffee kann ich aber nicht los«, protestierte Ruby, nachdem sie die Box in den Kofferraum des Volvos gestellt hatte.

Aus dem Haus war ein Telefonklingeln zu hören.

»Geh zu Ryder.« Morgan machte eine unbestimmte Handbewegung in Richtung Straße und schloss die Haustür.

Ruby ging die staubige Einfahrt hinunter. Sollte sie wirklich einfach beim Nachbarn klingeln und nach einem Kaffee fragen? In diesen Klamotten? Im Gegensatz zu ihren sonst so figurbetonten Kostümen fühlte Ruby sich, als wenn sie ein Zelt tragen würde. Allerdings musste sie zugeben, dass die großen Taschen an der Hose durchaus praktisch waren, denn so hatte sie wenigstens ihre Designerhandtasche nicht mitnehmen müssen. Außerdem war die Hose von innen angenehm weich und kniff nicht zwischen den Beinen wie die Feinstrumpfhose, die sie vorher getragen hatte. Das Hupen eines herannahenden Lastwagens riss sie aus ihren Gedanken. Gerade noch rechtzeitig sprang sie ein Stück zurück, bevor er auf der Straße an ihr vorbeidonnerte.

Wie hielt Morgan es hier bloß aus? Ruby war sich sicher, dass allein in ihrer Straße in New York mehr Menschen lebten als in Paradise. Und dann wohnte Morgan auch noch außerhalb des Orts. Ja, es waren nur fünf Minuten mit dem Auto vom Busparklatz zu Morgans kleinem Haus gewesen. Aber das Haus stand dennoch mitten im gefühlten Nichts. Kein Bürgersteig weit und breit, lediglich ein staubiger Seitenstreifen an der Landstraße, von der vereinzelt Einfahrten zu Häusern führten. Sie warf erneut einen sehnsuchtsvollen Blick auf das Nachbarhaus. Ihr Körper sehnte sich nach einer Portion Koffein, aber war der Drang tatsächlich so groß, dass sie bei einem wildfremden Menschen klingeln würde? Zögernd sah sie sich um und bemerkte ein buntes Schild die Straße runter.

Sie kniff die Augen zusammen, konnte es jedoch nicht lesen. Sie machte ein paar vorsichtige Schritte am Seitenstreifen entlang, darauf achtgebend, dass sie nicht vom nächsten Trucker von der Straße gefegt werden würde.

»The Bond«, las sie beim Näherkommen.

Ob Morgan vielleicht gar nicht ihren Nachbarn, sondern ein Geschäft gemeint hatte? Ruby schaute an sich hinunter und bereute den Blick sofort. Dieser Sweater und diese Hose waren wirklich nichts, womit sie sich in New York in die Öffentlichkeit getraut hätte. Aber dies war nicht New York, und sie brauchte dringend ihren morgendlichen Kaffee.

Entschlossen betrat sie das alte Gebäude. Doch die betörende Kaffeewolke, die sie sonst in ihrem Coffeeshop in New York umhüllte, blieb hier leider aus. Auch gab es hier keine lange Schlange, in der die Kunden auf ihre Handys starrten oder mit geradezu unsichtbaren Kopfhörern mit ihren Wall Street Brokern telefonierten. Am Fenster saß ein Pärchen in voller Wanderausrüstung über eine Karte gebeugt und am Tresen ein älterer Mann mit einer Zeitung. Anstelle der sonst so typischen Jazz- oder Klassikmusik lief hier ein lokaler Rocksender. Hinterm Tresen konnte Ruby den hinuntergebeugten Rücken des scheinbar einzigen Angestellten sehen.

»Ziehen die Chiefs die Patriots heute ab?«, sprach der ältere Mann Ruby an.

Freundlichen Small Talk war Ruby aus ihrem New Yorker Coffeeshop auch nicht gewohnt. Abgesehen davon interessierte sie sich auch nicht für American Football. »Vielleicht.«

Mit einem Ruck kam der Angestellte hoch, und Ruby stellte fest, dass er größer und athletischer war, als sie angenommen hatte. In seinen kurzen Haaren sah sie vereinzelt auch ein paar graue, und auch einzelne Falten um die Augen ließen ihn nicht mehr wie einen Mittzwanziger aussehen. Ruby schätzte ihn daher jenseits der vierzig ein.

Er starrte sie schweigend an, wobei seine Augen immer wieder zu ihren Haaren wanderten.

»Einen Latte macchiato, bitte. Mit Hafermilch. Ohne Zucker, aber mit einem Schuss Agavensirup und Zimt obendrauf.« Ruby strich sich über den Kopf, um sich zu vergewissern, dass alle Haare straff an ihrem Platz lagen. Sie warf ihm ihr bestes Lächeln zu, das sie ohne morgendliches Koffein hinbekam. »Zum Mitnehmen.«

Seine Mundwinkel verzogen sich fast unmerklich nach oben. Dann drehte er ihr den Rücken zu und hantierte herum. Er gehörte offenbar nicht zu den gesprächigen Menschen, oder vielleicht war er auch nur ein Morgenmuffel. Letztlich war es Ruby egal, denn er würde ihr gleich den nötigen Koffeinkick verschaffen. Um einem weiteren Gespräch mit dem älteren Mann zu entgehen, wandte Ruby sich ab und schaute sich um. The Bond war kein klassischer Coffeeshop mit dunklen Wänden, gediegenen Holzmöbeln und einer großen Kreidetafel, die lauter Kaffeeköstlichkeiten verkündete. Aber auch kein typisches Diner mit Plastikbänken aus den 60ern und Burgerangebot. Die Einrichtung wirkte mit den uneinheitlichen Stühlen, Sesseln und Tischen und ein paar modernen Barhockern am Tresen eher rustikal-gemütlich. Die übersichtliche Tageskarte mit zwei Suppen und zwei Sandwichangeboten war zwar auf einer Kreidetafel über dem Tresen aufgelistet, aber bei Weitem nicht so kunstvoll geschrieben und verziert wie in einem New Yorker Coffeeshop. Einzig ein paar Gebäckstücke unter einer Glasglocke auf dem Tresen erinnerten Ruby entfernt an New York.

Sie studierte die Ankündigungen, die an einer Pinnwand an der Wand hingen. Veranstaltungen wie Wolken beobachten, das monatliche Treffen der Ameisenfarmer und der Wettbewerb der Pokémon-Schnitzer klangen in Rubys Ohren wie das Vorzimmer zur Hölle. Erneut fragte sie sich, warum Morgan es gerade hierher verschlagen hatte.

»Hier.« Der Angestellte hatte einen Pappbecher auf den Tresen gestellt.

Da Ruby bisher keine Preistafel hatte entdecken können, legte sie einen Fünfdollarschein auf den Tisch. »Das reicht, oder?«

Zögernd nahm der Angestellte den Schein, und Ruby wich seinem bohrenden Blick aus. Sie griff nach dem Becher. »Danke. Ich komme sicherlich wieder.«

»Natürlich.« Der ältere Kunde lachte und winkte ihr zu.

Mit dem Becher in der Hand lief sie zurück zum Auto, machte es sich auf dem Fahrersitz bequem und führte das Getränk vorsichtig zum Mund. Mit dem ersten Schluck riss sie die Wagentür auf und spuckte in die Einfahrt.

Sie fuhr sich mit der Hand über den Mund. Nicht nur, dass es sich um schnöden, schwarzen Tee handelte und von Koffein, aufgeschäumter Hafermilch, Agavensirup und Zimt keine Spur war, dies war mit Abstand der schlimmste schwarze Tee, den sie je probiert hatte. Hatte er gleich drei Beutel in dem Wasser versenkt, oder warum war der Tee so verdammt stark?

Hatte er sie missverstanden? Tee, Kaffee klang schon ähnlich. Aber wer würde denn einen Tee Latte mit dem ganzen Kram bestellen, den sie in ihrem Latte macchiato so liebte? Sollte sie zurückgehen und den Kaffee einfordern, den sie bestellt hatte? Ihr Blick fiel auf die Uhr. Morgan hatte ihr gesagt, sie müsse spätestens um zehn Uhr bei Grady sein. Mittlerweile war es viertel vor zehn, und laut der Wegbeschreibung auf Rubys Telefon würde sie jetzt schon zu spät kommen. Frustriert stellte sie den Becher in die Mittelkonsole, steckte den Schlüssel ins Zündschloss und startete den Wagen.

Nach ein paar vergeblichen Versuchen, bei denen sie zuerst vergaß, die Kupplung zu treten, und sie dann kommen ließ, ohne einen Gang eingelegt zu haben, rollte sie langsam auf die Straße. Vorsichtig, aber stetig ruckelte sie die Landstraße entlang, der Volvo röhrte entweder untertourig oder in höchster Drehzahl. Selten war Ruby so froh gewesen, fern von anderen Menschen zu sein.

Kapitel 3

Gradys Haus lag am Ende eines langen Sandwegs, der von der Landstraße tief ins Innere eines Kiefernwalds geführt hatte. Nachdem sie fünf Minuten über die unebene Piste geholpert war und schon befürchtet hatte, dass der Volvo auseinanderfallen würde, hatte sie angehalten und sich auf ihrem Handy vergewissert, dass dies der richtige Weg war. Er war es. Und nach weiteren fünf Minuten eröffnete sich eine kleine Lichtung mit Gradys Haus darauf.

Jetzt wurde Ruby klar, warum die örtliche Müllabfuhr darauf bestand, dass Grady seinen Müll an die Landstraße brachte und nicht wie die anderen einfach vors Haus stellen durfte. Morgan hatte ihr aufgetragen, seinen Recyclingmüll mitzubringen, damit sie ihn an ihrem Abholtag vors Haus stellen konnte. Auf Rubys Frage hin, was mit dem Restmüll passieren würde, hatte Morgan nur geantwortet: »Den verbrennt er im Winter.«

Ruby parkte hinter Gradys Truck und musterte das Haus. Im Gegensatz zu Morgans eher rustikalem Holzhaus wohnte Grady in einem zweistöckigen Flachdachhaus. Architektonisch war das sicherlich in den 70ern der Hit gewesen, doch jetzt versprühte es so viel Charme wie eine Packung Spülmaschinentabs.

Sie klopfte an die Tür, doch nichts geschah. Ruby griff an den Türknauf, drehte ihn, und die Tür schwang auf.

»Hallo?« Sie schaute sich im Eingangsbereich um, während sie eintrat.

»Bring zuerst den Müll zum Auto, damit du ihn nicht vergisst. Er trainiert morgens immer, macht aber um kurz nach zehn eine Pause, um seinen Eiweißshake zu trinken. In der Zeit saugst du unten alle Räume inklusive des Arbeitszimmers. Dann gehst du nach oben, beziehst das Bett neu, schmeißt eine Maschine Wäsche an und putzt das Bad«, waren Morgans Anweisungen gewesen.

Ruby zuckte mit den Schultern, als sie auch nach dem dritten Mal Rufen keine Antwort erhielt. Sie ging in die Küche, die gleich rechts vom Eingang abging. Unter der Spüle fand sie zwei Recyclingboxen – eine für Papier und eine andere für die restlichen Recyclingverpackungen. Als sie mit der Papierbox zur Eingangstür trat, hielt sie inne. Es war mittlerweile nach zehn Uhr, also müsste Grady nach Morgans Anweisungen seine Pause machen.

Sie stellte die Box auf den Boden und öffnete eine Tür an der linken Seite. Ein Gäste-WC. Dann folgte die Treppe nach oben, und auf der rechten Seite lag die Küche. Dahinter eröffnete sich ein großzügig geschnittener Wohn- und Esszimmerbereich. Die weiten Flügeltüren in den Garten waren geschlossen, und niemand war auf der Terrasse zu sehen. Wo steckte Grady?

Auf einem Regal neben dem Fernseher stand ein kleines Aquarium, in dem ein Fisch seine einsamen Runden drehte. Ruby verstand nichts von Fischen, aber sie war sich sicher, dass die Alleinhaltung in einem Rundglas allgemein verpönt war.

»Wo ist denn dein ...« Ruby wollte Herrchen sagen, aber das klang bei einem Fisch albern. Warum hatten Menschen überhaupt Fische als Haustiere? Grady konnte ihn nicht wegen der angeblich beruhigenden Wirkung, wenn man in das Aquarium starrte, haben, denn das einsame Kreisen des Fischs war verstörend und aufwühlend.

Ruby wandte sich ab. Wo war Grady? Noch in seinem Fitnessraum? Zur linken Seite kam ein kurzer Flur, an dessen Ende sich zwei Türen befanden. Eine stand auf – der Fitnessraum. Eine Wand war komplett verspiegelt, doch außer unzähligen Kardiogeräten und diversen Gewichten spiegelte nur Ruby selbst sich darin.

»Grady? Ich bin's, Ruby. Morgans Schwester.« Sie öffnete die zweite Tür und stand in seinem Büro. Mannshohe Regale, die nur mit ein paar Trophäen geschmückt waren, verbargen die Wände, am Fenster stand ein Schreibtisch. Der Laptop darauf war zugeklappt, und überhaupt wirkte es nicht so, als wenn hier viel gearbeitet wurde.

Ruby betrachtete die Trophäen. Die Anzahl der Auszeichnungen deutete auf Gradys recht erfolgreiche Karriere als Skisprungtrainer hin.

Aber wo war er jetzt? Sein Auto stand vor der Tür. Morgan hatte nicht davon gesprochen, dass er während seiner Pause einen Spaziergang machen würde.

Ruby blickte sich um und sah einen Papierkorb unter dem Schreibtisch stehen. Sie schnappte sich den Müll, leerte ihn im Flur in die Papierbox und brachte diese zum Volvo. Dann zog sie die zweite Box unter der Spüle hervor. Zwischen vielen Plastikflaschen, Getränkedosen und Konserven fiel Ruby eine Plastiktüte ins Auge. Mit spitzen Fingern öffnete sie die Tüte und sah, dass es sich um Scherben handelte. Allerdings nicht um Glas-, sondern um Porzellanscherben. Den einzelnen Teilen und dem farbigen Muster nach zu urteilen war Grady eine hässliche Blumenvase kaputtgegangen. In New York wurde neben Plastik, Metall und Papier nur Glas gesammelt und verwertet, aber Ruby hatte keine Ahnung, ob Porzellan in Colorado zum Recycling oder Restmüll gehörte. Sie stellte die Tüte neben das Papier in den Kofferraum. Sollte Morgan sich doch darum Gedanken machen.

Auf dem Rückweg nahm sie den Staubsauger aus dem Auto mit und begann, die unteren Räume zu saugen. Hinter Gradys Bürostuhl rasselte es, als etwas durch den Staubsaugerschlauch rauschte. Ruby trat schnell mit dem Fuß auf die Stopptaste und besah den Teppich. Es hatte geklungen, als wenn sie Büroklammern oder Ähnliches aufgesaugt hatte. Aber sie konnte nichts weiter erkennen. Nachdem sie den Staubsauger wieder angestellt hatte, klimperte es noch ein paar Mal, dann war nur das saugende Geräusch zu hören.

Auf dem Weg ins obere Stockwerk blieb Ruby auf der Treppe stehen. Von einem Fenster auf halber Höhe hatte man einen guten Blick in den Kiefernwald. Doch Grady war nirgends zu sehen.

Was soll's. Ruby war ohnehin nicht scharf darauf gewesen, ihn heute wiederzutreffen. Oben angekommen, öffnete sie die erste Tür. Das Bad. Hinter der zweiten Tür verbarg sich die Waschmaschine, auf der platzsparend ein Wäschetrockner platziert war. Ruby öffnete die Flügeltür am Ende des Gangs und erwartete ein ungemachtes Bett.

Doch das Bettzeug war fein säuberlich über das Bett gezogen und wirkte so perfekt wie in einem Hotel. Weniger perfekt war Grady, der mitten im Raum auf dem Boden lag, das eine Bein seltsam verdreht.

»Haben Sie sich wehgetan?« Ruby ging auf ihn zu und beugte sich hinunter. Gradys Gesicht wirkte fahl, seine Augen waren geschlossen.

Ruby berührte seinen Arm und zuckte zusammen. Sie sprang auf, wich zurück und lehnte sich an den Türrahmen. Ihr Herzschlag galoppierte plötzlich davon wie ein mitreißender Refrain von Queen. Heftig atmend griff sie in die Hosentasche und war dankbar, dass Morgan ihr die unförmige Hose geliehen hatte, denn sonst wäre ihr Handy jetzt vermutlich in ihrer Handtasche im Wagen. Mit zitternden Fingern wählte sie die Nummer ihrer Schwester.

»Ich hab mich schon gefragt, wann du anrufen wirst, weil du nicht weißt, wie man die Waschmaschine bedient«, begrüßte Morgan sie.

»Falsch vermutet.«

»Kriegst du den Spiegel nicht sauber?«

»Das hier ist ein eher seltenes Problem.«

»Glaub ich nicht. Es gibt nichts, was ich noch nicht hatte.«

»Okay. Wie entsorgt man eine Leiche?«

Kapitel 4

Ruby schritt im Wohnzimmer auf und ab. Sie wartete auf den Sheriff, den Morgan nach ihrem Telefonat verständigen wollte. Natürlich erst, nachdem sie Ruby darüber belehrt hatte, dass nicht die örtliche Polizei für den Fall zuständig war, sondern, da Grady außerhalb von Paradise wohnte, der Sheriff in diesem Fall benachrichtigt werden müsse.

Ruby blieb vor dem Glas stehen und betrachtete den Fisch. Wie angeblich bei Hunden gab es wohl keine tiefere Verbindung zwischen dem Fisch und Grady, denn der Fisch zog weiterhin unbeirrt seine Runden. Oder war Gradys Tod der Grund für sein Verhalten?

Wie war es, wenn man durch eine Wand so abgeschirmt vom restlichen Leben war? Durchsichtig, aber auch unüberwindbar. Sehnte sich der Fisch nach einem besseren Leben außerhalb dieses Gefängnisses? Wie war es allein in dem Glas? Rubys Kehle schnürte sich zu, als wenn ein Bär seine dicken Pranken darum gelegt hätte. Sie wusste nicht, ob es Mitleid für den Fisch oder Selbstmitleid war, was sie empfand. Dann hielt sie es nicht mehr aus. Sie ging zurück in den oberen Stock. Auf dem Weg zu Gradys Schlafzimmer verlangsamten sich ihre Schritte.

An der Türschwelle blieb sie stehen. Grady lag immer noch an der gleichen Stelle. Natürlich. Wohin hätte er auch gehen sollen, so mausetot wie er war? Von hier aus wirkte er wie eine Stuntpuppe, weniger wie ein lebendiger Mensch. Klar, was daran lag, dass er ja auch tot war, korrigierte Ruby sich in Gedanken.

Sie atmete tief durch und ließ ihren Blick durchs Zimmer schweifen. ›Ein Gefühl für die Situation bekommen‹, hatte ihr Mentor bei ihrem ersten Zeitungsjob immer gesagt. Erst schauen, dann fragen. Ein Credo, was Ruby in einigen Interviews davon abgehalten hatte, einfach sofort mit ihren Fragen herauszuplatzen.

Neben Grady lag ein Stuhl auf der Seite. Hatte Grady auf dem Stuhl gesessen, einen Herzinfarkt gehabt und war dann runtergefallen? Aber der Stuhl stand mitten im Raum. Warum würde sich jemand mitten in den Raum setzen?

War er nach seinem Training hier hochgekommen und hatte sich ausgeruht? Aber warum hatte er sich hier hingesetzt? Hätte er sich mit seinem Shake nicht auch woanders hinsetzen können? In die Küche, zu seinem Goldfisch oder auch auf die Hantelbank? Warum war er hochgekommen? Und wo war sein Shake?

Ruby fiel auf, dass Grady eine Jeans und ein kurzärmeliges T-Shirt trug. Keine Sportklamotten. Also hatte er heute Morgen gar nicht trainiert, wie Morgan ihr gesagt hatte. Warum nicht? Hatte er sich krank gefühlt? Ruby kaute auf ihrer Unterlippe.

Neben Gradys rechter Hand lag eine Glühlampe. Rubys Augen wanderten in die Höhe. Über dem Toten hing ein mehrteiliger Kronleuchter. Hatte er die Lampe gewechselt und war dann mit dem Stuhl umgefallen?

»Morgan? Hast du nicht gesagt, deine Schwester hat Grady gefunden?«

Ruby drehte sich um. Hinter ihr stand eine Frau mit blonden Haaren, die zu einem hohen Pferdeschwanz gebunden waren, der ihr ein jugendliches Aussehen gab. Im Gegensatz dazu erzählten die Falten um und die leichten Tränensäcke unter den Augen eine andere Geschichte. An dem grauen Hemd ihrer Uniform prangte am linken Arm ein Sheriff-Emblem.

»Ruby Rock. Fünfzehn Minuten jünger als Morgan.«

Der Sheriff lächelte. »Cassidy Fox. Fünfzehn Jahre älter als ihr zwei.« Sie deutete ins Schlafzimmer. »Irgendwas angefasst?««

Ruby schüttelte den Kopf. »Es scheint, als wenn er beim Tausch der Glühlampe vom Stuhl gefallen ist.«

Cassidy musterte sie. »Eine Kollegin?«

»Journalistin.«

»Verstehe.« Hinter Cassidy kamen zwei Männer die Treppe hinauf. Ganz offensichtlich Cassidys Kollegen, denn sie trugen die gleiche Uniform. Wortlos reichte ihr einer der beiden im Vorbeigehen ein paar Gummihandschuhe. Während sie die Handschuhe überzog, wandte sie sich erneut an Ruby. »Warte draußen, ich komme gleich nach.«

***

»Wenn ich noch Fragen hab, melde ich mich.« Cassidy stieß sich von der Motorhaube, auf der sie gelehnt hatte, ab und ging zurück zum Haus.

»Was ist mit dem Fisch?«, rief Ruby ihr hinterher.

Cassidy drehte sich um. »Welcher Fisch?«

»Steht beim Fernseher. Wird der von der Familie abgeholt?«

»Soweit ich weiß, hat Grady keine Familie. Er lebt derzeit in Scheidung.«

»Und wer kümmert sich dann um den Fisch?«

»Ich nicht.« Cassidy verschwand durch die Haustür.

Ruby öffnete den Volvo, doch der einsame Fisch im Glas ließ sich nicht aus ihren Gedanken verdrängen. Sie schlug die Autotür wieder zu und folgte Cassidy ins Haus.

»Ich nehm den Fisch erst mal mit!«, rief sie im Flur die Treppen hoch, doch niemand reagierte. Sie wertete das Schweigen als Zustimmung. Doch wie sollte sie ihn mitnehmen? Sie konnte das Glas ja schlecht neben sich auf den Beifahrersitz stellen. In der Küche öffnete sie alle Schränke, bis sie eine geeignete Transportmöglichkeit für ihn gefunden hatte. Vorsichtig ließ sie den Goldfisch über der Spüle in den Behälter gleiten. Sie schüttete das restliche Wasser aus dem Rundglas weg und verließ die Küche. »Wenn jemand fragt, der Fisch ist bei mir!«

Keinerlei Reaktion. Von oben waren nur leise Stimmen zu hören. Ruby ging hinaus, stellte das ehemalige Aquarium in den Kofferraum, stieg ein und klemmte sich den Behälter zwischen die Beine. Unbeirrt schwamm der Fisch seine Runden.

Ruby startete den Volvo. Es gab ein lautes Knatschen, als sie versuchte, den Rückwärtsgang einzulegen. Auch die abgestimmten Bewegungen zwischen Kupplung und Gas liefen bei ihr noch nicht rund, so dass das Auto zwischen den parkenden Wagen des Sheriffs und ihrer

Kollegen eher durchhoppelte, als dass sie es hinausrangierte.

Der Wasserstand zwischen ihren Beinen schwankte bedrohlich hin und her. Ein paar Mal klatschte der Fisch dabei an das durchsichtige Plastik.

»Sorry, bin eher die U-Bahnfahrerin.« Ruby stoppte das Auto, legte den ersten Gang ein und würgte den Motor ab. Nach einem erneuten Start trat sie so stark aufs Gas, dass der Volvo aufheulte und einen Satz nach vorn machte. Bedacht darauf, dem Fisch nicht noch mehr Tsunamiwellen zu verursachen, fuhr sie ganz langsam zurück zu Morgan.

***

Diese stand schon an der Haustür. »Du konntest dich früher schon immer vor unangenehmen Arbeiten drücken.«

»Kannst du den nehmen?« Ruby drückte ihr die Saftkanne mit Deckel in die Hand und ging dann zum Kofferraum, um das Putzzeug auszuräumen.

Morgan starrte in die Kanne. »Da schwimmt ein Fisch drin.«

»Blitzmerker.« Ruby ging mit der Putzkiste an ihr vorbei ins Haus.

Morgan humpelte ihr hinterher. »Du weißt, dass ich Tiere nicht leiden kann. Und warum transportierst du den Fisch in diesem Krug?«

»Er gehört Grady. Gehörte. Und irgendjemand muss sich jetzt um ihn kümmern.« Ruby schob sich an ihr vorbei und nahm den Müll sowie das Rundglas aus dem Auto und knallte den Kofferraum zu. »Er wollte sich nicht anschnallen und hier drin«, sie hielt das Rundglas hoch, »hätte ich ihn wohl kaum mitnehmen können.«

Nachdem sie den Müll in die Garage gestellt und den Fisch wieder ins Rundglas gefüllt hatte, platzierte sie ihn auf dem kleinen Beistelltisch im Wohnzimmer und ließ sich auf die Couch fallen.

Morgan verzog das Gesicht. »Du hast deine Klamotten noch nicht gewechselt.«

»Brauchst du deine Hose genau jetzt zurück?«

»Du warst arbeiten.« Morgan neigte den Kopf. »Ich will keinen Dreck von draußen auf meinem Sofa haben.«

»Es ist ja nicht so, als wenn ich mich im Dreck gewälzt hab.«

»Du wärst überrascht, wie viel Kleinststaub unterm Mikroskop zu finden ist, wenn ...«

Ruby hob die Hände. »Schon gut.« Sie stand auf, zog die Hose runter, ließ sie auf den Boden fallen und sich wieder aufs Sofa.

Morgan starrte sie mit offenem Mund an.

»Soll ich mir auch noch eine frische Unterhose anziehen?«, fragte Ruby.

»Du fällst aus deiner Hose, und dann bleibt die da liegen?«

Ruby fuhr sich über die Augen. »Als du in Kalifornien studiert hast, hast du da das Memo über entspanntes Leben nicht bekommen?«

»Ich verstehe nicht, wie so eine Businessfrau aus New York so eine Schlamperin sein kann. Es ist doch nicht zu viel verlangt, wenn ma...«

Ruby sprang auf, griff die Hose, verschwand damit in dem kleinen Zimmer mit den Putzmitteln und kam zurück. »Kann ich jetzt mal fünf Minuten entspannen?«

»Du hast die Hose gleich in die Waschmaschine gesteckt und nicht davor geworfen, oder?«

»Klar«, log Ruby.

Der Gesichtsausdruck ihrer Schwester entspannte sich.

»Wie kannst du eigentlich bei anderen Leuten putzen?«, fragte Ruby sie. »Kriegst du da auch immer einen Anfall, wenn du da reinkommst, und überall liegt Zeug rum?«

»Das ist doch was ganz anderes«, protestierte Morgan.

»Ach ja?«

»Ja. Da mache ich doch nur sauber. Ich wohne da ja nicht.«

Ruby schaute ihre Schwester an. Es war ihr ein Rätsel, warum Morgan so einen Ordnungsfimmel entwickelt hatte. Wozu war das gut? Gerade der Tod ihrer Eltern hatte gezeigt, wie schnell und überraschend das Leben vorbei sein konnte, warum würde man sich da die Mühe geben, dass ständig alles sauber und aufgeräumt wäre? Wozu damit die Zeit verschwenden?

»Willst du auch einen Tee?« Morgan machte Anstalten, aufzustehen.

»Kaffee wäre mir lieber.« Ruby winkte ab. »Aber bleib sitzen, ich kann dir einen machen.« Sie ging in die Küche, setzte Teewasser auf und goss sich selbst Wasser in ein Glas.

»Ich hab dir doch gesagt, geh zu Ryder«, rief Morgan aus dem Wohnzimmer.

»Der hat mir eine schwarze Teeplörre gegeben.« Ruby nahm den Tee und das Wasser und ging ins Wohnzimmer zurück.

»Hast du ihm gesagt, was du willst?«

»Nein, ich bin davon ausgegangen, dass er meine Wünsche telepathisch liest.« Ruby reichte Morgan den Tee. »Natürlich hab ich ihm meine Bestellung gegeben.«

Morgan drehte ihre Tasse zwischen den Händen. Sie sah Ruby forschend an. »Was war jetzt mit Grady?«

Ruby hob die Schultern. »Was schon. Tot.«

»Hatte er einen Herzinfarkt?«

»Das könntest du sicherlich besser beurteilen als ich.« Ruby trank einen Schluck, dann erzählte sie Morgan, wie sie Grady gefunden hatte. »… hat sich wohl den Kopf angestoßen, als er vom Stuhl gefallen ist.«

»Hm«, machte Morgan. »So was hat er noch nie gemacht.«

»Soweit ich weiß, sterben alle nur einmal.«

»Ich meine, die Glühbirne austauschen.«

»Das ist eine Glühlampe, kein Obst«, verbesserte Ruby sie.

Morgan rollte mit den Augen. »Sprachnazi.«

»Was findest du so ungewöhnlich daran? Wenn die kaputt ist, ersetzt man sie doch.«

»Außer, dass Grady nicht der Typ dafür war. Kein bisschen handwerklich begabt oder so.«

»Man muss kein Elektriker sein, um eine Glühlampe zu tauschen«, wandte Ruby ein.

»Ja, aber Grady ist … war … der hat so was nicht getan. Rasenmähen, Nagel in die Wand schlagen, einen Vorhang aufhängen. Das waren alles Sachen … das wäre ihm nie in den Sinn gekommen, es selbst zu tun.«

»Willst du damit sagen, dass ihn jemand gezwungen hat, auf den Stuhl zu steigen?« Ruby fuhr hoch. Sie liebte die Jagd auf neue Storys. »Ihn womöglich hinuntergestoßen hat?«

»Quatsch! Das ist nicht New York City, wo jeden Tag ein Mensch umgebracht wird!«

»Die Statistik hier ist vermutlich eher so einer im Jahr.« Ruby drehte ihr Wasserglas zwischen den Händen. »Aber was, wenn Grady das Opfer für dieses Jahr ist?«

Kapitel 5

In der Box für Miss Lackner sah Ruby neben dem üblichen Putzzeug einen Kopfhörer, als sie diese in den Kofferraum neben Gradys Recyclingboxen schob, die sie gestern vergessen hatte, auszuräumen.

Sie überlegte, Morgan danach zu fragen, aber diese hatte sie wie gestern wieder aus dem Haus gescheucht, weil sie spät dran war. Und da sie jetzt wirklich einen Kaffee brauchte, wollte sie keine weitere Minute verschwenden.

Ruby lief über die Straße zum Bond. Vielleicht hatte sie ja Glück, und heute würde jemand anderes sie bedienen. Zu ihrem Missfallen sah sie denselben Angestellten hinter der Theke stehen, als sie eintrat. Dieser warf erneut einen neugierigen Blick auf ihre Haare, als sie auf ihn zukam, sagte aber nichts.

»Zweiter Versuch. Gestern hat das nicht ganz mit der Kommunikation geklappt.« Ruby zwang sich zu einem Lächeln.

»Deshalb ist Ryder auch nicht mehr beim CIA.« Der ältere Mann saß erneut mit einer Zeitung am Tresen und lachte.

Ruby lehnte sich nach vorn. Warum betrieb ein ehemaliger Geheimagent in diesem Kaff ein Café? Was hatte er hier verloren? Vielleicht könnte sie mit dieser Story ihren Ruf in New York wieder herstellen?

Doch ihr Koffeinmangel war einfach zu stark, als dass sie einen klaren Gedanken fassen konnte. Sie würde sich später eine Strategie überlegen, um Ryder zu einem Interview zu überreden. Sie stützte ihre Hände auf die Theke. »Latte macchiato mit Hafermilch ohne Zucker, dafür mit Agavensirup und Zimt obendrauf.« Sie hob den Zeigefinger. »Keinen Tee. Weder schwarz noch sonst was. K-A-F-F-E-E.«

Ryder runzelte die Stirn. »Seit wann trinkst du Kaffee?«

Ruby unterdrückte ein Augenrollen. Jetzt war ihr klar, warum er ihr gestern dieses Gesöff mitgegeben hatte und ständig auf ihre Haare starrte. In den letzten Jahren war ihr diese Verwechslung nicht mehr passiert. Und sie hatte sie auch nicht vermisst. Sie hielt ihm die Hand hin. »Ruby Rock. Morgans Zwilling. Die, die Kaffee liebt und Tee hasst.«

Ryder deutete auf die Kaffeemaschine, die hinter ihm stand, und aussah, als wenn sie aus den Siebzigerjahren stammte. »Geht auch ein schwarzer Kaffee mit Milch?«

Ruby stützte den Kopf in die Hände. »Ihr habt die meisten Craft-Beer-Brauereien im Land, aber keinen Kaffeevollautomaten weit und breit?«

»Ryders Kaffee ist der beste!« Der ältere Mann deutete auf seine leere Tasse auf dem Tresen. »Hat das Walter-Siegel.«

»Das Walter-Siegel?« Ruby hob den Kopf.

Der Mann deutete auf sich. »Walter, Stammkunde.«

»Ich könnte Kuhmilch im Topf erwärmen und schaumig rühren«, schlug Ryder vor. »Dauert aber ein wenig. Agavensirup hab ich nicht, aber Zimt.«

Ruby wünschte, sie könnte sich in ihren Coffeeshop nach New York beamen, doch nichts passierte. Sie saß in einem verlassenen Ort in den Rocky Mountains. Und brauchte dringend einen Kaffee. Miss Lackners Fenstern würde es sicherlich nichts ausmachen, wenn sie ein paar Minuten zu spät kommen würde.

»Dann bitte einmal den Walter-Kaffee plus aufgeschäumte Milch und Zimt«, sagte sie schließlich.

Ryder nickte und verschwand in der Küche.

»Wie ist das, wenn es einen zweimal gibt?«, wollte Walter wissen.

»Man ist ständig auf der Suche nach sich selbst.«

Walter bedachte Ruby mit einem langen Blick, bevor er sagte: »Hab gehört, Morgan hat sich das Bein gebrochen.«

»Sie hat sich lediglich den Fuß verstaucht.«

Ryder kam zurück und schob Ruby einen Pappbecher und einen Zimtstreuer hin. »Mach das lieber selbst«, fügte er entschuldigend hinzu.

»Danke.« Sie griff nach dem Streuer und sprenkelte ein wenig auf den weißen Schaum.

»Bleibst du, bis sie wieder fit ist?« Walter ließ nicht locker.

»Kommt drauf an, wie lange das dauert.«

Ryder wischte mit einem Tuch den ohnehin sauberen Tresen ab. »Muss ja ein flexibler Job sein, den du hast.«

Ruby presste die Lippen zu einem dünnen Lächeln zusammen. Wenn das eine CIA-Taktik war, um sie zum Reden zu bringen, war er damit an die Falsche geraten.

Sie war froh, dass sie den Schlagzeilen in New York entkommen war und all das, was ihr hier auf der Straße blühte, lediglich eine Verwechslung mit Morgan war. Sie würde ihm ganz sicher nicht auf die Nase binden, warum sie gerade jetzt hierhergekommen war.

»Danke. Man sieht sich.« Ruby legte einen Fünfdollarschein auf die Theke, stand auf und ging hinaus.

***

Miss Lackners Haus lag am Ende einer Sackgasse in Paradise. Auch hier gab es keine Bürgersteige. Für eine Stadt, die inmitten der Rocky Mountains lag, einem Mekka für Outdoorbegeisterte, war es auffällig und ungewöhnlich, wie wenig Struktur es hier für Fußgänger gab.

Ruby musste den Volvo halb auf der Straße parken, weil ein knallroter VW Käfer in der Einfahrt stand.

Kaum dass sie den Motor ausgestellt hatte, erschien eine Frau mit raspelkurzen, grauen Haaren in der geöffneten Haustür.

»Ruby? Ich bin Donna. Hat Morgan dir gesagt, dass ich die Fenster geputzt haben will?« Ihre durchdringende Stimme war sicherlich bis zum Busbahnhof zu hören.

Ruby hob die Kiste mit Miss Lackners Namen aus dem Kofferraum und nickte.

»In einer Stunde mache ich uns einen Snack, okay?«, brüllte Donna und war schon wieder im Haus verschwunden, bevor Ruby antworten konnte. Kurz darauf erklang ohrenbetäubendes Getrommel. Ruby blieb auf halbem Weg mit der Box stehen. Was war denn jetzt los? Und woher kam das?

Sie schaute die Straße hinunter, doch alle Häuser lagen verwaist da. Außer dem roten Käfer stand nicht ein einziges Auto in einer Einfahrt. Der Trommelwirbel kam zu einem Höhepunkt, dann stoppte er abrupt, und ein gleichmäßiger, ruhiger Beat setzte ein. Ruby wandte sich zu Donnas Haus. Hatte sie ihren Enkel zu Besuch? Und weil Oma so weit abseits wohnte, durfte er tagsüber auf seinem Schlagzeug üben? Als sie das Haus betrat, war der Geräuschpegel abartig laut. Der Beat an sich war gut, aber Rubys Ohren klingelten. Die Kopfhörer!

Schnell zog sie die Kopfhörer aus der Box, setzte sie auf, und schon entspannten sich ihre Flimmerhärchen. Einige Schläge fühlte sie jetzt noch in der Brust, aber das war gut zu ertragen. Das musste sie ihrer Schwester lassen, sie hatte wirklich an alles in diesen Boxen gedacht.

***

Nachdem Ruby mit der großen Fensterfront im Wohnzimmer fertig war, verstummte das wummernde Gefühl in der Brust. Vorsichtig lüftete sie eine Hörmuschel von ihrem Ohr. Nichts. Das Haus war still. Sie zog den Kopfhörer runter, so dass er ihr am Hals baumelte.

»Quesadilla?«

Ruby fuhr erschrocken herum, als Donna ihr ins Ohr brüllte.

»Gern«, stotterte sie.

»Bin ich zu laut?«

Ruby nickte.

»Kommt von der Musik.« Donna bemühte sich, leiser zu sprechen, wobei ihre Dezibelzahl sicherlich immer noch mit der eines schreienden Babys zu vergleichen war. »Hat meine Ohren ruiniert.«

»Seit wann spielst du Schlagzeug?« Ruby folgte ihr in die Küche. Alles an Donna war klein und zierlich bis auf die Oberarme, die es mit Arnold Schwarzenegger in seinen besten Zeiten aufnehmen könnten.

Donna stellte eine Pfanne auf den Herd. »Mein erster Auftritt war 1977. Als Vorgruppe von Kiss. Von denen hab ich auch die Quesadillas gelernt.«

Ruby entglitt ein Lachen, dann biss sie sich auf die Unterlippe. »Entschuldige.«

»Bin ich gewohnt. Jeder Mann, der einem kleinen Mädchen Zöpfe flechten kann, wird gefeiert. Aber Frauen, und dann noch alte, die tatsächlich im Leben auch mal was anderes geleistet haben, als Eintopf zu kochen und Strümpfe zu stopfen, werden nicht wahrgenommen.« Sie zog eine Tortilla aus der Tüte und ließ diese in die warme Pfanne gleiten. »Hab gehört, du hast Grady gefunden?«

»Habt ihr eine WhatsApp-Gruppe für den Dorfklatsch?«

»Hier ist es schlimmer als im Frauenknast.«

Ruby richtete sich auf. Ein Toter, ein Geheimagent, eine Drummerin mit Hafterlebnissen – wenn das so weiterging, würde sie schnell wieder an ihrem Schreibtisch in der Redaktion sitzen und ihren geliebten Latte macchiato trinken können!

»Lange Geschichte, erzähl ich dir ein anderes Mal.« Donna inspizierte die Blasen, die sich auf der Tortilla gebildet hatten. »Stimmt es, dass er sich das Genick gebrochen hat, weil er aus dem Bett gefallen ist?«

Entweder war der Flurfunk hier schlecht, oder das war ein Trick, um mehr Informationen aus Ruby herauszuquetschen, als bisher bekannt waren. »Woran er genau gestorben ist, weiß ich nicht«, wich sie aus.

Donna verteilte geriebenen Käse auf die eine Hälfte des Teigfladens und faltete mithilfe eines Schabers die andere Hälfte darüber. Sie presste ein paar Mal mit dem Teigschaber auf den jetzt halbrunden Teigfladen. Dann ließ sie die Quesadilla aus der Pfanne auf einen Teller gleiten und legte sofort eine weitere Tortilla in die Pfanne. Sie stellte den Teller vor Ruby, schob eine Schale mit Salsa in die Mitte und wünschte ihr einen guten Appetit.

»Kanntest du Grady gut?« Ruby versuchte, der Käsefäden Herr zu werden, die sich aus ihrer Quesadilla zogen.

»Was heißt schon gut? Hier kennt man sich halt.« Mittlerweile hatte Donna die zweite Quesadilla zubereitet, schaltete die Herdplatte aus und setzte sich Ruby gegenüber.

»War er handwerklich begabt?«

Donna beäugte Ruby, so dass diese ihren Blick auf den Teller senkte. »Ungewöhnliche Frage. Warum willst du das wissen?«

Da Donna ihr nicht wie ein Waschweib vorkam, das im Supermarkt allen davon erzählen würde, entschied Ruby sich für die Wahrheit. Zumindest teilweise.

»Ich bin Journalistin. Neugierige Fragen sind quasi eine Berufskrankheit.«

»Neugierig wäre die Frage nach einer Partnerin, aber nicht zu seinem handwerklichen Geschick.«

»Hatte er eine Neue? Ich hab gehört, dass er gerade in Scheidung lebt.« Ruby war sich sicher, dass keinerlei Hygieneartikel im Bad gewesen waren, die einer Frau gehörten. Abgesehen davon war auch im restlichen Haus kein weiblicher Einfluss zu spüren gewesen. Und auf dem Bett hatte nur eine Decke gelegen.

»Grady hat nie was anbrennen lassen.«

»Also an jedem Finger eine?«

Donna kaute zu Ende, bevor sie antwortete: »Soweit ich weiß, waren seine Affären der Scheidungsgrund. Jessica hat es nicht mehr ertragen.«

Der Käse war plötzlich zu einem zähen Klumpen in Rubys Mund geworden. Wie Jessica wohl von der Untreue ihres Mannes erfahren hatte? Sicherlich nicht so wie Ed Goemans Ehefrau. Aber das war eine andere Geschichte. Ruby nahm einen Schluck Wasser und würgte die Käsemasse hinunter. Überall auf der Welt betrogen sich zahlreiche Eheleute, sie konnte nicht jede Geschichte auf sich selbst beziehen. Sie musste den Goeman-Skandal hinter sich lassen. Draußen brach die Sonne hinter den Wolken hervor. Einzelne Sonnenstrahlen fielen durch das Küchenfenster auf den Tisch.

»War das dein erstes Mal?«, fragte Donna.

Ruby fuhr hoch. Woher wusste Donna von dem Skandal?

Donna machte eine Kopfbewegung zum Fenster. Wie auf Kommando sammelte sich das Blut in Rubys Kopf, als sie die Schlieren am Fenster sah.

»Mein guter Freund Dennis Chambers hat mal gesagt, wenn du die Drums zum ersten Mal spielst, ist das, was dabei herauskommt, einfach das, was du fühlst.« Donna wischte sich einen Käsefaden mit der Serviette weg.

Ruby betrachtete die dreckigen Streifen auf dem Fensterglas. »Mit anderen Worten, mir fehlt der Durchblick?«

Donna lachte. »Vielleicht ist dein Leben nur gerade ein wenig verschwommen.«

Kapitel 6

»Wir müssen einkaufen«, verkündete Morgan am nächsten Tag, als Ruby nach dem Aufwachen in die Küche kam.

»Schreib mir auf, was du brauchst.« Ruby öffnete den Kühlschrank und nahm Milch heraus. »Wie lange gehe ich von hier bis nach Paradise rein? Viertelstunde?«

»Die Sachen kriegen wir hier nicht. Wir müssen nach Evergreen fahren.«

»Muss das sein?« Während viele Menschen ungern flogen oder mit öffentlichen Verkehrsmitteln fuhren, weil sie dann die Kontrolle abgaben, war es bei Ruby genau andersherum. Sie entspannte sich, während die New Yorker U-Bahn sie durch die weitläufige Stadt fuhr, wohingegen ihr das Autofahren noch nie Spaß gemacht hatte.

»Ist nur eine knappe Stunde.« Morgan wedelte mit einem Blatt Papier. »Die Liste hab ich schon fertig.«

Ruby stöhnte innerlich auf. Zu den Lieblingsbeschäftigungen ihrer Schwester hatte es früher schon gehört, Listen zu verfassen. Was an sich nicht schlimm war. Aber wenn Morgan etwas aufschrieb, musste die Liste abgearbeitet werden. Egal, ob es sich dabei um Einkäufe oder Hobbys handelte, die sie ausprobieren wollte. Als Ruby jünger gewesen war, hatte sie alles brav mitgemacht, was Morgan auf ihren Listen notiert hatte. Doch im Teenageralter hatte sie es aufgegeben, sehr zu Morgans Frust.

»Darf ich noch frühstücken?« Ruby goss sich Milch in ihre Müslischale.

»Beeil dich. Ich will nicht hinter dem Bus hängen, den kann man nämlich nur an drei Stellen wirklich gut überholen.« Morgan humpelte aus der Küche.

Während Ruby ihr Müsli aß, erinnerte sie sich, dass Morgan tatsächlich mal eine Liste mit Orten geschrieben hatte, in denen sie leben wollte. Neben Honolulu, wo sie beide aufgewachsen waren, standen darauf Berkeley, die Stadt, in der Morgan studiert hatte, der Rocky Mountain National Park, Stewart Island in Neuseeland und der Ring of Kerry in Irland. Da Morgan schon immer begeistert Sterne beobachtet hatte, waren die Orte in Neuseeland und Irland mit den sogenannten Dark Sky Reserves keine Überraschung auf der Liste gewesen. Aber warum gerade der Rocky Mountain National Park auf der Liste gelandet war, hatte Ruby nie interessiert. Bis jetzt. Allerdings war ihr bis jetzt auch gar nicht mehr bewusst gewesen, dass Morgan tatsächlich gerade dabei war, den dritten Punkt dieser Liste zu erfüllen.

Noch den letzten Bissen kauend stellte sie ihr Geschirr in die Spüle und ging zu Morgan, die auf einem Sessel im Wohnzimmer saß. Diese erhob sich und warf ihr den Autoschlüssel zu, der klimpernd auf dem Boden aufschlug, als Ruby ihn nicht fing.

»Ich soll fahren?«

Morgan deutete auf ihren dicken Fuß. »So eine lange Strecke schaffe ich damit nicht.«

***

In der nächsten Stunde fürchtete Ruby um ihr Leben, das ihrer Schwester und aller anderen Fahrer. Wenn Morgan ihr zur Aufgabe stellen würde, eine Liste mit den schrecklichsten Autofahrmomenten zu schreiben, hätte sie Probleme, diese in eine vernünftige Reihenfolge zu bringen. Denn sie konnte sich nicht entscheiden, was schlimmer war: der sich schlängelnde Highway, der links an einem hohen Felsen und rechts an einem tosenden Fluss entlangführte, die ständigen Schilder, die vor allerlei spontan auf die Straße springenden Tieren warnten, das Fahren an sich oder die manuelle Schaltung.

Und obwohl Ruby vor der Abfahrt ihre Pumps gegen Turnschuhe eingetauscht hatte, war die Fahrt von ruckartigen Stopps und Starts und mehrmaligem Abwürgen des Motors geprägt.

Mit klopfendem Herzen fuhr Ruby schließlich auf den Parkplatz des von Morgan anvisierten Öko-Supermarktes in Evergreen und brachte das Auto zum Stehen.

»Na, das war mal was.« Morgan fuhr sich mit der Hand übers Gesicht.

Ruby zog den Schlüssel aus dem Zündschloss. »In New York mache ich alles zu Fuß oder mit der U-Bahn. Ich bin ewig nicht Auto gefahren.«

»Hab ich gemerkt. Warum hast du dein autofreies Leben in New York verlassen?« Morgan suchte Rubys

Blick, doch diese wich ihr aus. »Wovor läufst du dieses Mal weg?«

Ruby sah sie entrüstet an. »Weglaufen?«

»Du bist meine Schwester. Mir brauchst du nichts vorzumachen.« Morgan nahm ein Tuch aus dem Handschuhfach und wischte über die Konsole. »Ein Mann?«

Ruby lehnte den Kopf nach hinten an die Kopfstütze und starrte an den Autohimmel. Morgan wäre eine gute Ärztin geworden. Sie verstand es, das Problem ohne viel Diagnose zu erkennen.

»Ich bin mit niemandem zusammen.« Und das war nicht einmal gelogen, denn die Sache mit Zach hatte sich ja erledigt.

»Ja, warum eigentlich nicht?«

»Ich hab den Richtigen noch nicht getroffen.« Bei den Worten verspürte Ruby einen Stich in der Brust. Der Gedanke an Zach tat mehr weh, als sie erwartet hatte.

Morgan öffnete das Fenster und schlug das Tuch aus. »Bei den ganzen Dates?« Auf Rubys fragenden Blick fügte sie hinzu: »Du postest ja immer alles auf Instagram.«

»Du bist auf Insta? Und folgst mir?« Ruby sah ihre Schwester überrascht an.

»Meine Anrufe landen immer auf deiner Mailbox. Und du selbst meldest dich ja auch nie.« Morgan ließ die Fensterscheibe wieder hochfahren.

»Es waren halt immer alles ätzende Dates.« Bis Zachary Montgomery in ihr Leben getreten war. Wahlkampfmanager des zuvor eher aussichtslosen Kandidaten Rick Vanucci zur bevorstehenden Bürgermeisterwahl in New York. Attraktiv. Charmant. Überzeugend. Hatte ihr den Rücken gestärkt, nur um sie dann ans Messer zu liefern.

»Hast du dich mal gefragt, was der rote Faden bei all diesen schlechten Dates ist?« Morgan hauchte gegen die Windschutzscheibe. »Du. Du bist das verbindende Element.«

»Du gibst mir die Schuld? Was kann ich denn dafür, dass die Männer immer die falschen sind?«

»Alles«, entgegnete Morgan trocken. »Du bist diejenige, die sie sich aussucht. Du hast dein Muster, und danach suchst du dir die Loser aus.«

Ruby schnappte nach Luft. »Machst du jetzt auf Psychologin, oder was?«

»Schon mal was von Neuroplastizität gehört?« Morgan wischte mit kräftigen Bewegungen immer und immer wieder über einen Fleck. »Mit jedem Gedanken, den wir haben, festigt sich eine Gedankenspur, bilden sich Synapsenverbindungen. So entwickeln sich Muster im Hirn, die wir mit unserem Denken beeinflussen.«

»Du meinst, ich denke mir Loser, und daher kriege ich auch welche?«

Morgans Augen fuhren suchend an der Scheibe entlang. »Hast du dir jemals ausgemalt, mit was für einem Menschen du gern dein Leben verbringen möchtest?«

»Wird das jetzt so ein Positives-Denken-Ding? Du musst es dir nur ganz fest vorstellen, dann manifestieren sich deine Wünsche?«, mokierte sich Ruby mit hoher Stimme.

»Lass mich raten, die Typen, die dich wirklich interessieren, sind immer schon verheiratet, oder?«

Ruby fuhr hoch. »Wie kommst du darauf?«

»Du weißt überhaupt nicht, wie dein Traummann ist, weil du dir nie einen vorgestellt hast. Du willst dich gar nicht auf einen Menschen festlegen, daher triffst du dich lieber mit Typen, die schon vergeben sind. Das ist sicherer.« Morgan verstaute den Lappen wieder im Handschuhfach. »Stimmt's?«

Ruby schien es, als wenn jemand die Luft im Raum absaugen würde. Ja, sie hatte durch ihren Beruf schon einige Traummänner kennengelernt, die leider schon verheiratet gewesen waren, aber das war doch nicht ihr Muster! Sie würde sich doch nicht mit Absicht immer in solche Typen verlieben.

»Was ist in New York passiert?« Morgans Stimme klang sanft.

Ruby schluckte. Einerseits sehnte sie sich danach, ihrer Schwester alles zu erzählen, aber andererseits hatte sie Angst vor Morgans Reaktion. Denn sie wollte sie auf gar keinen Fall enttäuschen.

»Lass uns endlich einkaufen gehen.« Ruby riss die Fahrertür auf, stieg aus und knallte die Tür hinter sich zu.

***

»Den ganzen Kram hättest du doch auch in eurem Supermarkt kaufen können.« Ruby deutete auf den Einkaufswagen.

»Die haben keine Bioprodukte. Und ich kaufe gern umweltbewusst ein.«

»Und es ist besser für die Umwelt, wenn du für das Zeug zwei Stunden mit dem Auto durch die Gegend kutschierst?« Ruby deutete in den Gang mit dem Katzenfutter. »Ob es hier was für Guppie Goldberg gibt?«

»Wen?«

»Gradys Fisch.«

»Wann bringst du den eigentlich weg?«

»Wo soll ich ihn denn hinbringen?« Ruby ging langsam an der Regalreihe entlang, doch bisher hatte sie außer Katzen- und Hundefutter noch nichts entdeckt.

»Der Fisch ist nicht dein Problem.« Morgan folgte ihr humpelnd auf den Einkaufswagen gestützt.

»Ich hab ihn gefunden.«

»Du hast auch Gradys Leiche entdeckt. Da kann ich ja nur froh sein, dass du den nicht auch noch mitgebracht hast.« Morgan faltete ihren Einkaufszettel und steckte ihn ein.

»Ich glaube übrigens immer noch, dass da was faul ist. Donna hat mir erzählt, dass Grady nichts hat anbrennen lassen. Vielleicht hat eine seiner Liebschaften ...«

»Nur, weil Grady sich mit ein paar Frauen getroffen hat, heißt das noch lange nicht, dass ihn eine auf dem Gewissen hat.« Morgan schob sich mit dem Einkaufswagen an Ruby vorbei. »Stell dir vor, dich würde einer des Mordes verdächtigen, weil eins deiner zahlreichen Dates plötzlich einen Unfall gehabt hat.«

»Du vergleichst mich mit diesem Typen, der offenbar eine Frau nach der anderen abgezogen hat?«

»Du hast früher schon immer gern voreilige Schlüsse gezogen. Ja, Grady hat gern geflirtet, ab...«

»Ich hab solche Typen schon zuhauf interviewt.« Ruby setzte ein wissendes Gesicht auf. »Oft stinkreiche Geschäftsleute, die glauben, sie können sich alles erlauben. Die haben mehr Feinde, als man denkt. Und da muss nur einer dabei gewesen sein, dem oder auch der es jetzt zu viel wurde.«

Morgan verdrehte die Augen. »Wie wäre es, wenn du dich zur Abwechslung mal um deine eigenen Probleme kümmerst, statt deine Nase in die Angelegenheiten anderer zu stecken?«

Ruby drehte sich abrupt zu ihr um. »Was soll das denn jetzt heißen?«

»Du bist doch nur Journalistin geworden, damit du dich ständig mit den Problemen anderer beschäftigen kannst und ja keine Zeit für deine eigenen hast.«

»Das stimmt doch gar nicht!«, entfuhr es Ruby lauter, als sie wollte. Eine ältere Dame am Ende des Gangs warf ihnen einen neugierigen Blick zu.

»Das hier«, Morgan deutete auf Ruby, den Einkaufswagen und sich selbst, »ist mal wieder das beste Beispiel dafür. Etwas ist in New York schiefgelaufen, deshalb bist du hier. Denn im Abhauen bist du noch besser als beim Aufspüren der dreckigen Geheimnisse anderer Leute.«

»Du hast doch gar keine Ahnung, was los ist!«

»Weil du das Thema lieber totschweigst. Aber ich weiß, dass du vor Problemen gern wegläufst, statt einfach mal die Scherben aufzusammeln und was Neues daraus zu bauen.«

»Wenn deine Liste abgehakt ist, dann können wir ja jetzt zahlen und nach Hause fahren.« Ruby riss Morgan den Einkaufswagen aus den Händen und stürmte damit den Gang hinunter. Warum fiel es ihr bloß so schwer, Morgan einfach alles zu erzählen?

Kapitel 7

Ruby schloss die Haustür hinter sich und stellte die
Tüte mit den Fast-Food-Containern auf der Treppe
nach oben ab. Nachdem sie schweigend aus Evergreen
zurückgekehrt waren, hatte Morgan sich aufs Sofa verzogen und ihren Fuß hochgelegt, während Ruby sich in
ihre Sportklamotten geworfen hatte und trotz des feinen Nieselregens losgelaufen war. Sie war kurz hinter
dem Bond auf einen kleinen Pfad eingebogen, der neben dem Fall River nach Downtown Paradise führte.
Sofern man bei dem kleinen Ort überhaupt von Downtown sprechen konnte. Auch wenn Ruby sich immer
wieder selbst versicherte, es sei quasi so, als würde sie
im Central Park joggen, war ihr die Umgebung hier un-
heimlich. Die schroffen Berge, die hinter ihr aufragten,
der Fluss, der neben ihr plätscherte, die zahlreichen Na-
delbäume ... Doch vor allem die fehlenden Menschen
sowie der beständige Verkehrslärm und die Einsatzsi-
renen von Feuerwehr und Polizei, die sonst immer ihre
Laufrunden in New York begleiteten, fehlten ihr.

Auf dem Rückweg hatte sie bei Naansense, dem einzigen indischen Restaurant in Paradise angehalten. Eine
der wenigen Gemeinsamkeiten der beiden Zwillinge
war die Liebe zu indischem Essen. Und vielleicht würde

sich dann die Gelegenheit ergeben, Morgan zu erzählen, was in New York passiert war. Anstatt den kleinen, idyllischen Pfad zurückzujoggen, war sie dann mit dem Essen am Highway entlang zu Morgans Haus zurückgegangen.

Ruby schlüpfte aus ihren Turnschuhen und verzog die Nase. Ein süßlicher Geruch hing in der Luft, der nicht von dem indischen Take-Out verströmt wurde.

»Morgan?« Sie trat durch den Flur ins Wohnzimmer und blieb wie angewurzelt stehen. Zu ihrem Entsetzen saß Morgan auf dem Sofa und legte gerade einen rauchenden Joint in den Aschenbecher. »Du kiffst?«

Morgan betrachtete die selbstgedrehte Zigarette, die Ruby an einen zu dicken Lutscherstengel erinnerte. »Wie immer ziehst du voreilige Schlüsse.«

»Bist du irre? Habt ihr im Studium nicht über Drogen gesprochen?«

»Zweites Semester.« Morgan tippte sich an die Stirn. »Alles noch da.«

»Dann solltest du das ja wohl besser wissen!« Ruby ging zum Fenster, um dieses aufzureißen. Zu ihrem Entsetzen sah sie, wie Cassidy gerade ihren Wagen vorm Haus geparkt hatte, ausstieg und auf das Haus zukam. »Oh, Mist!« Ruby rannte zur Haustür und schloss diese ab. Sie drehte sich zu Morgan und legte einen Finger auf den Mund. »Wir tun so, als wenn niemand zu Hause wäre.«

Morgan öffnete den Mund, doch Ruby zischte sie an und schlich in die Küche. Bevor sie über die Schwelle trat, öffnete sich die Hintertür.

»Hallo, ich bin's«, kam Cassidys Stimme.

Ruby rannte ihr entgegen und presste sich hinter die geöffnete Tür. »Du, das ist jetzt schlecht.« Sie drückte mit aller Macht gegen die Tür, um Cassidy damit hinauszuschieben.

Diese ließ sich jedoch nicht beirren und ließ ihre Schulter kräftig gegen die Tür krachen. Überrascht von diesem Angriff wurde Ruby mitsamt der Tür an den Kühlschrank gedrückt, und Cassidy stand mitten in der Küche.

Sie schnupperte. »Was riecht hier so?«

Ruby zuckte zusammen. »Hast du das gehört? Da draußen ...« Sie deutete Cassidy an, ihr nach draußen zu folgen.

Doch diese bewegte sich nicht einen Zentimeter. In Rubys Kopf arbeitete es fieberhaft. Sie musste Cassidy aus dem Haus schaffen. Auf keinen Fall durfte sie Morgan mit dem Joint erwischen.

»Ist Cassidy da?«, erklang Morgans Stimme aus dem Wohnzimmer.

Cassidy drängte sich an Ruby vorbei. Für eine Millisekunde überlegte Ruby, sich von hinten auf Cassidy zu stürzen und sie mit einem Angriff aus dem American Football zu Fall zu bringen. Doch Ruby war sich sicher, dass diese Art der körperlichen Nähe Cassidy nicht beeindrucken würde. Auch wenn das Rauchen und der Besitz geringer Mengen Cannabis in Colorado legal waren, konnte sich Ruby nicht vorstellen, dass Cassidy darüber begeistert sein würde. Ruby atmete tief ein und aus, schlich hinter Cassidy her und hoffte auf ein Wunder.

»Kannst du nicht warten, bis ich da bin?« Cassidy zog ihre Jacke aus und warf sie über die Sessellehne, bevor sie sich zu Morgan aufs Sofa setzte. Diese grinste und gab den Joint an sie weiter. Ruby war drauf und dran, sich zu kneifen, als Cassidy einen tiefen Zug nahm, die Augen schloss und sich dann im Sofa zurückfallen ließ.

»Ihr kifft zusammen?« Ruby sah zwischen den beiden Frauen hin und her.

»Kiffen ist kein schönes Wort.« Cassidy öffnete die Augen.

»Seid ihr völlig durchgeknallt?« Ruby war schummerig. Sie wusste nicht, ob das an dem Jointgeruch in der Luft lag oder daran, dass der örtliche Sheriff vor ihren Augen mit ihrer Schwester Marihuana rauchte. Sie ging im Wohnzimmer auf und ab. »Wo kommt das Zeug überhaupt her?«

»Reg dich ab.« Morgan bedeutete ihr, sich hinzusetzen. »Es kommt aus der Apotheke. Ist medizinisch verschrieben.«

»Das stimmt«, pflichtete Cassidy ihr bei. »Ich krieg es vom Arzt, um meine Epilepsie unter Kontrolle zu halten. Bin damit schon lange anfallsfrei.«

»Wenn es deins ist, warum rauchst du es dann nicht bei dir?«

»Ich wohne über einer Familie mit drei Kindern, zwei davon im Teenageralter. Was glaubst du, was los wäre, wenn sie erfahren würden, dass ich Cannabis rauche? Medizinisch verschrieben hin oder her.«

Ruby wandte sich an Morgan. »Und weshalb nuckelst du an dem Ding rum?« Sie ging zum Fenster und zog die Vorhänge zu. Auch wenn der nächste Nachbar ein Stück entfernt wohnte, konnte man ja hier offenbar nie wissen, wer plötzlich ums Haus spazierte.

»Ich hab den Joint nur schon angezündet, um zu schauen, ob er gut gedreht ist. Ich rauche nicht.«

Ruby ließ sich auf den Sessel sinken und vergrub den Kopf in den Händen. Da hatte sie doch tatsächlich für einen Moment gedacht, dass Morgan, ihre sonst immer so durchorganisierte, pedantische, als Kontrollfreak bekannte Schwester Cannabis rauchte. Mit einer Gesetzeshüterin.

»Ich hab ein ganz blödes Gefühl wegen Grady.« Cassidy starrte auf den Joint in ihrer Hand.

Ruby fuhr hoch. Morgan stöhnte. »Hat Ruby dich mit ihren Mordtheorien angesteckt?«

»Was für Theorien?« Cassidy hielt eine Hand unter ihren Joint.

Morgan reichte ihr einen Aschenbecher. »Ruby wittert überall Mord und Totschlag. Sie ...«

»Ich glaube, Grady könnte umgebracht worden sein«, unterbrach Ruby ihre Schwester.

Cassidy aschte vorsichtig ab. »Der Gerichtsmediziner hat Gradys Leiche mit nach Fort Montgomery genommen. Dort wird die Autopsie durchgeführt werden. Sicherlich wird sich dann herausstellen, dass es ein Unfall war.«

Ruby fand, dass sie nicht gerade überzeugt klang. Sie lehnte sich vor. »Aber dein Gefühl sagt dir was anderes?«

Cassidy wich ihrem Blick aus. »Es ist so ... untypisch für Grady. Eine Lampe austauschen.«

»Ha!« Ruby fuhr hoch. »Das hast du«, sie wandte sich an Morgan, »auch gleich gesagt.«

»Vielleicht ist er gerade deshalb vom Stuhl gefallen, weil er es noch nie getan hatte«, verteidigte sich Morgan.

»Ich glaube, es fällt mir einfach schwer, zu akzeptieren, dass jemand, der sich früher jahrelang von Skisprungschanzen gestürzt hat, sich das Genick bricht, weil er vom Stuhl fällt.« Cassidy zog erneut an dem Joint. »Was riecht hier eigentlich so lecker?«

Ruby stand auf und griff nach der Tüte auf den Stufen. »Take-Out von Naansense.«

»Ich hab einen Mordshunger.« Morgan stupste Cassidy in die Seite. »Kannst du ihr helfen?«

»Wie kannst du jetzt an Essen denken? Grady wurde wahrscheinlich umgebracht, da müssen wir ermitteln«, drängelte Ruby.

»Wir«, betonte Morgan, »müssen da gar nichts. Wenn sich bei der Autopsie tatsächlich herausstellen sollte, dass es sich nicht um einen Unfall gehandelt hat, ist das einzig und allein Aufgabe der Polizei.«

Cassidy erhob sich. »Ich hol Teller und so.« Sie verschwand in Richtung Küche.

Ruby trat näher an Morgan heran und flüsterte: »Glaubst du allen Ernstes, dass sie«, Ruby machte eine Kopfbewegung Richtung Küche, »schon mal einen Mord aufgeklärt hat?«

»Du hast dein Wissen doch auch nur aus Law & Order.« Morgan setzte sich aufrecht hin.

»Das ist sicherlich mehr, als sie weiß«, zischte Ruby.

»Ich wollte früher zur Polizei«, Ruby fuhr erschrocken herum, als Cassidy mit drei Tellern und Besteck in den Händen hinter ihr stand, »weil ich einen durchtrainierten Kerl kennenlernen wollte. Kein Witz.« Sie platzierte alles auf dem niedrigen Couchtisch, nahm Ruby die Tüte aus der Hand und stellte die Take-Out-Container auf den Tisch. »Hab allerdings die Eingangsprüfung nicht bestanden. Wegen meiner Epilepsie. Aber jetzt hab ich sie besser im Griff und zum Sheriff kann man sich ja auch so wählen lassen.« Sie reichte Morgan einen Teller, hob den Deckel vom Curry und hielt es Morgan hin, so dass diese sich was auffüllen konnte.

Ruby überlegte immer noch, wie viel Cassidy gehört hatte, als Morgan sagte: »Ich bin mir sicher, dass die hiesige Polizei keine überambitionierte Journalistin aus New York City braucht, die herumschnüffelt und mit ihren wilden Vermutungen alles durcheinanderbringt.«

»Ich bin gut in Recherche!« Ruby hoffte, dass ihre Gesichtsfarbe sie jetzt nicht betrügen würde. Eine tiefergehende Recherche hätte den Skandal in New York verhindern können. Alles nur, weil sie Zach vertraut und weder ihn noch seine Quellen hinterfragt hatte.

»Keine Sorge, ich hab nicht nur Law & Order, sondern auch CSI gesehen.« Cassidy zwinkerte ihr zu, und Ruby wurde klar, dass sie alles mitbekommen hatte.

Blut stieg ihr in den Kopf. »Aber ich könnte dich unterstützen. Ich hab mal einen Ermittler der NYPD bei seinem Job begleitet. Ich könnte wirkli...«

»Halt dich raus, das ist nicht dein Problem.« Morgan zeigte auf Cassidy. »Es ist ihr Job als Sheriff, sich darum zu kümmern.« Ihr Finger wanderte zu Ruby. »Und du hilfst mir beim Putzen. Außerdem könntest du dich auch endlich mal darum kümmern, dass der Fisch wegkommt.«

»Wieso behandelst du mich, als wäre ich ein Kind, und nimmst mich nicht ernst?« Ruby lief zum Eingang und riss die Haustür auf. Draußen war aus dem feinen Nieselregen ein beständiger Guss geworden. Dennoch stürmte Ruby nach draußen und knallte die Tür hinter sich zu. Sie lief zur Garage und öffnete sie, denn im Regen zu stehen war keine Option.

In der Garage setzte sie sich auf eine Holzkiste, die aussah, als wenn schon Mönche ihre Metflaschen darin gelagert hätten. Sie vergrub den Kopf in den Händen. Warum gab ihr Morgan das Gefühl, dass sie nichts auf die Reihe bekommen würde?

Ob Morgan etwas von der Sache in New York wusste? War das der Grund, warum sie der Meinung war, sie müsse Ruby ihre Grenzen zeigen? Rubys Gedanken fuhren Karussell. Natürlich schwappten lokale Nachrichten aus New York City auch immer mal durch ganz Amerika, aber war der Skandal zur bevorstehenden Bürgermeisterwahl tatsächlich auch hier in den Tageszeitungen gelandet?

Der geplante gemütliche Abend mit leckerem Essen war jedenfalls völlig ruiniert worden. Rubys Blick fiel auf die Scherbentüte aus Gradys Haus, die sie neben die Recyclingboxen gelegt hatte, um Morgan zu fragen, wie diese hier richtig entsorgt werden mussten. Sie sprang von der Kiste auf, griff nach der Tüte und donnerte diese in die Mülltonne. Das Klirren ließ vermuten, dass die Stücke in weitere Scherben zersprungen waren.

Gut so, dachte Ruby missmutig und gab der Mülltonne noch einen Tritt, bevor sie sich wieder auf die Kiste setzte, die Augen schloss und überlegte, was sie jetzt gegen ihren knurrenden Magen tun konnte. Denn eins war klar, sie würde jetzt auf keinen Fall zurück ins Haus gehen. Eine leise Stimme meldete sich in ihrem Innern, dass sie sich kindisch benahm. Aber hieß es nicht auch immer, man solle als Erwachsener auch mal wieder Kind sein?

Kapitel 8

Durchnässt kam Ruby im Bond an. Sie hatte schon befürchtet, dass es bereits geschlossen sein würde. Immerhin fing die Hauptsaison laut Morgan erst im Juni an, was erst in zwei Monaten war, und ohne einen stetigen Touristenstrom konnte sich Ruby nicht vorstellen, dass das Geschäft überhaupt genügend Geld zum Überleben abwarf.

Doch erstaunlicherweise war der Coffeeshop nicht nur geöffnet, sondern einzelne Köpfe drehten sich zu ihr um, als sie eintrat und sich umsah. Sollte sie sich allein an einen Tisch setzen oder besser vorne an den Tresen? Beides erschien ihr merkwürdig. Doch dann erkannte sie Walter auf seinem scheinbaren Stammplatz. Und hinter dem Tresen stand Ryder. Zielstrebig ging sie auf die beiden zu und ließ sich auf den Barhocker neben Walter nieder.

Ryder blickte sie an. Sein Blick wanderte zu ihrem nassen Pferdeschwanz. Dann schaute er ihr wieder ins Gesicht und nickte. »Ruby.«

Ein Mittsechziger kam herein und stellte sich neben Walter. Er kniff die Augen zusammen, als er Ruby sah. »Ich dachte, dein Bein wurde amputiert?«

»Stanley, das ist Morgans Zwilling Ruby«, stellte Ryder die zwei einander vor und reichte Stanley eine Tüte über den Tresen, in der offenbar ein Sandwich eingewickelt war.

Ruby hielt Stanley die Hand hin, die dieser jedoch schlichtweg ignorierte. »Die Neue, verstehe. Willst du wissen, was los ist, frag mich.«

Klar, der Mann mit den offenbar so guten Quellen, dass er Morgan schon mit einem Holzbein hat durch den Ort laufen sehen. Ruby unterdrückte ein Lachen.

»Kenne hier alle und jeden.« Stanley nickte in Ryders Richtung. »Der ist schon mit Pampers und Wasserpistole um mein Haus gerannt.«

Ruby wischte mit dem Handrücken an ihrem Haaransatz entlang, wo sich Regentropfen einen Weg durch ihr Haar gebahnt hatten und jetzt ihre Stirn hinunterzulaufen drohten. »Bis er dann zum richtigen Agenten wurde.«

Ryder, Walter und Stanley tauschten einen kurzen Blick aus.

»Ist doch kein Geheimnis, dass er beim CIA war. Oder müsst ihr mich jetzt umbringen?«, versuchte Ruby sich an einem Scherz.

Die drei Männer starrten sie an. Plötzlich wurde Ruby mulmig zumute. Was war, wenn Ryder vielleicht undercover arbeitete und er jetzt tatsächlich nicht nur sofort das Café, sondern auch Paradise verlassen musste, weil sie sein Cover hatte auffliegen lassen?

Dann verzog sich Stanleys Mund zu einem breiten Grinsen. Schiefe Zähne wurden sichtbar, und er brach in lautes Lachen aus, was klang, als wenn Christoph

Waltz' Gelächter aus ›Inglourious Basterds‹ zwei Tonlagen tiefer abgespielt wurde.

Die Gespräche verstummten, und die Gäste drehten sich zu ihm um und reckten die Köpfe, um einen Blick darauf erhaschen zu können, was ihn zu diesem Gefühlsausbruch veranlasste. Stanley zeigte auf Ruby. »Big Apple hier hält Ryder für einen Agenten, weil er beim CIA war.«

Sofort stimmten alle in Stanleys Gelächter ein. Alle bis auf Ryder, der den Kopf auf die Brust sinken ließ, und Ruby. Big Apple? Ja, sie kam aus New York, aber aus seinem Mund klang der Spitzname wie eine bodenlose Beleidigung. Was erlaubte sich dieser Kerl? Er kannte sie doch gar nicht! Ruby funkelte Stanley an. Das Lachen ebbte langsam ab, Stanley schlug Walter zum Abschied auf die Schulter, nahm sein Sandwich und verließ das Bond. Ryder verschwand in der Küche.

Ruby schluckte. Nicht nur, dass man auf ihre Kosten einen offenbar urkomischen Witz gemacht hatte, den sie nicht verstanden hatte, jetzt wurde sie noch nicht einmal mehr bedient. Wo war die verfluchte Gastfreundlichkeit, von der immer alle Touristen schwärmten, wenn sie von den Rocky Mountains erzählten?

Wasser tropfte ihr aus den Haaren aufs T-Shirt. Ihr war kalt, und sie konnte nicht glauben, dass sie hier klatschnass saß und ignoriert wurde, während ihre Schwester zu Hause mit Cassidy leckeres Curry aß. Sie wischte sich mit der Hand einen Wassertropfen von der Nasenspitze.

»Hier.« Ryder hielt ihr ein Handtuch hin. »Grilled Cheese Sandwich ist aus, aber Tomatensuppe wäre noch da.«

Ruby nahm das Handtuch. »Suppe wäre super. Danke.«

Ryder nickte und verschwand wieder nach hinten. Ruby rubbelte mit dem Handtuch über ihre Haare.

»Kein guter Tag?«, fragte Walter.

»Morgan und ich ...« Ruby verstummte, knüllte das Handtuch zusammen und presste es an ihren Bauch.

»Ich hab drei Geschwister«, sagte Walter. »Wir sind nie einer Meinung.«

»Sie weiß immer alles besser«, brach es aus Ruby heraus. »Nimmt mich gar nicht ernst. Behandelt mich wie ein kleines Kind.«

»Man übertreibt es oft mit der Fürsorge bei den Menschen, die einem am meisten am Herzen liegen.«

»Das Einzige, was ihr am Herzen liegt, ist mich zu ihrer Ordnung zu erziehen.« Ruby nahm das Handtuch wieder auf und drückte kräftig an einer Haarsträhne, um das Wasser hinauszubekommen.

»Lass es dir schmecken.« Ryder stellte einen Teller mit der dampfenden Suppe vor Ruby. »Einen Walter Spezial dazu?«

»Gern. Morgan wollte mir heute Instantkaffee andrehen, weil sie ja keine Maschine hat. Instant!«

»Da wäre ich auch weggelaufen.« Walter grinste.

»Morgan meint, ich soll meine Nase nicht immer in die Probleme anderer stecken.« Ruby nahm einen Löffel Suppe. »Dabei bin ich Journalistin.«

»Dann ist es dein Job, sich mit dem Leben anderer zu beschäftigen.« Walter nahm den letzten Schluck aus seinem Kaffeebecher.

Ruby nickte mit vollem Mund. »Genau. Aber sie will, dass ich Guppie Goldberg loswerde, statt mich um Gradys Tod zu kümmern.«

»Guppie wer?«, fragte Ryder, der Walter auf dessen Zeichen hin Kaffee nachschenkte.

»Guppie Goldberg ist Gradys Fisch. Die Polizei wollte sich nicht um ihn kümmern, also hab ich ihn mitgenommen. Nicht dass der arme Kerl noch verhungert.«

Walter stand auf und zog eine kleine schwarze Tasche hervor. »Diabetiker«, sagte er an Ruby gewandt. »Bin gleich wieder zurück.«

Kaum, dass Walter außer Hörweite war, fragte Ryder: »Was meintest du damit, dass du dich um Gradys Tod kümmerst?«

Ruby kaute auf ihrer Unterlippe. Morgan hielt ihre Theorie für total verrückt, und selbst Cassidy, die sich zwar ein komisches Gefühl eingestand, verharrte auf der Unfalltheorie. Ryder schaute sie erwartungsvoll an. Also gab sie sich einen Ruck und fasste kurz zusammen, wie sie Grady gefunden hatte.

»... Ich meine, wie hoch ist die Wahrscheinlichkeit, dass jemand vom Stuhl fällt und dabei stirbt?«, schloss sie ihren Bericht.

»Es scheint tatsächlich kein Unfall gewesen zu sein«, bestätigte Ryder zu Rubys Überraschung.

»Wie kommst du darauf?«

»Du hast gesagt, die zerbrochene Glühlampe lag neben seiner rechten Hand am Boden. Grady war aber Linkshänder.« Ryder deutete an, wie er als Linkshänder eine Glühlampe wechseln würde.

Ruby schaute ihn fasziniert an. Nicht nur, dass Ryder ihr offenbar genau zugehört hatte, er hatte sich auch selbst dazu Gedanken gemacht und seine Schlüsse gezogen. Ihm war etwas aufgefallen, was sowohl Morgan als auch der Polizei entgangen war. Ein Linkshänder würde die Glühlampe höchstwahrscheinlich mit der linken Hand reindrehen und mit der rechten die Fassung festhalten.

Sie beugte sich näher zu ihm. »Cassidy und Morgan finden es beide merkwürdig, dass Grady überhaupt eine Lampe auswechseln wollte. Aber beide verharren darauf, dass es sicherlich kein Mord war.«

»Wenn du eine Story darüber schreiben würdest, wo würdest du ansetzen?« Ryder stützte sich mit den Ellenbogen auf den Tresen. »Rein theoretisch, natürlich.«

Ruby verkniff sich ein Lächeln. »Rein theoretisch bei seiner Frau. Und bei seinen, wie ich gehört habe, zahlreichen Affären.«

Ryder nickte. »Grady war definitiv ein Frauenmagnet.«

»Was mir unerklärlich ist.«

»Ach ja?« Ryder sah Ruby so forschend an, dass diese rasch hinterherschob: »Er war nicht mein Typ.«

»Wer ist denn dein Typ?« War es das Licht, oder funkelten Ryders Augen?

»Zuckerwert wieder stabil.« Walter setzte sich wieder auf den Hocker.

Ryder wich vom Tresen zurück und zeigte auf Rubys fast leeren Teller. »Brauchst du mehr?«

Dankbar, um eine Antwort auf die Frage nach ihrem Männergeschmack herumgekommen zu sein, schüttelte sie den Kopf. Von einem Fenstertisch erklang Ryders Name. Er gab den Gästen ein Zeichen, kam um den Tresen herum und ging zu der Gruppe hinüber.

»Nicht schön, das mit Grady.« Walter drehte seine Kaffeetasse zwischen den Händen. »Arme Elodie.«

»Ist das seine Frau?«

»Ne, die heißt Jessica. Elodie ist dann jetzt wohl seine letzte Affäre gewesen.« Er trank einen Schluck und wandte sich dann an Ryder, der zurück hinter den Tresen trat. »Wo ist Elodie heute?«

»Elodie arbeitet hier?«, fragte Ruby nach.

Ryder sah sie erstaunt an. »Du kennst Elodie?«

Sie schüttelte den Kopf. »Walter hat gerade erwähnt, dass sie mit Grady ... befreundet war.«

»Sie hat sich freigenommen. Nachdem sie sich am Sonntagabend eine halbe Stunde vor Schichtbeginn spontan krankgemeldet hat, hat sie mir dieses Mal glücklicherweise rechtzeitig Bescheid gegeben.«

Walter drehte sich um, als die Glocke über der Tür einen neuen Gast verkündete. »Mein Date ist da.« Er strich sich über sein spärliches Haar, nahm seinen Kaffeebecher und ging einer älteren Frau entgegen. Gemeinsam setzten sie sich an einen Tisch.

Ruby dachte an den Termin, den Grady am Busbahnhof erwähnt hatte. Hatte er dabei nur ein Date mit seiner derzeitigen Freundin Elodie gemeint? »Elodie hat am Sonntag also nicht gearbeitet?«

»Ist das wichtig für dich?«

»Grady hatte am Sonntagabend noch einen Termin. Vielleicht hat derjenige, der ihn dann getroffen hat ... ein paar wichtige Hinweise«, formulierte Ruby, da sie immer noch Probleme hatte, laut zu sagen, dass es sich bei Gradys Tod vielleicht um Mord handelte.

Ryder schüttelte energisch den Kopf. »Vergiss es, nicht Elodie. Wie du vorhin selbst gesagt hast, wäre

Jessica ein guter Start für die Ermittlungen. Immerhin sind es oft die Ehepartner, die am meisten vom Tod des anderen profitieren.«

Sprach Ryder da auch aus seiner CIA-Erfahrung?

»Vor allem so kurz vor einer Scheidung.« Ruby kaute auf ihrer Unterlippe. »Du weißt nicht zufällig, wo Jessica wohnt?«

»Nein. Aber sie arbeitet in einer Tierauffangstation in Wolf's Creek. Wenn du Guppie Goldberg mitnimmst, könntest du gleich zwei Fliegen mit einer Klappe schlagen.«

Kapitel 9

Am nächsten Vormittag zuckelte Ruby langsam aus der Einfahrt. Im Rückspiegel konnte sie Morgan erkennen, die mit vor der Brust verschränkten Armen am Wohnzimmerfenster stand und ihr nachstarrte. Im Fußraum des Beifahrersitzes schwamm Guppie Goldberg ihre Kreise in einer umfunktionierten Putzbox. Da Grady nun kein Stammkunde mehr war, hatte Morgan seine Putzmittel ausgeräumt, in ihr allgemeines Regal einsortiert und Ruby die Box für den Transport überlassen.

Sie parkte das Auto direkt vorm Bond. »Bin gleich zurück«, teilte sie Guppie Goldberg mit.

An diesem Morgen war kein Gast anwesend. Selbst Walters Platz am Tresen war verwaist.

»Ryder?«, rief Ruby, als sie das Café betrat.

Sein Kopf schnellte hinter dem Tresen hoch. »Walter Spezial?«

»Ja, bitte zum Mitnehmen.«

Während Ryder in der Küche die Milch erwärmte und aufschäumte, betrachtete Ruby die Donuts, die unter einer Glasglocke auf dem Tresen standen. Sollte sie einen für die Fahrt mitnehmen?

»Du siehst heute ... anders aus.« Ryder stellte einen To-go-Becher vor ihr auf den Tresen und goss Kaffee hinein.

»Ja, endlich mal keine Arbeitsklamotten. Ich fahre nach Wolf's Creek, um mit Jessica zu sprechen.« Ruby verlagerte ihr Gewicht von einem Bein aufs andere. Nach nur drei Tagen in Turnschuhen kamen ihr die Pumps heute ungewöhnlich hoch und wackelig vor.

»Hast du Guppie Goldberg dabei?«

Ruby nickte. »Hoffentlich kommen wir zwei lebend an. Autofahren war noch nie meine Stärke, und der Schaltwagen macht es nicht einfacher.«

Ryder ließ die aufgeschäumte Milch langsam auf den Kaffee gleiten. »Sanft ist das Zauberwort. Kupplung sanft kommen lassen, und ebenso nicht ruckartig das Gaspedal durchtreten oder loslassen. Alles mit Gefühl.«

Ruby verfolgte jeden seiner Handgriffe. Schließlich schob Ryder ihr einen Zimtstreuer über den Tresen.

Die Tür öffnete sich, und ein paar Mittzwanziger mit Wanderrucksäcken kamen herein. Ruby zog ihr Portemonnaie aus der Tasche, doch Ryder winkte ab. »Gute Fahrt.«

***

Der Weg nach Wolf's Creek war weniger schlimm, als sie gedacht hatte. Ob es daran lag, dass Ruby sich langsam an das Autofahren und die Umgebung gewöhnte oder dass ihre Schwester nicht angespannt neben ihr saß und ihren Fahrstil kommentierte, konnte sie nicht sagen.

Obwohl Ruby die Wolkenkratzer, die lauten Straßen und hektischen Menschenmassen liebte, musste sie zugeben, dass die majestätischen Berge, malerischen Wälder und scheinbar endlose Straßen ein Gefühl von Freiheit vermittelten. Im Gegensatz zur Betonwüste New York Citys war ihr diese unberührte Schönheit zwar völlig fremd, aber sie erkannte langsam den Reiz, den diese Weite und Ruhe der Natur auf Morgan hatte.

An einer besonders eindrucksvollen Bergkette zu ihrer Linken hielt sie am Straßenrand an, stieg aus dem Auto und atmete tief ein und aus. Die klare Luft schoss wie kaltes Wasser in ihre Lungenflügel, sie schloss die Augen und ließ die Sonnenstrahlen auf ihr Gesicht scheinen. Außer dem Rauschen der Bäume und dem flüsternden Wind zwitscherten nur vereinzelt ein paar Vögel. Diese Art der Stille hatte sie nicht mehr erlebt, seit sie Hawaii verlassen hatte. Und bisher nicht vermisst. Plötzlich erschienen ihr die Probleme in New York unbedeutend. Ruby öffnete die Augen und kämpfte gegen die widersprüchlichen Eindrücke an: einerseits ein friedvolles Glücksgefühl, andererseits eine entsetzliche Trauer, weil diese Naturverbundenheit sie immer an ihre Eltern erinnerte.

Und beide Gefühle würden sie in Tränen ausbrechen lassen. Sie atmete noch einmal tief ein und aus, streckte den Rücken durch, stieg zurück ins Auto, drehte das Radio laut und fuhr weiter. Dabei konzentrierte sie sich erneut auf Ryders Rat und bediente die Fußpedale, so ruhig sie konnte. Und würgte den Motor tatsächlich nur zwei weitere Male auf der knapp halbstündigen Fahrt ab.

»Wir sind da«, sagte sie zu Guppie Goldberg, als sie den Volvo auf dem kleinen Parkplatz parkte, der im Grunde nicht mehr als eine Drecksfläche zwischen der Straße und dem Gebäude war, stellte den Motor ab und betrachtete ›Happy Tails‹. Ein einstöckiges Haus im Blockhausstil, das früher vielleicht mal einer Familie mit maximal zwei Kindern Platz gegeben hätte, diente offenbar als Verwaltungsgebäude. Daneben stand eine alte Scheune, aus der Hundebellen zu hören war.

»Ich geh erst mal allein rein, okay?« Ruby warf einen Blick auf Guppie Goldberg, doch der Fisch beachtete sie nicht, sondern drehte weiterhin seine Runden.

Die Eingangstür zierten bunte Pfoten in verschiedenen Größen. Beim Betreten des Hauses schlug Ruby sofort ein kalter Zigarettenduft entgegen. Scheinbar war das Rauchverbot am Arbeitsplatz hier in den letzten zwanzig Jahren noch nicht angekommen. Das Haus war eindeutig früher mal ein Wohnhaus gewesen, denn Ruby stand in einem Eingangsbereich, der rechts in das vermutlich ehemalige Wohnzimmer überging. Dort standen jetzt zwei Plastikstühle am Fenster, an der Wand hingen Poster mit Tieren und auf einem Tresen in der Mitte des Raumes türmten sich diverse Flyer. Hinter dem Tresen standen zwei Schreibtische aneinandergestellt, doch niemand war zu sehen. Vom Eingangsbereich führte ein schmaler, dunkler Flur in den hinteren Teil des Hauses, von dem drei Türen abgingen. Ruby ging den Flur hinunter. Die Tür zu ihrer linken stand auf. Am Rahmen waren unterschiedliche Markierungen im Holz. Die Daten und Initialen wiesen darauf hin, dass stolze Eltern hier ihre Sprösslinge regelmäßig vermessen hatten.

Ruby hörte von irgendwo her leise Stimmen. Die Frauenstimmen schienen von hinter einer der beiden anderen Türen zu kommen. Sie wusste nicht genau, warum, aber statt ihre Anwesenheit mit einem lauten »Hallo?« anzukündigen, schlich Ruby näher an die Tür. Dahinter klapperte Geschirr. Offenbar die Küche, in der sich zwei Frauen während ihrer Kaffeepause unterhielten.

Kaffee! Ruby hatte Ryders Kaffee völlig vergessen. Während der Fahrt war sie viel zu konzentriert und angespannt gewesen, als dass sie gewagt hatte, die Hände vom Steuer zu nehmen. Und bevor sie ausgestiegen war, hatte sie auch nicht daran gedacht. Der Kaffee war sicherlich kalt, bis sie hier fertig war.

»… Hallodri. Hat mich nicht überrascht«, holte eine Stimme Ruby zurück aus ihren Gedanken.

»Ich an Jess' Stelle hätte ihn schon weit vor Suitgate verlassen«, sagte die zweite Frau. Ihre Stimme klang tief und rau. Wahrscheinlich war sie die Raucherin.

Ruby rückte näher an die Tür. Das prustende Geräusch hinter der Tür klang wie der Milchaufschäumer in Rubys Coffeeshop in New York. Sollten die Damen hier etwa einen Kaffeevollautomaten besitzen? Ruby musste sich beherrschen, nicht die Tür aufzureißen.

»Wie geht es Jess?«

»Keine Ahnung. Am Sonntag war sie nur ganz kurz hier. Sie ist sie früher gegangen, hat was von einem Termin gefaselt. Und seitdem hat sie noch nicht wieder gearbeitet.«

»Oh, ihr zwei habt am Sonntag die beiden Lämmer in Empfang genommen? Die sind so süß!«

»Die Wanderer haben sie abgegeben, als Jess schon weg war. Was ziemlich doof war, denn das Füttern wäre mit ihrer Hilfe leichter gewesen.«

Schritte kamen auf die Tür zu. Ruby wich zurück, im nächsten Moment wurde die Tür geöffnet, und ein himmlischer Kaffeeduft strömte ihr entgegen.

»Huch«, machte die Reibeisenfrau, als sie Ruby erblickte.

»Jessica?« Ruby sah forschend zwischen den beiden Frauen hin und her, auch wenn sie sich aufgrund des Gesprächs sicher war, dass keine der beiden Gradys Noch-Ehefrau war.

Die andere Frau, deren Haarfarbe ein verwaschenes Grün war, was wirkte, als hätte sie einen Algenteppich auf dem Kopf, schob sich an Ruby vorbei und bedeutete ihr, ihr zum Empfangsbereich zu folgen. »Die hat heute frei. Können wir dir helfen?«

Ruby riss ihren Blick von dem Latte-macchiato-Glas los, das die Reibeisenfrau in der Hand hielt. »Ich hab Guppie Gol... Den Fisch von Grady Palmer. Ich dachte, Jessica will ihn vielleicht haben.«

»Grady hatte einen Fisch?« Die beiden Frauen tauschten einen verwunderten Blick untereinander aus.

Die Algenkopffrau setzte sich an den rechten Schreibtisch. »Du kannst ihn hier lassen. Dann kann sie ihn mitnehmen, wenn sie wieder da ist.«

»Kann ich mir nicht vorstellen.« Die Reibeisenstimme hatte an dem anderen Tisch Platz genommen, auf dem Ruby jetzt einen überquellenden Aschenbecher neben dem immer noch köstlich duftenden Kaffee bemerkte. »Aber sonst behalten wir ihn einfach. Hier wäre doch ein nettes Plätzchen.« Sie zeigte in die Mitte, wo ein

Brett die beiden Schreibtische lose miteinander verband und auf dem zwei verstaubte Aktenordner lagen.

Ruby war sich sicher, dass Guppie Goldberg hier seinen sicheren Tod entweder durch einen tiefen Fall oder durch Lungenkrebs erleiden würde.

»Ich hab ihn jetzt nicht dabei«, kam ihr die Lüge daher schnell über die Lippen.

Die Algenkopffrau zückte einen Stift und zog einen Zettel aus einem Notizständer. »Wo soll sich Jess melden, wenn sie den Fisch haben will?«

»Bei Morgan. Morgan Rock. Sie … ich meine, ich bin Gradys Putzfrau gewesen.« Ruby diktierte ihr Morgans Telefonnummer und verabschiedete sich mit einem letzten sehnsuchtsvollen Blick auf den Latte macchiato.

***

Zurück bei Morgan angekommen, parkte sie das Auto in der Einfahrt. Vorsichtig nahm sie Guppie Goldberg aus dem Fußraum und trug die Plastikbox in die Garage.

»Wir brauchen dringend ein besseres Zuhause für dich.« Ruby sah sich um. Doch in der penibel aufgeräumten Garage stand nichts herum, was nicht schon einen Sinn und Zweck erfüllte. Sie trat einen Schritt zurück, um besser in die unterste Reihe eines Regals sehen zu können. Dabei knirschte es unter ihrem Schuh. Sie hob den Fuß. Dort lag noch eine weitere Scherbe von Gradys Vase. Sie hob sie auf und ging damit zum Mülleimer. Mit einem Tritt auf das Fußpedal öffnete sich der Deckel, und Ruby sah die Tüte mit den restlichen Scherben, die sie gestern Abend da hineingedonnert hatte, obenauf liegen. Sie starrte auf die weiße Tüte, durch die die bunten Scherben durchschimmerten.

Während Ruby ihre kleine Wohnung in New York ganz schlicht in Grautönen eingerichtet hatte, hatte Morgan schon immer Freude an bunten Farben gehabt. Und lange bevor Öko modern wurde, hatte ihre Schwester schon darauf geachtet, Dinge wiederzuverwerten beziehungsweise ihnen neues Leben einzuhauchen.

Im MoMA hatte Ruby mal eine Ausstellung japanischer Künstler besucht. Unter anderem gab es da auch Geschirr im Kintsugi-Stil – eine traditionelle Reparaturmethode für Keramik. Morgan würde sich über so eine zusammengeflickte, bunte Vase freuen, da war sich Ruby sicher. Ruby war handwerklich zwar nicht begabt, aber sie hatte schon als Kind gern gepuzzelt. Und letztlich war das ja nichts anderes. Einfach nur die Teile wieder an der richtigen Stelle zusammenfügen und mit einem goldenen Klebstoff zusammenkleben. Sie könnte Morgan die Vase zum Abschied schenken. Als eine Art Dankeschön für den Aufenthalt und zur Erinnerung.

Ruby holte die Tüte aus dem Mülleimer, ging in die Knie und zog eine Plastikbox mit der Aufschrift ‚Fahrrad‘ hervor. Sie packte die einzelne Scherbe zu den anderen in die Tüte, legte diese auf das Regalbrett und schob sie nach hinten. Dann stellte sie die Fahrradkiste wieder davor, nahm Guppie Goldberg und ging ins Haus.

Kapitel 10

»Du hast ihn wieder mitgebracht?« Morgan verzog das Gesicht, als Ruby mit dem Fisch in die Küche trat.

»Deren Aquarium war schon voll. Wir könnten ihn doch in deinen Teich setzen.«

»In den Tümpel hinten an der knorrigen Kiefer? Das ist bestimmt nicht das richtige Habitat für ihn.«

»Wenn du Angst hast, dass ihn das umbringen könnte, kann ich ihn auch wieder ins Wohnzimmer stellen.«

Morgans Gesicht sprach Bände.

»Warum hast du den Teich überhaupt so zuwuchern lassen, Miss Perfect Backyard?« Ruby zeigte in den Garten, in dem Morgans Gemüse- und Blumenbeete perfekt angelegt und unkrautfrei erschienen, selbst die Rasenfläche war so akkurat geschnitten, dass man vermutlich Golf darauf hätte spielen können.

»Das ist ja was anderes.«

»Ach ja? Gehört der Teich nicht zu deinem Garten?«

»Ich mag Gartenarbeit. Mit Pflanzen.« Morgan deutete auf den Wasserkocher. »Tee?«

Schon früher hatte Morgan Tieren nichts abgewinnen können. So sehr Ruby auch bei ihren Eltern gebettelt hatte, bestanden diese darauf, dass sich die Zwillinge gemeinsam um ein Haustier kümmern und sich daher auf eins einigen müssten. Doch da Morgan partout kein Tier haben wollte, ging Rubys Wunsch nie in Erfüllung. Und scheinbar hatte sich an Morgans Abneigung gegenüber Tieren nichts geändert.

Ruby hob den To-go-Becher. »Danke, ich hab noch Kaffee.« Sie stellte den Becher ohne Deckel in die Mikrowelle.

»Du warst bei Ryder.« Morgans Frage klang eher nach einer Feststellung, daher schwieg Ruby. Morgan öffnete den Ofen, und Ruby stieg ein beißender Geruch in die Nase.

»Was ist das?«, wollte sie wissen.

»Reinigst du deinen Ofen nie?« Morgan beugte sich tief in den Ofen und wischte mit einem Tuch den Reinigungsschaum weg.

Die Mikrowelle piepste. Ruby nahm ihren Becher heraus, setzte sich an den Tisch und probierte vorsichtig von ihrem Kaffee. Er hinterließ ein wohliges Gefühl in ihrem Mund. Was auch immer Ryder heute Morgen getan hatte, dieser Latte war besser als seine ersten beiden Versuche.

Morgan stand auf, zog die Putzhandschuhe aus, griff nach einer Keksdose und stellte sie auf den Tisch.

»Weißt du, was Suitgate ist?«

Morgan sah Ruby überrascht an. »Hat Donna dir davon erzählt?«

»Nein. Eine Frau im Tierheim meinte, sie an Jessicas Stelle hätte Grady noch vor Suitgate verlassen.«

Morgan setzte sich ebenfalls an den Tisch und legte ihren lädierten Fuß auf den Stuhl neben sich. »Suitgate ist der Grund, warum Grady als Trainer aufgehört hat. Er wurde nach dem Skandal lebenslang gesperrt.«

»Gesperrt? Erzähl.«

»Was weißt du über Skispringer?«

»Menschen, die sich auf zwei dünnen Brettern waghalsig eine steile Piste runterstürzen.«

»Es ist ein Sport mit ziemlich strengen Klamottenregeln.«

»Klingt nach Privatschule.« Ruby griff nach einem Keks.

»Schlimmer. Beim Skispringen ist ganz genau vorgeschrieben, wie luftdurchlässig die Kleidung sein darf, wie viele Nähte der Anzug haben darf und an welchen Stellen sie sitzen dürfen. Und ganz wichtig, wie weit ein Anzug sein darf.« Morgan strich vorsichtig über ihr Fußgelenk.

»Schreiben die auch die Unterwäsche vor?«

Als Morgan nickte, verschluckte sich Ruby an ihrem Keks.

»Das ist ein Scherz, oder?«, krächzte sie.

»Nein. Alle sollen die gleichen Chancen haben. Und nicht, dass der eine plötzlich weiter fliegt, weil sein Anzug links und rechts einen halben Zentimeter mehr Auftriebsfläche bietet«, erklärte Morgan.

»Leuchtet ein. Wo ist jetzt der Skandalpart?«

»Grady hatte eine junge Springerin in seinem Team. Mallory Quinn. Die ganz wild aufs Gewinnen war.«

»Wer ist das nicht als Sportler?«

»Mallory war nur leider nicht besonders gut, daher hat Grady ein wenig nachgeholfen.«

»Indem er Mallory einen weiteren Anzug verschafft hat, mit dem sie dann zum Sieg fliegen konnte?«, riet Ruby.

»Ja. Und darüber hinaus hat Grady auch die Mannschaftsärztin überzeugt, Mallorys BMI zu fälschen.«

»Ihren Body-Mass-Index? Was hat der damit zu tun?«

»Reine Physik: Was leicht ist, fliegt besser, wer mehr Tragfläche hat, segelt besser. Wer nicht einen vorgeschriebenen Body-Mass-Index erreicht, darf nicht starten beziehungsweise muss mit kürzeren Skiern springen.« Morgan erhob sich wieder und strich sich die Putzhandschuhe wieder über.

»Ah, damit die Tragfläche wieder kleiner und es dadurch wieder gerechter wird, wenn jemand mit weniger Gewicht antritt?«, vergewisserte Ruby sich.

Morgan nickte.

»Grady hat also mit Hilfe der Mannschaftsärztin betrogen, um dieser Mallory zu einem Sieg zu verhelfen.«

»Es war nicht nur irgendein Sieg, sondern die Qualifikation für die Olympischen Spiele. Mich wundert, dass du das nicht mitbekommen hast.« Morgan hinkte zur Spüle und machte einen Lappen nass.

»Sportnachrichten interessieren mich nicht.« Ruby knabberte an einem weiteren Keks. »Wie ist es alles aufgeflogen?«

»Mallory hat sich nach dem Sieg in einem Interview verplappert, was ihr Gewicht anging. Außerdem hatte ein anderes Team schon einen Verdacht geäußert, was ihren Skianzug anging.«

»Und dann hat Grady seinen Job verloren.«

Morgan öffnete die Ofentür erneut und kniete sich davor. »Er wurde sofort vom Skiverband suspendiert,

Mallory aus dem Team geworfen, und die Ärztin musste eine Geldstrafe zahlen und wurde auch entlassen.«

Ruby überlegte. »Grady schien es aber ja recht gut zu gehen. Zumindest sah sein Haus nicht danach aus, als wenn er nach seiner Trainerkarriere am Hungertuch genagt hätte.«

»Er macht ... also, er hat anschließend irgendwas mit einer Investmentfirma gemacht.«

»Er hat sich also ein neues Standbein aufgebaut. Hat er vor seinem Trainerjob irgendwas in der Richtung studiert?«

Morgan wiegte den Kopf hin und her. »Soweit ich weiß, hatte er einen Geschäftspartner, der sich mit dem finanziellen Kram auskennt und das alles regelt. Grady hat quasi nur selbst ein wenig Geld angelegt und weitere Investoren an Land gezogen.«

»Was ist aus dieser Mallory geworden?«

»Keine Ahnung. Ihre Profisportlerkarriere war jedenfalls vorbei.«

»Und was ist mit der Ärztin?«

Morgan hob die Schultern. »Woher soll ich das wissen?«

»Vielleicht hat sich die eine oder die andere jetzt an Grady gerächt?«

Energisch fuhr Morgan mit dem Lappen durch den Ofen. »Fängst du schon wieder mit deinen Mordfantasien an?«

»Na ja, immerhin sind beide wohl ihre Karrieren los, während er offenbar noch ein ganz gutes Leben führte.«

»Das macht aber beide noch lange nicht zu Mörderinnen.«

»Kommt darauf an, was sie heutzutage so tun. Weißt du, wie die Ärztin heißt?« Ruby zog ihr Handy schon aus der Tasche, ohne eine Antwort abzuwarten. Sie tippte Suitgate in den Browser ein und überflog den ersten Treffer. »Mallory Quinn und Laura Michaels ...«, murmelte sie und suchte weiter.

»Das solltest du alles schön Cassidy überlassen.« Morgan klang nicht begeistert, doch Ruby ignorierte sie einfach.

»Mallory arbeitet mittlerweile in einem Skiresort in Österreich. Sie betreut dort die Anfängerkindergruppe.«

»Da siehst du, wie albern deine Mörderjagd ist. Mallory lebt noch nicht mal mehr in den USA.«

»Hier!«, stieß Ruby hervor. »Ein Artikel über den Streik der Taxifahrer letztes Jahr an der Greyhound Transferstation in Fort Montgomery.« Sie drehte ihr Handy, so dass Morgan auf das Display schauen konnte. »Laura Michaels neben ihrem Taxi. Sie fährt jetzt Taxi. Wenn das mal kein Abstieg ist.«

»Wie kannst du dir ein Urteil darüber erlauben? Vielleicht fährt sie gern Taxi«, wandte Morgan ein.

»Klar! Von der betreuenden Ärztin eines Olympiateams zur Taxifahrerin – eine echte Traumkarriere. So hatte sich Laura ihr Leben sicherlich ausgemalt, während sie ein langes und kostspieliges Medizinstudium absolviert hat. Tiefer kann man ja wohl kaum fallen.«

Morgan richtete sich wieder auf. »Komm mal runter von deinem hohen Ross, Miss Hotshot Reporterin! Nur weil du für die New York Gazette schreibst, bist du nicht besser als andere.«

Ruby gab ein abgebrochenes Lachen von sich. »Von wegen! Du hältst dich doch immer für das Nonplusultra! Ich bin ja nur die kleine Schwester, die nichts kann. Ruby halt dich raus, das kannst du nicht, lass Cassidy ihren Job machen.«

»Ich hab nie gesagt, dass du nichts kannst! Aber du sollst eben nur die Dinge machen, die du kannst, und andere Menschen das tun lassen, was sie am besten können.« Morgan warf den Lappen in die Spüle.

»So wie du am besten putzen kannst?«

»Ob du es glaubst oder nicht, ich bin glücklich damit.«

»Das ist tatsächlich schwer vorstellbar.«

Morgan zerrte an ihren Putzhandschuhen. »Ach ja? Wieso? Ich putze ein Haus, zack, fertig. Keine schwerwiegende Diagnose einer ungewöhnlichen Krankheit, lange Behandlungszeiten, sich sorgende Angehörige, sondern Fleckenmittel raus und erledigt.«

»Aber als Ärztin hättest du dir so viel mehr leisten können.«

»Hätte ich das? Viel Geld und nie Zeit, um es auszugeben? Ist das deine Vorstellung von einem erfolgreichen Leben? Meine nicht. Ich arbeite so viel, wie ich zum Leben brauche. Und genieße dann meine Zeit.« Der eine Putzhandschuh gab ein schmatzendes Geräusch von sich, als Morgan ihn endlich über die Finger streifen konnte.

Ruby war es zwar schleierhaft, wie man mit Putzen, Backen und Gartenarbeit glücklich sein könnte, aber sie spürte, dass diese Diskussion zu nichts führte. Morgan und sie waren einfach zu verschieden, was die Lebensgestaltung anging.

»Es sollte nicht abwertend klingen – weder über Laura, die jetzt Taxifahrerin ist, noch über dich als Putzfrau. Es ist nur ...« Ruby suchte nach den passenden Worten, die bei Morgan nicht gleich wieder zu einem Ausbruch führen würden. »Es ist halt ein überraschender beruflicher Wechsel. Von einer Ärztin zu einem Job, der im Allgemeinen weniger anspruchsvoll ist.«

»Ich hab den Weg bewusst gewählt, während Laura vermutlich unfreiwillig in ihre neue Rolle gedrängt wurde«, gab Morgan auch schon etwas ruhiger wirkend zu.

»Weshalb ich mir ja vorstellen könnte, dass sie sauer auf Grady war, weil er mit dieser Aktion ihr Leben zerstört hat und sich deshalb rächen wollte.«

»Aber Laura war Ärztin. Das studiert man, weil man Leben retten, nicht nehmen will.«

»Josef Mengele war auch Arzt.« Ruby war klar, dass ein Vergleich mit dem Kriegsverbrecher aus dem Zweiten Weltkrieg nicht ganz passend war, aber auf Morgans heftige Reaktion war sie nicht vorbereitet gewesen. Diese fuhr hoch und schlug mit der Faust auf den Tisch.

»Drehst du jetzt völlig durch? Grady ist vom Stuhl gefallen. Du bist hier nicht in New York City. Hier lauert nicht an jeder Ecke ein Massenmörder.«

»Komm wieder runter. Ich will ja nur herauszufinden, wer Grady auf dem Gewissen hat.«

»Du glaubst also allen Ernstes, dass diese Ärztin ihm eins übergezogen hat?«

»Er hat ihre berufliche Karriere zerstört, ein, verzeih das Wortspiel, unschlagbares Motiv. Außerdem hätte sie mit ihrer medizinischen Ausbildung den Schlag perfekt platzieren können. So, dass er auch sitzt, und nicht nur eine Platzwunde oder Beule verursacht.«

Morgan hob die Hand. »Okay, nur mal eben angenommen, sein Tod war tatsächlich kein Unfall: Was ist mit Jessica? Immerhin hat er sie regelmäßig betrogen.«

Ruby schob die Lippe vor. »Bisschen späte Rache für seine zahlreichen Affären, das hätte sie ja auch schon früher machen können. Und nicht so kurz vor der Scheidung.«

»Das zeitliche Argument gilt auch für Laura. Und abgesehen davon erbt aber Jessica jetzt sicherlich alles. Mehr als sie im Falle einer Scheidung bekommen hätte. Das nenne ich ein Motiv.«

»Das heißt, du hilfst mir beim Ermitteln?«

»Ermitteln? Nein, es gibt für uns nichts zu ermitteln. Wie oft soll ich dir noch sagen, dass das Cassidys Job ist?«

»Wie oft soll ich dir noch sagen, dass ich ebenfalls gut in meinem Job bin und es dazu gehört, Dinge herauszufinden, die andere nicht finden?«, konterte Ruby.

Kapitel 11

»Jessica will sich mit mir bei Gradys Haus treffen.« Morgan blickte nicht von der Tageszeitung auf, als Ruby am nächsten Morgen die Küche betrat.

Ruby umarmte ihre Schwester kurz von hinten, bevor sie sich aus dem Küchenschrank eine Schale nahm. »Ich wusste doch, dass du mir beim Ermitteln hilfst.«

»Nix Ermittlung. Sie hat mich angerufen, weil sein Haus vor der Celebration of Life noch einmal gründlich gereinigt werden soll.«

Ruby verdrehte hinter Morgans Rücken ihre Augen. Was war für Morgan so schlimm daran, sich ein wenig umzuhören? »Wann fahren wir hin?«

»Wir?«

Ruby deutete auf Morgans hochgelegten Fuß. »Ich fahr dich natürlich.«

»Du willst Jessica doch nur aushorchen.«

Ruby schüttete sich Müsli in ihre Schale, goss Milch dazu und schwieg.

»Fein, von mir aus«, lenkte Morgan ein. »Aber wehe, du fängst mit deinen Mordsfantasien an.«

***

Vor Gradys Haus parkte ein rostiger Ford Focus, dessen beste Jahre schon lange vorbei waren.

»Sie kann die Erbschaft offenbar brauchen«, flüsterte Ruby Morgan zu, als sie auf das Haus zugingen.

Morgan stieß ihr mit dem Ellenbogen in die Seite.

»Ist doch wahr«, brummte Ruby.

Die Haustür stand trotz der kühlen Temperaturen weit offen.

»Jessica?«, rief Morgan, als sie über die Schwelle humpelte.

Ein lautes Niesen ertönte vom Ende des Flurs. Gemeinsam steuerten Ruby und Morgan auf das Arbeitszimmer zu. Eine Mittvierzigerin mit blonder Pagenfrisur und kleinen blauen Augen stand aus dem Bürostuhl auf, als sie den Raum betraten. Sie schloss einen aufgeklappten Laptop, kam um den Schreibtisch herum, schaute überrascht zwischen den Schwestern hin und her, lächelte und entblößte dabei zwei schiefe Vorderzähne. »Wahnsinn, ihr ähnelt euch wie ein Ei dem anderen.«

Morgan hielt ihr die Hand hin und stellte sich vor. Ruby streckte ebenfalls die Hand aus. »Ruby, derzeit zu Besuch. Mein aufrichtiges Beileid.«

»Ich kann das alles noch gar nicht glauben. Ja, wir haben zwar seit einem Jahr in Scheidung gelebt, aber dass er jetzt tot ist ... Ich hab Sonntag noch mit ihm gesprochen.«

»Der Tod kommt meist spontan. Den hat keiner auf dem Schirm«, sagte Morgan mit sanfter Stimme.

»Als ich ihn kennengelernt hab, hab ich jedes Mal mit dem Schlimmsten gerechnet, wenn er die Schanze runter ist. Und dann stirbt er, weil er vom Stuhl fällt.« Jessica schüttelte den Kopf. »Durch einen dämlichen Unfall! Was für eine Ironie.«

»Die meisten Unfälle passieren im Haushalt. In den USA sterben ungefähr 6.000 Menschen jährlich, weil sie zu Hause hinfallen«, sagte Ruby.

Morgan warf ihr einen irritierten Blick zu, den Ruby nach außen hin cool erwiderte. Doch innerlich jubilierte sie, dass sie ihre Schwester offenbar mit diesen Fakten beeindruckt hatte. Ja, Ruby wusste, wie man recherchierte, und es war an der Zeit, dass Morgan auch begriff, was in ihrer kleinen Schwester steckte.

»Ich versteh gar nicht, warum er auf dem Stuhl stand.« Jessica ging zum Fenster und schaute hinaus. »Er hat doch sonst nie einen Finger krumm gemacht, wenn es um den Haushalt ging.«

Ruby warf Morgan ein triumphierendes Lächeln zu, doch diese ignorierte sie und sagte stattdessen: »Er wollte wohl eine Lampe auswechseln.«

»Selbst das hätte er früher anderen überlassen.« Jessica starrte weiter hinaus.

Ruby musste sich zurückhalten, nicht einen imaginären Touchdown anzudeuten: Morgan, Cassidy und jetzt auch Jessica, die sich darüber wunderten, dass Grady eine Lampe austauschen wollte. Das war doch ein eindeutiger Hinweis, den selbst Morgan nicht mehr ignorieren konnte!

Jessica wandte sich Morgan zu. »Du hast doch immer montags bei ihm geputzt. Warum hat er dich das nicht machen lassen?«

»Vielleicht konnte er so lange nicht warten?«, schlug Morgan vor.

Jessica zog die Augenbrauen so hoch, dass sie unter ihrem Pony verschwanden. »Grady brauchte keine Bühnenbeleuchtung, um im Schlafzimmer Theater zu machen, wenn ihr versteht, was ich meine.«

»Du glaubst also nicht, dass er vom Stuhl gefallen ist?«, bohrte Ruby nach.

Morgan kniff die Lippen aufeinander, aber das war Ruby egal. Sie war hier, um Fragen zu stellen.

Jessica ging zum Regal und strich mit dem Finger über eine Trophäe. »Die Polizei hat gesagt, du hast ihn gefunden. Du hast doch gesehen, dass er neben dem Stuhl lag.« Sie nieste erneut und bedeutete den Schwestern, hinaus in den Flur zu gehen. »Entschuldigt, bitte. Allergien. Ich zeig euch, was ich für die Feier geputzt haben will.«

»Jess?« Ein glatzköpfiger Mann kam durch die Haustür und schloss die Witwe in die Arme. Er strich ihr übers Haar und flüsterte ihr Beileidsbekundungen ins Ohr.

Ruby musterte den Fremden. War das Jessicas neuer Freund? Dann hatte sie allerdings eine 180°-Wendung vollzogen bei der Auswahl ihrer Männer, denn dieser Mann ähnelte Grady nicht ein bisschen. Nicht, dass dieser Mann ein Hänfling war, aber verglichen zu dem durchtrainierten Grady wirkte seine Statur eher normal gebaut. Die kleine Nickelbrille und sein grauer Schnauzer ließen ihn auch eher nach Steuerbeamten aussehen als nach einem umtriebigen, ehemaligen Profisportler.

Jessica löste sich aus der Umarmung. »Harold Mortin, Gradys Geschäftspartner«, stellte sie ihn vor.

Harold Mortin schüttelte erst Ruby dann Morgan die Hand. Er trug dünne, weiße Baumwollhandschuhe wie einer von Rubys Kollegen aus der Redaktion, der eine Kontaktallergie hatte. Ruby kaute auf ihrer Unterlippe. Hieß es nicht immer, die Bergluft wäre gut für Allergiker? War das ein Grund für Menschen wie Jessica und Harold, in die Rocky Mountains zu ziehen? Wäre das eine Story wert?

»Wie ein Ei dem anderen. Aber das hören Sie bestimmt oft, oder?« Harold Mortin schaute zwischen den Zwillingen hin und her.

»Seit unserer Kindheit«, bestätigte Morgan.

Harold Mortin wandte sich wieder Jessica zu. »Es tut mir leid, wenn ich dich jetzt damit belästige, aber hast du schon mit einem Anwalt über die Anteilsübertragung seiner Geschäftsanteile gesprochen?«

Jessica hob die Hände abwehrend vor die Brust. »Davon hab ich doch keine Ahnung.«

Harold Mortin nahm ihre Hände in seine. »Wenn du willst, kümmere ich mich darum. Dann ist alles vorbereitet, wenn du den Totenschein hast. Ich brauche nur alle Unterlagen, die Grady hier zu Hause hatte.«

Jessica zeigte ins Büro. »Nimm alles mit, was du brauchst.«

Harold Mortin drückte sie erneut kurz an sich. »Mach dir keine Sorgen, ich regle das alles für dich. Wäre es okay, wenn ich gleich mal schaue, was ich finden kann?«

»Klar.«

Harold Mortin nickte Ruby und Morgan kurz zu und ging dann den Flur zum Arbeitszimmer hinunter.

»So ein Todesfall zieht immer viel Papierkram mit sich«, sagte Morgan.

»Das ist mir jetzt schon alles zu viel«, klagte Jessica. »Und dann ist da ja auch noch das Haus.«

»Wirst du anschließend hier wieder einziehen?« Ruby war Jessica dicht auf den Fersen, während Morgan langsamer hinter den beiden her humpelte.

»Auf gar keinen Fall! Ich mochte das Haus nie. Ich werde es, so schnell es geht, verkaufen.« Jessica zeigte in den Fitnessraum. »Hier müsst ihr nichts machen, ich schließe die Tür einfach.«

»Wie ist denn die Lage hier derzeit? Ein gutes Klima, um Häuser zu verkaufen? Was müsste man für ein Haus wie dieses hinblättern?«, wollte Ruby wissen.

»Warum? Hast du Interesse?« Jessica öffnete die Tür zu einem Gäste-WC. »Hier einmal durchputzen.« Sie schloss die Tür erneut.

»Ich könnte es mir vermutlich gar nicht leisten. Außerdem übernachte ich gern bei meiner Schwester.« Ruby hakte sich bei Morgan ein, die die beiden mittlerweile eingeholt hatte, und setzte ihr breitestes Lächeln auf.

Jessica zeigte in die Küche. »Wenn ich euch Kartons besorge, könntet ihr nach der Feier auch die Schränke ausräumen? Das Haus quasi für Hausbesichtigungen herrichten? Ich würde dafür natürlich extra zahlen«, beeilte sie sich, hinzuzufügen.

Morgan nickte. »Sollen wir die Sachen dann zu Second Time Around bringen? Die Spendenquittung kannst du bei der Steuer einreichen.«

»Nein, ich will versuchen, erst mal was davon auf eBay zu verkaufen. Kleinvieh macht auch Mist.« Jessica ging weiter in den offenen Wohn- und Esszimmerbereich.

»Wo warst du eigentlich an dem Abend, als Grady gestorben ist?« Von ihrer Arbeit als Journalistin wusste Ruby, dass direkte Fragen Menschen häufig so überrumpelten, dass sie spontan ehrlich antworteten.

Morgan schlug ihr von hinten auf die Schulter, doch Ruby ignorierte den Schmerz und beobachtete Jessicas Reaktion. Diese fuhr blitzschnell herum und fixierte Ruby mit zusammengekniffenen Augen. »Warum?«

Ruby hatte ebenfalls in ihrem Beruf gelernt, dass es oft sinnvoll war, einfach mal zu schweigen, da Menschen dazu neigten, die für sie unangenehme Stille zu überbrücken. Dementsprechend schaute sie Jessica nur unverwandt an, sagte aber nichts.

Jessica lachte auf. Das Lachen klang nervös und abgehackt. »Klar, ich bin die, die am meisten von seinem Tod profitiert. Ich krieg das Haus, seinen Firmenanteil ... Aber das interessiert mich alles nicht. Ich hab ihn verlassen, um mir ein Leben ohne ihn aufzubauen.« Sie machte eine unbestimmte Handbewegung. »Hier auch Staub wischen, Boden wischen und so. Und auch wenn es dich nichts angeht, ich war arbeiten. Nachtschicht im Tierheim.« Sie stürmte hinaus und lief die Treppe in den ersten Stock hinauf.

Morgan schaute ihr stirnrunzelnd nach. Ruby unterdrückte ein Lächeln. Sie konnte sehen, wie es in ihrer Schwester arbeitete. »Vielleicht hattest du recht, und die ehemalige Ärztin Laura ist völlig unschuldig an seinem Tod.« Und bevor Morgan etwas dazu sagen konnte, schob Ruby hinterher: »Denn Jessica als Noch-Ehefrau ist finanziell jetzt fein raus.«

»Sie steht einfach nur unter Schock«, verteidigte Morgan sie.

»Hm«, machte Ruby. »Und deshalb hat sie auch eiskalt gelogen.«

»Womit?«

»Sie hat nicht gearbeitet. Zumindest nicht lange, denn laut ihrer Kollegin ist sie am Sonntag früher gegangen, weil sie einen Termin hatte.«

»Ach.« Morgan schaute die Treppe hoch.

Jessicas Kopf erschien über der Brüstung. »Kommt ihr?«

Nach einem kurzen Rundgang durchs obere Stockwerk drückte Jessica Morgan die Haustürschlüssel in die Hand und verabschiedete sich. Harold Mortin kam mit dem Laptop und einem Ordner aus dem Büro gelaufen. »Ich hab dich zugeparkt«, rief er Jessica zu. »Aber ich bin hier ohnehin fertig.«

Jessica und er wechselten noch ein paar Worte, bevor er mit seinem Golf die Einfahrt hinunterfuhr. Jessica startete ihr Auto und folgte ihm. Ruby blickte von der dunklen Wolke, die aus Jessicas museumsverdächtigen Focus kam, zu Gradys protzigem Truck, der vor der Garage stand. »Also, das Geld hat sie aber auch echt nötig.«

Kapitel 12

Morgan hatte ein zweites Fahrrad organisiert, damit sie Ruby am Samstag ein wenig von Paradise zeigen konnte. Morgans Fuß war zwar nicht mehr geschwollen, aber lange Strecken gehen konnte sie damit immer noch nicht. Doch sie war der Meinung gewesen, dass Radfahren sicherlich kein Problem sei. Gemeinsam waren sie hinter Ryders Coffeeshop am Fall River in Richtung Downtown entlanggeradelt. Doch kaum waren sie auf der Main Street mit den vielen kleinen Geschäften angekommen, hatte Morgan mit schmerzverzerrtem Gesicht angehalten. Selbst diese Belastung hatte ihren Fuß offenbar überreizt. Ruby nahm die Räder und stellte sie ab, während Morgan auf eine Bank zu humpelte und sich stöhnend setzte.

Ruby sah sich um. »Soll ich was zu trinken besorgen?«

»Chill out Cones.« Morgan zeigte auf ein Geschäft auf der anderen Straßenseite. »Die beste Eiscreme weit und breit. Einmal John Lemmon und Appley Ever After in einem Becher.«

Während Morgan den Fuß auf die Bank gelegt hatte und ihren Knöchel massierte, betrat Ruby die Eisdiele. Hinter dem Tresen stand eine ältere Dame, deren schlohweiße Haare sich mit der türkisfarbenen Uniform perfekt der weiß-türkisen Inneneinrichtung anpassten. Laut ihrem Namensschild handelte es sich um Brenda.

Sie verengte ihre Augen. »Ruby, oder? Hab schon von dir gehört. Du siehst aus wie Morgan, bist es aber nicht.«

Ruby war beeindruckt, lächelte und deutete auf die andere Straßenseite. »Morgan sitzt da drüben auf der Bank. Was hat mich verraten?«

»Deine Haltung. Du wirkst besiegt.« Brenda nahm einen Pappbecher. »Einmal John Lemmon und Appley Ever After für Morgan, und was darf es für dich sein?«

Ruby starrte auf die Anzeigetafel, ohne die Sorten zu lesen. Auch wenn Brenda es gerade freundlicher formuliert hatte, war sie der Meinung, dass Ruby die Verliererin der beiden Schwestern war. Offenbar versprühte Morgan eine Siegerhaltung, die Ruby nicht hatte. Ob Brenda das wohl auch vor dem Skandal an Ruby gesehen hätte? Oder war es tatsächlich etwas, was man ihr immer ansehen konnte? Das Gefühl, das sie von jeher kannte – immer die Jüngere zu sein, die um Gehör kämpfen musste, darum, dass man sie neben Morgan ernst nahm?

»Schwere Entscheidung?« Brenda stellte den Becher für Morgan auf den Tresen und sah Ruby fragend an.

Sie überflog das Angebot und sagte schließlich: »Eine Kugel Coffee Toffee und einmal Dulce & Banana. In der Waffel.«

Nachdem Brenda auch ihr Eis zusammengestellt und Ruby bezahlt hatte, verabschiedete sie sich und ging zurück zu Morgan. Als Ruby die Straße überquerte, sah sie, dass Morgan ihr Handy aus der Tasche zog. Und sie konnte sofort erkennen, dass, was immer Morgan gesagt wurde, ihr nicht passte. Mit wenigen Worten beendete sie das Gespräch und schob das Handy zurück, als Ruby sich neben sie auf die Bank setzte. Ruby reichte ihr das Eis und sah sie fragend an. Doch Morgan begann, sich intensiv ihrem Eis zu widmen.

»Du kannst mich nicht ignorieren.« Ruby starrte sie unverwandt an.

Morgan schaute hoch und deutete auf die Berge, die hinter den Geschäften auf der gegenüberliegenden Seite in den Himmel ragten. »So eine schöne Aussicht hast du in New York nicht, oder?«

Ruby musste zugeben, dass dieses Panorama schon etwas hatte. Die Sonne strahlte vom blauen Himmel herab, die noch mit einer dünnen Schneeschicht bedeckten Berggipfel glänzten in der Ferne. Und auch die kleine Innenstadt von Paradise gefiel ihr sehr. Die kleinen, alten Häuser strahlten so viel Charme aus: Manche waren aus Holz mit Blumenkästen an den Fenstern, andere aus rotem Backstein oder hellem Sandstein. Aber allesamt wirkten die Geschäfte einladend mit bunten Schildern und liebevoll gestalteten Auslagen.

Dies war eine Welt fernab von den sich spiegelnden Wolkenkratzern, die Ruby aus New York so vertraut waren. Eine Idylle mit Menschen, die sich auf der Straße anlächelten und einander grüßten, als wären sie alle Teil einer großen Familie.

Für einen Moment gab Ruby sich der Ruhe hin, doch dann fiel ihr der Anruf wieder ein. Und sie kannte ihre

Schwester gut genug, um zu wissen, dass dieser Morgan aufgewühlt hatte.

»Also, wer war das am Telefon?«

Morgan fuhr mit dem Löffel an ihrem Becher entlang, um einen Tropfen Eis aufzufangen, der dabei war, am äußeren Rand hinunterzulaufen. Sie schob sich den Löffel in den Mund, obwohl im Grunde nichts drauf war.

»Morgan?«, trällerte Ruby. »Soll ich den lieben Bewohnern von Paul erzählen?«

Morgan fuhr zu ihr herum. »Das würdest du nicht wagen!«

»Nein? Mich kennt hier niemand. Aber für dich wäre es sicherlich unangenehm.« Ruby lehnte sich zurück und betrachtete die Berge. Es war nur eine Frage der Zeit, bis Morgan einknicken würde. Sie hatte Ruby nie verziehen, dass diese sie als Teenager im Supermarkt völlig zu Unrecht beschuldigt hatte, ihr den angeblichen Freund Paul ausgespannt zu haben, weil sie die beiden in flagranti ertappt hätte. Und das alles nur, weil Morgan sich geweigert hatte, Ruby mit auf eine Party zu begleiten, wie es die Regel ihrer Eltern gewesen war.

»Cassidy hat den Bericht vom Gerichtsmediziner bekommen«, sagte Morgan schließlich.

Ruby schluckte. Würde Morgan sie jetzt gleich laut auslachen, weil sich Gradys Tod als Unfall herausgestellt hatte?

»Aufgrund der Spuren ist es unwahrscheinlich, dass Grady vom Stuhl gefallen ist und sich dabei eine tödliche Kopfverletzung zugezogen hat. Die Verletzung spricht eher dafür, dass er von hinten von einem schweren Gegenstand niedergeschlagen wurde, und der Schlag zu einem Hirntrauma geführt hat.« Morgan kratzte in ihrem Eisbecher herum.

Ein Kribbeln durchfuhr Rubys Körper. Sie hatte den richtigen Riecher gehabt! Grady war umgebracht worden. »Und du hast mir nicht geglaubt.«

»Weil du wilde Spekulationen in den Raum geworfen hast. Ohne Beweise.«

»Aber jetzt gibt es Beweise.« Ruby schlug sich mit der Hand auf den Oberschenkel. »So ein Mist! Hätten wir das gestern schon gewusst, hätten wir das Haus gleich noch auf Spuren untersuchen können.«

»Das ist Cassidys Job.«

»Ich hätte mir Jessica doch gestern gleich schon vorknöpfen sollen.«

»Rubilite Rock! Es ist nicht deine Aufgabe, einen vermeintlichen Mörder zu stellen.« Morgan steckte ihren Plastiklöffel in den Becher, knüllte diesen zusammen und warf alles in den Mülleimer neben der Bank. »Du bist hergekommen, weil du mal abschalten wolltest, hast du gesagt. Also schalt auch ab. Verstau die Neugier im Koffer.«

Ruby holte Luft, verkniff sich dann jedoch eine Antwort. Morgan wusste ja nichts von dem Skandal in New York, da wäre es besser, sie in dem Glauben zu lassen, dass Ruby tatsächlich mal entspannen wollte.

Morgan klatschte in die Hände. »Ich weiß was. Wir gehen heute Abend mal raus. Das wird dich ablenken.«

Ruby sah sie überrascht an. Morgan war noch nie eine Partygängerin gewesen, abgesehen davon konnte sich Ruby kaum vorstellen, dass es in Paradise eine lebendige Nightlife Szene gab.

»Super, ich freu mich.« Auch wenn sie bezweifelte, dass ihre Schwester dabei viel Spaß mit ihrem lädierten Fuß hätte, wäre Ruby die Letzte, die so ein Angebot ablehnen würde.

***

»Das kannst du nicht tragen.«

Ruby schaute an sich herunter. Sie hatte den schwarzen Kostümrock mit einem schulterfreien Top kombiniert und trug dazu ihre High Heels. Quasi der Klassiker, wenn einem das kurze Schwarze fehlte. Denn in der Richtung hatte sie natürlich nichts aus New York mitgebracht. Sie konnte ja nicht ahnen, dass Morgan mit ihr am Wochenende losziehen würde. »Warum? Darf man ohne Cowboyklamotten hier nicht am Line Dance teilnehmen?«

»Das ist zu kalt.« Morgan stellte eine Thermoskanne in einen Korb und legte eine Decke darüber.

»Ich dachte, wir gehen aus und nicht zu einem Eishockeyspiel.«

»Ich hab raus gesagt, nicht aus.« Morgan deutete auf Rubys Oberteil. »Du brauchst definitiv was Wärmeres als das. Cargohose, T-Shirt, Sweater, Turnschuhe und Jacke. Und kannst du bitte die schwarze Koffertasche aus dem Gästezimmer mitbringen? Ich warte am Auto.«

Kurze Zeit später sah Ruby zweifelnd auf die Tasche im Kofferraum, die sie dort zusammen mit dem Picknickkorb und zwei Stühlen verstaut hatte. Das war definitiv nicht der Ausflug gewesen, den sie sich für diesen Samstag vorgestellt hatte. Aber Morgan hatte ihr versichert, es sei etwas ganz Besonderes, und sie solle sich überraschen lassen.

Morgan setzte sich auf den Beifahrersitz, während Ruby auf den Fahrersitz glitt. Sie zog ihr Handy hervor. »Was soll ich eingeben?«

Morgan schüttelte den Kopf. »Ich sage dir, wo es langgeht, dann ist die Überraschung größer.«

Das hatte Ruby gerade noch gefehlt. Morgans Fahranweisungen zum Supermarkt, die diese immer mit einer Millisekunde Vorwarnung herausgebellt hatte, waren ihr nicht in guter Erinnerung geblieben. »Aber es wäre einfacher, wenn ich das Navi einfa...«

»Ich bin dein Navi. Vertrau mir.« Morgan tätschelte ihr die Hand.

Ruby ließ ihr Handy innerlich seufzend in die Mittelkonsole gleiten, startete den Wagen und rollte langsam aus der Einfahrt. Tagsüber war das Autofahren für sie schon ungewohnt, aber jetzt war es stockdunkel, und Ruby fühlte sich gar nicht wohl.

»Was ist das Problem hier mit Straßenlaternen?«

»Wieso? Hier sind doch keine.«

»Eben drum. Da sind Unfälle ja schon vorprogrammiert.« Rubys Hände umklammerten das Lenkrad, sie war weit nach vorn gelehnt und starrte in die Nacht hinaus. Nichts im Vergleich zu einem Samstagabend in New York, wo die Straßen hell erleuchtet waren, Menschen in Partylaune die Bürgersteige bevölkerten und der Verkehr nur geringfügig weniger als tagsüber war. Ruby wusste, dass für viele Menschen diese Abgeschiedenheit ein wahres Wunderwerk an Entspannung auslösen würde, aber bei ihr sorgten die dunklen, verlassenen Wälder links und rechts der Straße für Beklemmungen. Wenn Morgan nicht auf diesen Ausflug bestanden hätte, wäre sie nie losgefahren.

»Hier!« Morgan zeigte nach links.

Ruby bremste scharf ab.

»Mach schon«, drängelte Morgan. »Beeil dich.«

Ruby bog ab und fuhr vorsichtig den schmalen, unbefestigten Weg entlang. Die Scheinwerfer beleuchteten zwar die teilweise sehr tiefen Löcher im Boden, doch es gab keine Möglichkeit, ihnen auszuweichen. Schaukelnd schlich Ruby in der Dunkelheit voran. Dann weitete sich der Weg plötzlich zu beiden Seiten.

»Hier kannst du parken.«

»Hier?« Ruby fuhr im Kreis, die Wagenlichter zeigten ihr eine runde Fläche, die wie das Ende einer Sackgasse mitten im Nirgendwo wirkte.

»Jetzt halt schon an!« Morgan hielt es kaum noch aus. Kaum hatte Ruby den Motor abgestellt, öffnete ihre Schwester auch schon die Tür und humpelte zum Kofferraum. Sie zog die schwarze Koffertasche hinaus. »Kannst du mir helfen? Ich kann sie allein nicht tragen.«

Ruby tastete sich am Auto entlang, als sie von einem hellen Licht geblendet wurde.

Morgan hatte sich eine Kopflampe umgeschnallt. »Schnall dir einen der Klappstühle auf den Rücken, und dann kannst du noch die Tasche nehmen. Ich nehme den anderen Stuhl und den Rucksack.«

Ruby verkniff sich Widerworte, schnallte sich einen Stuhl um und hängte sich dann die Tasche über die Schulter. Was auch immer da drin war, war schwerer, als sie angenommen hatte.

Morgan humpelte zu einer schmalen Öffnung im Dickicht. »Nur ein kurzes Stück durch den Wald, dann kommt eine Lichtung. Dort können wir dann aufbauen.«

»Was aufbauen? Unser kuscheliges Mitternachtspicknick am Ende der Welt?«, brummelte Ruby.

»Das Teleskop.«

»Ist es das, was ich hier trage?«

»Was dachtest du denn? Dass wir jetzt auf Hirschjagd gehen?«

Ruby verkniff sich einen Kommentar und konzentrierte sich stattdessen darauf, ihrer Schwester, so gut es ging, zu folgen. Obwohl Morgans Kopflampe sehr hell war, reichte das Licht nur, um die Umgebung in einem kleinen Radius um sie herum auszuleuchten. Dahinter war pechschwarze Nacht. Ruby wollte gar nicht daran denken, was jenseits des schmalen Waldwegs in der Dunkelheit lauerte. Die Geräuschkulisse mit raschelnden Blättern, knisternden Zweigen, flatternden Fledermäusen und den gelegentlichen Rufen einer Eule und anderen Nachtvögeln ließen die Anspannung in Rubys Brust mit jedem Schritt steigen.

Abrupt lichtete sich der Wald, und es eröffnete sich eine offene Wiese, soweit Ruby das in dem begrenzten Lichtschein der Kopflampe beurteilen konnte.

»Hier ist gut.« Morgan zog den Picknickrucksack vom Rücken und stellte ihren Stuhl auf. Kaum hatte Ruby die Koffertasche abgestellt, öffnete Morgan diese, holte ein Teleskop heraus und montierte dies an einem Ständer. Sie setzte sich auf ihren Stuhl, schaltete ihre Stirnlampe aus, schaute durch das Teleskop und begann daran herumzudrehen.

Ruby klappte ebenfalls ihren Stuhl auf und setzte sich. Die Luft war klar und kühl. Sie tastete nach dem Rucksack, zog die Decke heraus und schlang sie sich um die Beine. Obwohl Morgan ungefähr einen Meter neben ihr saß, konnte Ruby nur ihre Umrisse erkennen, weil es so dunkel war. Ruby ließ den Kopf in den Nacken sinken. Ihr Mund fiel auf. Der Himmel war mit Millionen funkelnder Sterne überzogen.

Nicht, dass sie in ihrem Leben vorher noch nie Sterne gesehen hatte, aber diese Menge übertraf alles, was sie jemals bisher gesehen hatte. In New York konnte man von Glück sprechen, wenn man mal den großen Wagen zwischen den vielen Kondensstreifen der Flugzeuge entdeckte. Hier war er kaum zu sehen, weil die Milchstraße sich wie ein Band mit Abertausenden Millionen von Sternen über den Himmel spannte und ihren Blick komplett ablenkte.

Ehrfürchtig betrachtete sie die Schönheit und Größe des unendlichen Universums. Erneut erschien ihr Leben in New York weit weg, unbedeutend und klein.

»Das ist ...«, begann Ruby. Ein heller Strahl zuckte am Himmel auf und unterbrach ihre Gedanken.

»Hast du sie auch gesehen?« Morgan hatte sich zu ihr gedreht.

»War das eine Sternschnuppe?«

»Ja. Toll, oder?«

Ruby war baff. Sie hatte noch nie im Leben eine Sternschnuppe gesehen. »Bist du dir sicher?«

»Die Lyriden kann man jedes Jahr im April beobachten.«

»Kommen da noch mehr?« Ruby starrte in den Himmel.

Morgan lachte leise. »Keine Sorge, das wird nicht deine Einzige gewesen sein.«

Ruby zog ihr Handy aus der Tasche. Das Display leuchtete auf, als sie die Kamerafunktion aktivierte.

»Das kannst du dir sparen. Das wird nichts.«

»Vielleicht hab ich ja Glück und erwische eine.« Ruby richtete das Handy gen Himmel.

»Selbst wenn du so schnell auf den Auslöser drücken solltest, ist es für die Kamera zu dunkel.«

»Du bist so eine Spaßbremse.«

»Weil ich versuche, dich vor einer Enttäuschung zu bewahren? Wenn man von vornerein schon weiß, dass etwas zum Scheitern verurteilt ist, sollte man seine Energie nicht darauf verschwenden.«

»Ist das der Kalenderspruch des Tages? Vielleicht hat man ja auch mal Glück. Aber Zufall und Glück kann man nicht planen, und daher steht das beides bei dir nicht hoch im Kurs.« Ruby war es manchmal unbegreiflich, wie unterschiedlich Morgan und sie waren. Ja, sie hatten schon immer andere Vorgehensweisen gehabt, doch seit dem Tod der Eltern schienen sie sich noch weiter voneinander entfernt zu haben.

»Wenn du die Belichtungszeit an der Kamera manuell ändern kannst, dann könntest du ...«

»Vergiss es.« Ruby winkte ab, obwohl Morgan es sicherlich gar nicht sehen konnte.

»Die besten Momente kann man ohnehin nur mit dem Herzen festhalten. Da hilft dir auch nicht die beste Kamera der Welt.«

Ruby spürte plötzlich einen Kloß im Hals. Redeten sie noch über ein Foto mit einer Sternschnuppe? »Das stammt jetzt aber wirklich von einem Kalender«, versuchte sie ihre Aufgewühltheit mit zittriger Stimme zu überspielen.

Morgan schnaubte.

»Was war das?«, fragte Morgan.

»Was?«

»Das Schnauben.«

»Du warst das.«

»Ich?«, empörte sich Morgan. »Ich hab nicht geschnaubt.«

»Aber es kam aus deiner Richtung.«

Morgan blickte sich in der Dunkelheit um. Dann griff sie an ihren Kopf, schaltete die Stirnlampe ein und bewegte den Kopf langsam hin und her.

»Stopp!«, rief Ruby. »Was ist das da hinten? Leuchtet da was?«

»Das sind …«, begann Morgan und kreischte dann auf. »Verdammt, das ist Bruce the Moose!« Sie erhob sich, so schnell sie konnte, von ihrem Stuhl. »Wir müssen weg!«

»Ein Elch?«

»Ja!« Morgans Stimme hatte einen eindringlichen Klang angenommen. »Hilf mir mit dem Teleskop! Los jetzt!«

Ein weiteres Schnauben ertönte. Dieses Mal lauter.

Rubys Herz raste. »Wieso sitzen wir auf einer Lichtung, wo ein Elch ist? Hätten wir einfach woanders … Uff.« Morgan hatte ihr die Koffertasche vor die Brust gedrückt, schnallte sich die beiden Stühle auf den Rücken und humpelte in Richtung Auto.

»Jetzt mach schon!«, rief sie in die Nacht hinein.

Ruby hob das Teleskop an. Es schien schwerer geworden zu sein. Morgans Licht strahlte jetzt in die andere

Richtung, daher konnte Ruby den Elch nicht mehr sehen. Aber die schnaubenden Geräusche verrieten ihr, dass er näher kam.

Sie bedrohte ihn ja nicht, eher im Gegenteil, sie floh vor ihm, da würde er sie ja nicht angreifen. Oder? Was taten Elche mit Menschen, die ihnen einfach so begegneten und mit einem hellen Licht ins Gesicht strahlten?

Morgan drehte sich um, der Lichtstrahl traf Ruby mitten ins Gesicht. Für einen Augenblick war sie komplett geblendet.

»Ruby, beeil dich, er ist schon dicht hinter dir!«

Das Licht wandte sich wieder nach vorn, doch vor Rubys Augen tanzten bunte Punkte. Ruhe bewahren, was wusste sie über Elche? Elche gehörten zu den Stirnwaffenträgern ebenso wie Antilopen, Hirsche und Stiere. Warum flippte ein Stier bei Rot eigentlich so aus? Konnten die Tiere tatsächlich einen angeborenen Hass gegenüber einer Farbe haben? Oder war es vielmehr die hektischen Bewegungen durch das Tuch der Stierkämpfer, durch die sich ein Stier bedroht fühlte und dann angriff? Der Gedanke an einen angreifenden Stier beruhigte Ruby keineswegs, also verdrängte sie diesen wieder aus ihrem Kopf, um Platz für sinnvollere Gedanken zu machen.

Wenn Morgan sich noch mal umdrehte, würde das Licht reichen, damit Ruby ein Selfie machen konnte, wo dann vielleicht der Elch im Hintergrund zu sehen wäre? Das wäre sicherlich ein gutes Foto für eine Zeitungsstory.

Die Gedanken überschlugen sich in Rubys Kopf. Alles wurde zu einem großen Wirrwarr. Endlich hatte sie den schmalen Waldpfad erreicht, wo Morgan schon stand und auf sie wartete.

»Wo ist der Rucksack?«

»Du hast mir die Tasche in die Hand gedrückt!«, keuchte Ruby.

Morgan leuchtete auf die Lichtung und schrie auf. Der Elch war direkt am Waldrand stehen geblieben. Ruby starrte in sein Gesicht. Mit seinem ausladenden Geweih erschien ihr sein Kopf monströs. Er zog die Nüstern zusammen, und ein lautes Schnauben entwich ihm.

Morgan zog Ruby an der Jacke. Das Auto piepste, die Lichter blinkten einmal auf, und der Kofferraum öffnete sich automatisch.

Nachdem sie die beiden Stühle und das Teleskop verstaut hatte, setzten sich die Schwestern ins Auto und knallten die Türen zu. Bruce the Moose war ihnen nicht durch den Wald gefolgt.

»Du hast gesagt, ich würde mehr als eine Sternschnuppe sehen.« Ruby schmollte übertrieben.

»Hast du ja auch. Du hast noch Bruce the Moose gesehen.«

Gemeinsam brachen sie in ein erleichtertes Lachen aus.

»Weißt du, woran mich das erinnert?«, fragte Morgan schließlich.

»Die Bienen am Koko Crater Arch Trail?« Kaum, dass die Worte Rubys Mund verlassen hatten, brach sie mit Morgan erneut gemeinsam in Gelächter aus.

Auf der Wanderung hatten sich die damals jungen Schwestern lautstark bei ihren Eltern beschwert, dass sie immer nur Steine angucken müssten und sie endlich auch mal Tiere sehen wollten. Auf einer Brücke hatte ihr Vater angehalten, ihnen einen langen Vortrag über das Lavagestein unter ihnen gehalten – und dann unbewusst durch die Holzlatten hindurch in ein Bienennest gestochen, das sich unterhalb der Brücke befunden hatte. Innerhalb von Sekunden war die ganze Familie von Bienen umzingelt gewesen, und zu viert liefen sie den Weg zum Parkplatz zurück. Immer verfolgt von einer Herde Bienen wie in einem Comic, bis sie sich endlich in dem alten Pick-up in Sicherheit bringen konnten.

Morgan griff nach Rubys Hand und drückte sie. »Ich bin so froh, dass du hier bist.«

Ruby legte ihre andere Hand darüber, und für einen Moment verharrten beide schweigend im Dunkeln des Autos. Ruby hatte vergessen, wie wohl sie sich in der Gegenwart ihrer Schwester fühlte. Ja, sie waren nicht immer einer Meinung und hatten definitiv unterschiedliche Lebensstile. Aber hinter den von außen so scheinbar ständigen Zänkereien steckte ein liebevolles Geplänkel, dass sie so nur mit Morgan haben konnte.

Ruby löste schließlich ihre Hände und startete den Wagen. Die Scheinwerfer beleuchteten den dunklen, verlassenen Waldpfad ein letztes Mal, bevor sie vorsichtig über den Weg zurück zur Straße fuhr.

»Können wir irgendwo anhalten und was auf den Schreck trinken?«

»Hier hat nichts mehr auf. Ich mach uns einen Tee, wenn wir zurück sind«, versprach Morgan ihr, und

Ruby sehnte sich einmal mehr nach New York City zurück, wo sie bis vier Uhr noch irgendwo etwas hätte trinken gehen können.

Kapitel 13

Am Sonntagmorgen folgte Ruby dem verführerischen Backduft nach unten in die Küche. Morgan stand mit dem Rücken zu ihr am Herd, auf dem Tisch wartete ein Blech mit frisch gebackenen Minimuffins. Ruby näherte sich und streckte die Hand aus.

»Wage es ja nicht«, sagte Morgan, ohne sich umzudrehen.

»Hast du Augen im Rücken?«

Morgan drehte sich um. »Ich kenne dich einfach zu gut.«

»Warum backst du ein ganzes Blech, wenn ich nicht mal einen essen darf?«

»Weil ich etwas Besseres für dich hab.« Morgan deutete auf eine Brioche, die neben dem Wasserkocher stand. »Setz dich. Ich mache das heute.« Sie deckte den Tisch mit zwei Tellern, stellte eine Kanne Tee, eine Tasse, drei verschiedene Gläser Konfitüre sowie zwei hart gekochte Eier dazu.

»Das sieht alles total lecker aus.« Ruby zog ihr Handy hervor und machte ein Foto. »Sind die Konfitüren selbstgemacht?«

Morgan nickte und tippte auf die einzelnen Gläser. »Erdbeeren und Rhabarber aus meinem Garten, für die

Beerenmischung mit Blau-, Him- und Brombeeren musste ich mir was aus dem Supermarkt dazukaufen. Da hat meine eigene Ernte nicht gereicht.« Sie stellte den Laib Brioche auf den Tisch und schnitt ein paar Scheiben ab.

Mit jeder Scheibe nahm der Duft in der Küche zu. Ruby sog das süßliche Aroma ein. »Das riecht so gut!«

»Hätte ich beinah vergessen.« Morgan griff nach einem To-go-Becher, der neben der Mikrowelle stand. »Wenn er zu kalt ist, kann ich ihn aufwärmen.«

»Du hast mir einen Walter Spezial besorgt?« Ruby konnte ihr Glück kaum fassen.

Morgan reichte ihr eine Scheibe von dem noch lauwarmen Hefezopf. »Genieß es.«

Und genau das tat Ruby. Sie war noch nie der häusliche Typ Frau gewesen. Sie gehörte zu der Sorte Mensch, die selbst trotz bester Absichten eine Backmischung in ein ungenießbares Stück Kohle verwandeln konnten. Daher bewunderte sie jeden, der in der Küche etwas Passables zusammenstellen konnte.

Aber die Brioche war nicht nur essbar, sondern himmlisch lecker. So butterweich und zart, dass sie regelrecht auf der Zunge zerging. Und Morgans Konfitüren sorgten für eine fruchtige Abwechslung bei Rubys Geschmacksknospen.

Nach der dritten Scheibe ließ Ruby sich nach hinten an die Lehne sinken. »Warum machst du das nicht jeden Morgen?«

»Weil du dann nicht mehr in deine Kostüme passen würdest.« Morgan nippte an ihrem Tee.

»Und wofür sind die jetzt?« Ruby zeigte auf die Muffins, die mittlerweile abgekühlt waren.

»Nachher kommen ein paar Leute von den Star Strikers, dem Astronomieclub, vorbei.«

»Warum haben die sich gestern nicht die Sternschuppen angeschaut?«

»Haben sie. Aber vom Long Curve Overlook.«

»Vielleicht hätten wir da auch lieber hinfahren sollen, statt uns von Bruce the Moose anschnauben zu lassen.«

»Ich wollte nicht, dass du dich langweilst. Einige von ihnen können ganz schön ... anstrengend sein. Und außerdem wollte ich die Zeit gern nur mit dir verbringen.«

Ruby schluckte und kniff ein paar Mal die Augen zusammen, um eine aufsteigende Rührung vor ihrer Schwester zu verbergen.

***

Am frühen Nachmittag trafen die Mitglieder der Star Strikers ein. Morgan stellte Ruby nacheinander alle vor, doch nur eine Frau, die Ruby auf Ende vierzig, Anfang fünfzig schätzte, stach für sie aus der Gruppe heraus. Tammy hatte knallrote, halblange Haare, aus der vorne eine grüne Strähne hervortrat. Laut Morgan betrieb sie mit Hair Today, Dye Tomorrow den einzig vernünftigen Friseursalon in ganz Colorado.

»Wenn alle da sind, kann ich euch das Intro in die aktuelle Version der SkyLite-App geben«, dröhnte Tammys Stimme durch Morgans Wohnzimmer.

»App, Schnäpp. Wenn ich euch die neue drehbare Sternkarte zeige, die ich neulich aus Denver mitgebracht hab, könnt ihr die App vergessen.« Ein älterer

Mann namens Ronald wandte sich an Ruby. »Die wird dich umhauen.«

Ruby lächelte entschuldigend. »Ich verlass mich da ganz auf Morgans Expertise. Außerdem wollte ich das schöne Wetter nutzen, um mir noch ein bisschen was von der Gegend anzuschauen.«

»Du willst freiwillig mit dem Auto fahren?« Morgan drehte sich überrascht zu ihr um.

»Fahr zum Jewel Lake. Absolut empfehlenswert.« Tammy streckte einen Daumen in die Luft.

Morgan nickte. »Ein einfacher Wanderweg, zwei Stunden hin und zurück. Kannst am Ridgeback Trailhead parken.«

»Aber da sind selbst jetzt schon immer so viele Touristen«, protestierte Ronald.

»Ruby wohnt in New York, der kann es nicht bevölkert genug sein«, widersprach Morgan ihm.

Ruby stimmte in das allgemeine Lachen mit ein und verabschiedete sich von der Gruppe. Sie stibitzte sich noch einen Minimuffin aus der Küche und machte sich auf den Weg.

***

Nachdem Ruby vom Zentrum auf die Gregor Street abgebogen war, lichtete sich die Bebauung merklich. Entgegen ihrer Befürchtung in der Devil Creek Road in einer engen Schlucht zu fahren, lagen links und rechts an dieser Straße weitläufige Wiesen. Die Straße war weitestgehend gerade und daher gut einzusehen, so dass sich Ruby einigermaßen sicher hinterm Steuer fühlte. Auch wenn sie insgesamt die Leere der Gegend, sowohl was Bebauung als auch Menschen anging, nach wie vor irritierte.

Doch langsam verstand sie, was Morgan an dieser Landschaft so faszinierend fand. Diese Region zeigte die Natur in seiner ursprünglichsten Form.

Sie folgte der Beschilderung zum Parkplatz des Ridgeback Trailheads. Dort parkte sie den Volvo auf einem der letzten freien Parkplätze. Ruby vermochte sich gar nicht auszumalen, wie beliebt dieser Platz im Hochsommer sein würde, wenn es hier jetzt schon so voll war.

Zwei Angler kamen laut schwatzend und mit Angelzeug beladen vom Wanderweg auf einen Truck zu. Rubys Blick wanderte von ihren verschmutzten Gummistiefeln zu ihren Turnschuhen. Sicherlich waren ihre Schuhe nur verschmutzt, weil sie im See gestanden hatten und nicht, weil der eigentliche Wanderweg aus lauter Pfützen bestand. Ruby straffte die Schultern und ging los. Nach einer halben Stunde kam eine hölzerne Bank, von wo aus man einen Blick auf die umgebende Bergkette hatte. Ruby setzte sich. Sie schnaufte ein bisschen. Sie hatte bisher immer gedacht, dass sie durch ihre Laufrunden im Central Park gut in Form sei, aber musste jetzt feststellen, dass ihre vermeintliche Ausdauer in höheren Lagen schnell verpuffte. Tief und langsam durchatmend, beruhigte sich ihr Puls, und sie schaute sich um.

Der Kontrast zwischen New York und hier konnte kaum größer sein. Dennoch spürte Ruby eine Art innere Ruhe, die sie so zuvor noch nie empfunden hatte. Die Berge hoben sich majestätisch vor dem strahlend blauen Himmel ab, vereinzelt lag noch Schnee auf den

Gipfeln, davor wechselten sich Wälder, Wiesen und Felshänge ab.

Was für ein Fotomotiv! Ruby zog ihr Handy aus der Cargohose, die sie seit dem ersten Putztag als ihre deklariert hatte. Sie öffnete die Kamerafunktion und fotografierte zunächst nur die Landschaft, machte dann aber noch ein Selfie mit den Bergen im Hintergrund. Sie drückte auf den Teilen-Button, doch verharrte dann in der Bewegung. Ihr Instagram-Account lag seit dem Skandal brach, und wem würde sie dieses Foto schicken wollen?

Sicherlich nicht Zach. Mit ihm durfte und wollte sie nie wieder Kontakt haben. Immerhin hatte er beinah ihre Karriere zerstört. Dennoch musste sie sich eingestehen, dass sie ihn vermisste. Wie alles im Leben hatte auch die Sache mit ihm zwei Seiten. Wieso mussten Beziehungen immer so kompliziert sein?

Rubys Finger schwebte immer noch über ihrem Handydisplay. Sie musste sich eingestehen, dass es niemanden gab, mit dem sie dieses Erlebnis teilen könnte. Natürlich hatte sie in New York Kollegen und Bekannte, aber niemand wäre tatsächlich daran interessiert, wie es ihr derzeit gehen würde. Warum auch. Immerhin hatte sie selbst sich immer bemüht, alle Verbindungen möglichst unverbindlich zu halten. Denn nur mit genügend Abstand konnte man sich vor Verlust und Schmerz schützen, das hatte Ruby früh gelernt. Und diesen Ansatz dennoch bei Zach völlig über den Haufen geworfen.

Sie steckte das Handy zurück in die Tasche. Ihre Beine schmerzten, und sie hatte Durst. Der Jewel Lake würde nicht weglaufen. Sie stand auf und ging zurück zum Parkplatz.

***

Anstatt nach Hause zu fahren, parkte sie den Volvo direkt vorm Coffeeshop. Am Tresen begrüßte sie ein pickeliger Jüngling.

»Ist Ryder hinten?«

»Nö«, nuschelte der Jüngling.

Den Walter Spezial konnte sie dann jetzt wohl abschreiben. So gut es ging, beschrieb sie, was sie wollte.

»Ich kann Ihnen einen Kaffee mit Milch und Zucker geben«, bot er an.

Innerlich seufzend stimmte Ruby zu und nahm den Kaffeebecher mit an einen der Fenstertische. Sie war jetzt schon seit einer Woche hier, und eigentlich hatte sie schon längst auf eine Nachricht von ihrem Chefredakteur gehofft. Sie zog ihr Handy aus der Tasche und checkte ihren Maileingang. Doch er hatte sich immer noch nicht bei ihr gemeldet. Ja, er hatte gesagt, sie solle sich für ein paar Wochen rarmachen. Aber es war New York, die Stadt, die niemals schlief, in der sich die Nachrichten schneller als die Lichter am Times Square abwechselten. Beim Buchen ihres Rückflugs hatte sie daher schon gedacht, dass drei Wochen viel zu lang sein würden.

Ob sie ihm eine Nachricht schreiben sollte? Sie könnte ihm ja zumindest drei Vorschläge für Storys unterbreiten: Donna mit ihren Erlebnissen im Gefängnis, Ryder als ehemaliger CIA-Agent oder auch ein kna-

116

ckiger Aufhänger für die Verbindung zwischen der klaren Bergluft und Allergikern. Alles, was mit Kriminalität zu tun hatte, zog in New York immer. Und viele New Yorker sehnten sich auch nach Ruhe und Natur, wobei sie dafür niemals das Stadtleben aufgeben würden, daher war sie sich sicher, dass auch ein Artikel über die gesundheitlichen Vorzüge eines Lebens in Colorado Anklang finden würden.

Aber würde sie sich mit so einem Artikel in die harsche Medienlandschaft der Metropole zurückschreiben können? Nach allem, was passiert und über sie geschrieben worden war? Ihren guten Ruf mit einer Story über die geringe Pollendichte in höheren Lagen wiederherstellen?

Ruby nahm einen Schluck Kaffee und verzog das Gesicht. Der war ja beinah schlimmer als der Tee, den Ryder ihr beim ersten Besuch gegeben hatte, als er sie mit Morgan verwechselt hatte.

Sie schaute sich im Bond um. Für einen Sonntagnachmittag war es leer. Zu leer. Mit einer besseren Kaffeekarte könnte Ryder sicherlich mehr Gäste anlocken. Sie nahm sich vor, ihn bei nächster Gelegenheit darauf anzusprechen.

Ruby fuhr mit dem Finger über das Handydisplay. Immer noch keine Nachricht aus New York. Es musste für sie einen Weg zurück geben, sie war sich nur noch nicht sicher, welcher das sein würde. Sie probierte erneut von ihrem Kaffee, schob ihn dann von sich weg, erhob sich und verließ den Coffeeshop.

***

Tammy stellte ihre Teetasse ab. »Bist du zum Jewel Lake hochgesprintet?«

Ruby zog ihre Schuhe aus und ging ins Wohnzimmer, in dem nur noch Tammy und Morgan auf dem Sofa saßen. »Ich hatte Hunger.« Sie steckte sich einen der Minimuffins komplett in den Mund.

»Ich hab gehört, du bist Journalistin.« Tammy zwirbelte ihre grüne Strähne um einen Finger. In New York würde sie in der Menge untergehen, doch hier waren ihre bunten Haare sicherlich so ungewöhnlich wie Schnee in Miami. »Was hältst du von Gradys Tod? Glaubst du, dass er Selbstmord begangen hat?«

»Was?« Morgan fuhr hoch.

Und Ruby wunderte sich erneut über das Netzwerk, mit dem sich die Neuigkeiten rasend schnell in der Gegend verbreiteten. »Wie kommst du darauf?«, fragte sie.

»Meine Mutter hat erzählt, dass sich neulich ein Kunde aufgeregt hat. Er wollte bei Grady investieren, ist extra zu ihm rausgefahren, aber Grady hat ihn abgewimmelt.«

»Tammys Mutter arbeitet in der Bank«, fügte Morgan hinzu, bevor sie sagte: »Wenn mich jemand zu Hause überfällt, um mit mir Geschäftliches zu besprechen, wäre ich auch nicht glücklich.«

»Nein, abwimmeln in einem anderen Sinn. Grady hat ihm quasi davon abgeraten, Geld in sein Geschäft anzulegen.«

»Warum?«, fragte Ruby.

»Meine Mutter vermutet, dass er vielleicht pleite war. Denn ansonsten nehmen solche Firmen doch jeden Investor mit Kusshand auf.« Tammy nippte an ihrem Tee.

Ruby überlegte. »Und dann wollte er nicht, dass noch jemand Geld darin investiert, weil er wusste, dass alles demnächst den Bach runtergehen würde?«

»Und du glaubst jetzt, er hätte sich umgebracht, weil seine finanziellen Probleme so groß waren?«, wandte sich Morgan an Tammy.

»Meine Mutter vermutet das zumindest.«

Ruby räusperte sich. »Also, das klingt jetzt doof, aber es gibt doch wohl bessere Methoden, als vom Stuhl zu stürzen, wenn man sich umbringen will.«

»Ja«, gab Tammy zu. »Das war genau das, was ich meiner Mutter auch gesagt hab.«

Auch wenn Ruby zugeben musste, dass sie ebenfalls nicht an einen Selbstmord glaubte, fand sie es dennoch interessant, dass Grady weitere Investitionen ausgeschlagen hatte. War er vielleicht tatsächlich pleite gewesen? War das der Grund, warum Harold Mortin so scharf auf jegliche Geschäftsunterlagen war? Er schien sehr besorgt um Jessica zu sein, wollte er vielleicht vertuschen, wie schlecht es um die Firma stand, damit sie dennoch etwas erben würde?

»Ich bin mir sicher, dass Cassidy herausfinden wird, was mit Grady passiert ist.« Wie immer klang Morgans Stimme resolut, wenn sie über die Fähigkeiten des Sheriffs sprach.

Tammy lehnte sich vor. »Ich glaube ja, dass es Jessica war.«

Morgan erhob sich und begann, das dreckige Teegeschirr auf ein Tablett zu stellen.

»Wie kommst du darauf?«, fragte Ruby, während sie ihrer Schwester half.

»In der Woche vor Gradys Tod war Jessica zum Haarefärben bei mir im Salon. Während der Einwirkzeit hat sie telefoniert. Irgendwann auch mit Grady. Sie ist total laut geworden.«

»Hast du verstanden, worum es ging?«

Morgan gab ein schnaubendes Geräusch von sich, doch Ruby ignorierte das Missfallen ihrer Schwester über diese Frage.

»Ich hab einer anderen Kundin die Haare geföhnt, da war nichts zu verstehen. Nur als ich den Föhn ausgeschaltet hab, hat Jessica ganz deutlich gesagt: ›Dafür könnt ich dich jetzt noch umbringen!‹«

Es klirrte, als Morgan einen Kuchenteller auf den anderen fallen ließ. Ruby griff nach der zitternden Hand ihrer Schwester. Auch wenn Ruby am liebsten durch das Wohnzimmer getanzt wäre, um zu feiern, dass sie mit ihrer Vermutung offenbar recht gehabt hatte, tat ihr Morgan leid. Es war offensichtlich, dass ihr dies alles viel zu nahe ging. War das auch einer der Gründe gewesen, warum sie ihr Medizinstudium abgebrochen hatte? Morgan hatte früher schon immer viel Empathie für alles und jeden gezeigt, während Ruby sich gerade in New York eine gewisse Gleichgültigkeit angeeignet hatte. Nicht, dass sie herzlos war. Aber in ihrem Job hatte sie gelernt, dass eine gewisse Abgebrühtheit leichter war, als Mitleid zu zeigen.

Ruby seufzte innerlich. Ihr eigenes aufgeregtes Kribbeln unterdrückend, drückte sie Morgans Hand zur Beruhigung und wandte sich an Tammy: »Wenn du das so gehört hast, solltest du das Cassidy mitteilen.«

Kapitel 14

»Was für ein Start in die Woche.« Ruby setzte sich mit ihrer Müslischale an den Tisch. »Wenigstens regnet es nicht.«

»Bestes Wetter zum Fensterputzen«, sagte Morgan, ohne von der Zeitung aufzusehen.

»Bei dem grauen Himmel?«

»Genau so ist es perfekt.« Morgan klappte die Zeitung zu. »Und da montags Grady jetzt nicht mehr dran ist, kannst du heute noch mal zu Donna. Hab gehört, die Fenster waren nach deinem Putzen dreckiger als vorher.«

Ruby schob sich einen gut gefüllten Löffel Müsli in den Mund, um einer Antwort zu entgehen.

Morgan schob ihr einen Zettel zu. »Ich hab dir hier aufgeschrieben, wie du es am besten machst.«

»Du hafft mir eine Anleitung fürf Pupfen gefrieben?« Ruby verschluckte sich beinah an ihrem Müsli.

»Keine Sorge, ist ein Kinderspiel, wenn man weiß wie.« Morgan stand auf und humpelte aus der Küche.

Ruby zog den Zettel an sich heran. Ihre Schwester hatte ihr tatsächlich einen detaillierten Abfolgeplan mit zwölf Schritten geschrieben. Sie zerknüllte den Zettel und stieß ihn von sich weg. Sie war Mitte dreißig, sie war ja wohl in der Lage, Fenster zu putzen!

***

»Einen Walter Spezial.«

Ryder drehte sich um, als er Rubys Bestellung hörte. Seine Mundwinkel verzogen sich leicht nach oben. »Dachte schon, du wärst abgereist, ohne dich zu verabschieden.«

»Ich war hier, nur du nicht.« Mit Schaudern erinnerte sich Ruby an den pickeligen Jüngling, der ihr gestern Kaffee verkauft hatte. Sofern man dessen Gebräu überhaupt Kaffee nennen konnte.

»Ich war nachmittags in Denver, Tim hat mich vertreten. Was hast du derzeit getrieben?«

Ruby setzte sich auf einen Hocker vor dem Tresen und berichtete von ihrem Ausflug zum Tierheim und dem Treffen mit Jessica.

»Stanley kann dir helfen, den Teich für Guppie Goldberg wieder herzurichten. Hinter der Tankstelle rechts rein, vorletztes Haus auf der rechten Seite.« Ryder schob Ruby den To-go-Becher über den Tresen. »Was wirst du jetzt tun? Noch mal mit Jessica reden?«

»Ja, ich will auf alle Fälle herausfinden, wo sie wirklich letzten Sonntag war.« Ruby zog ihr Portemonnaie aus der Tasche.

»Lass stecken.« Ryder wischte mit einem Tuch über den Tresen.

Ruby bedankte sich und nahm den Becher. »Sag mal, hast du neue Kaffeebohnen? Mein letzter Walter Spezial schmeckte anders.«

»Anders besser oder anders schlechter?«

»Besser.«

Über Ryders Gesicht huschte ein Lächeln. Er griff unter den Tresen in den Kühlschrank und hielt einen Tetrapak hoch.

»Hafermilch!«, entfuhr es Ruby.

»Du musst jetzt jeden Tag kommen, damit die nicht schlecht wird.«

Eine prickelnde Wärme durchflutete Rubys Körper, die sie an ihre Kindheit auf Hawaii erinnerte, wenn sie mit Morgan im Pazifik rumtollte und die warmen Wellen über ihren Köpfen auf sie niederbrachen. »Danke.«

Ryder winkte ab. »Kaffee ist mein Job.«

»Nicht nur das.« Ruby hob ihren Becher hoch. »Auch dafür, dass du mich so unterstützt. Nicht jeder aka meine große Schwester hält mich für kompetent.«

»Ich hatte bisher nicht den Eindruck, dass es etwas gibt, was du nicht wuppen könntest.« Er lächelte sie an, und Ruby hätte ihn jetzt am liebsten umarmt, aber sie war sich nicht sicher, wie Ryder diese Art von Körperkontakt bewerten würde.

»Warum nimmst du Hafermilch nicht in dein reguläres Programm auf?«

Ryder drehte sich um und blickte auf die Kreidetafel über dem Tresen. »Da ist gar kein Platz mehr.«

Ruby verkniff sich ein Schmunzeln. Sie zog ihr Handy aus der Tasche und hielt ihm einen Moment später das Display hin.

»Ist das der Coffeeshop, wo du in New York immer deinen Latte kaufst?« Er nahm ihr das Handy aus der Hand und scrollte durch die Fotos auf der Website.

»Ja, und dazu eine frisch gebackene Zimtschnecke. Mit der Kombi starte ich dann morgens voll durch.«

»So sieht's hier nicht aus.« Er gab ihr das Handy zurück.

»Muss es ja auch nicht. Aber ich könnte mir vorstellen, dass du neue Gäste gewinnen könntest, wenn du dein Kaffeeangebot ein wenig ... erweiterst.« Und dir einen vernünftigen Kaffeevollautomaten besorgst, fügte sie in Gedanken hinzu.

Ryder schaute durch den Raum. »Ich befürchte, die Hinterwäldler sind nicht so kultiviert. Die wollen schwarzen Kaffee und Grilled Cheese Sandwiches.«

»Hast du ihnen mal Kaffeespezialitäten wie Cappuccino, Espresso und so angeboten? Add-ins wie Sirup, Toppings, heißen und kalten Kaffee ...«

»Ich kann mir nicht vorstellen, dass hier jemand einen kalten Kaffee trinken würde.«

»Ich mir schon. Und dann natürlich auch noch saisonale Angebote. Allerdings müsstest du einmal pro Monat renovieren.«

»Renovieren?«

Ruby musste sich ein Lachen verkneifen, als sie Ryders irritiertes Gesicht sah. »Na, weil die Leute dir hier ständig die Bude einrennen würden.«

Ryder lachte auf. »Du meinst echt, dass ein bisschen Zeug im Kaffee mehr Gäste bringt?«

»Starbucks verdient damit Milliarden.« Ruby wandte sich zur Tür. »Ich muss los. Wir sehen uns.«

Ryder hob die Hand. Ruby fand, er sah mit seinen zusammengezogenen Augenbrauen nachdenklich aus. Irgendwie süß.

Im Auto klappte sie die Sonnenblende hinunter, um ihr Make-up im Spiegel zu kontrollieren. Ihre Wangen sahen röter aus als vorhin. War das Ryders Einfluss?

Unwillkürlich musste sie an Zach denken. Sofort klappte sie die Blende wieder hinauf, startete den Wagen und schob jegliche Gedanken über Männer fort. Das Autofahren erforderte immer noch ihre gesamte Hirnkapazität, da war für nichts anderes mehr Platz.

Nachdem sie das Auto zweimal abgewürgt hatte, zuckelte sie langsam los.

***

Als Ruby auf Donnas Haus zufuhr, fiel ihr sofort auf, dass der rote Käfer nicht davor stand. Stattdessen parkte ein schnittiger schwarzer Sportwagen in der Einfahrt. Ruby schielte auf das Logo am Grill und erkannte das klassische Liliensymbol. Hatte Donna ihr kleines Auto tatsächlich gegen eine Corvette eingetauscht? Von dem, was sie bei ihrem ersten Besuch über die ältere Dame erfahren hatte, wäre es ihr glatt zuzutrauen.

Etwas scheuerte an ihrem rechten Augenlid. Erneut klappte Ruby die Sonnenblende hinunter und fuhr erschrocken zusammen, als jemand an die Fahrerscheibe klopfte.

Ein Mann mit kurz geschorenen, dunklen Haaren riss die Tür auf. »Ruby? Donna hat gesagt, dass du kommst.« Er machte Anstalten, nach ihrem Arm zu greifen, um ihr beim Aussteigen zu helfen, doch sie entwand sich ihm. »Ich bin Cash, Donna ist meine Großtante.«

Ihr Blick glitt von ihm zu der Corvette.

»Ja, der Name ist Programm.« Er zwinkerte ihr zu.

Rubys Augen lösten sich von dem teuren Auto, aber blieben dann an seinen Oberarmen hängen. Natürlich hatte sie in New York auch schon den ein oder anderen Mann mit regelrechten Bodybuilderarmen gesehen, aber bei diesem Mann schienen die Bizepse geradezu aus dem T-Shirt herausplatzen zu wollen. Sie umrundete den Wagen und öffnete den Kofferraum. Ehe sie jedoch die Putzbox herausnehmen konnte, hatte er sich die Kiste schon unter einen seiner starken Arme geklemmt.

»Ich kann das allein tragen.« Ruby klappte die Heckklappe runter.

Zu ihrer Überraschung drückte Cash ihr die Box in die Arme. Und dann überrumpelte er sie total, als er sie mitsamt der Kiste auf die Arme nahm und in Richtung Haus ging. Ruby strampelte mit den Beinen. »Lass mich runter!«

»Warum? Wann hat dich zum letzten Mal jemand auf Händen getragen?« Cash grinste breit. Dabei wurde eine unverschämt weiße Zahnreihe sichtbar.

Was war los mit dem Kerl? War er auf Drogen? Wo war Donna?

»Aber keine Sorge, über die Schwelle trage ich dich nicht. So lange kennen wir uns ja noch nicht.« Er lachte und ließ Ruby vor der Haustür runter. Ruby hatten in ihrem Leben noch nicht oft die Worte gefehlt, aber dieser Moment würde sich zu den anderen dazugesellen.

Das Schlimmste war, dass, obwohl seine Machosprüche echt abtörnend waren, sie ihn dennoch faszinierend fand. Das Selbstbewusstsein, mit dem er sie so schamlos angebaggert hatte, machte ihn auf eine seltsame Weise attraktiv. Auch wenn er sonst gar nicht ihr Typ war. Und obwohl sie sich in den letzten Tagen an die Cargohose, das Sweatshirt und die Turnschuhe gewöhnt hatte, bedauerte sie es jetzt, dass sie nicht eins ihrer figurbetonten Kostüme mit den High Heels trug.

Ihr Handy surrte in der Tasche der Cargohose und unterbrach ihre wehmütigen Gedanken an ihre schöneren Klamotten. Ruby zog es heraus und sah, dass Morgan ihr eine Nachricht geschickt hatte.

Fang mit den Südfenstern (die zum Wasser hin) an, solange es noch wolkig ist.

Verärgert stopfte Ruby das Handy wieder zurück.

»Ich könnte einspringen.« Cash zeigte mit beiden Daumen auf sich.

»Wie bitte?«

»Wenn der Typ gerade euer Date für heute Abend abgesagt hat, ich hätte Zeit.« Wieder zeigten sich seine strahlend weißen Zähne, die Ruby an eine Werbung ihres Zahnarztes in New York erinnerten.

»Kein geplatztes Date, nur meine Schwester, die glaubt, ich könne keine Fenster putzen.«

Cash griff ihre Hände. »Die solltest du auch nicht für so was einsetzen. Lass uns erst mal was trinken.« Er zog sie ins Haus.

Ruby wollte sich wehren, aber dann überkam sie ein Anflug von Rebellion. Warum sollte sie die Fenster putzen? Es war Morgans Job. Und wenn sie das derzeit nicht machen konnte, sollte Morgan sich doch jemanden suchen, den sie dafür bezahlen würde. Und nicht einfach ihre Schwester ausnutzen. Immerhin war sie nach Colorado gekommen, um Morgan zu besuchen und nicht ihre Arbeit zu erledigen. Sie ließ sich von Cash in Donnas Küche führen und setzte sich auf den gleichen Stuhl, wo sie schon beim letzten Besuch gesessen und Quesadilla gegessen hatte. Cash entzündete die Flamme am Gasherd und setzte den Wasserkessel auf. Irgendwie hatte Ruby nicht damit gerechnet, dass Cash von Tee gesprochen hatte, sondern eher erwartet, dass er ihr ein Bier oder so etwas anbieten würde.

Während das Wasser zu kochen begann und Cash Teebeutel in zwei Tassen hängte, summte er vor sich hin. Ruby kam die Melodie bekannt vor, doch ohne Text kam sie nicht auf das Lied.

Aus der Tasse, die Cash vor Ruby stellte, dampfte es heraus. Cash stellte eine kleine Untertasse in die Mitte des Tisches, offenbar war diese für die Teebeutel gedacht. Dann nahm er eine Milchtüte aus dem Kühlschrank und setzte sich ihr gegenüber. »Du hast also Grady gefunden?«

Wie viele Bewohner hatte Paradise? Kannten die sich alle persönlich? Und gab es sonst nur so wenig Interessantes, dass sich solche Dinge wie ein Lauffeuer rumsprachen?

»Kanntest du ihn?«

Cash nahm seinen Beutel aus dem heißen Wasser und ließ ihn auf die Untertasse fallen. »Ja.«

Ruby lehnte sich vor. »Dann weißt du sicherlich auch über die Suitgate-Sache Bescheid, oder?«

Cash kniff die Augen leicht zusammen. »Wer weiß das nicht?«

»Weißt du, was aus Laura Michaels, der ehemaligen Mannschaftsärztin, geworden ist?«

»Warum interessiert dich das?« Nachdem er sich Milch in seinen Tee gegossen hatte, bot er Ruby die Tüte an, doch sie schüttelte mit dem Kopf.

»Hast du mal einen Toten gefunden?« Ruby drehte die Tasse in ihren Händen und hoffte, dass Cash ihre Lüge nicht durchschaute. »Ich möchte einfach gern mehr über ihn erfahren.«

»Von Laura Michaels?«

»Warum nicht?«

»Weil sie sicherlich die Letzte ist, die über Grady reden möchte.«

»Wieso?«

»Sie hat aufgrund von Suitgate ihre Zulassung verloren. Glaubst du allen Ernstes, sie empfindet etwas anderes außer Hass ihm gegenüber?« Cash sah Ruby so intensiv an, dass sie seinem Blick auswich. »Moment. Glaubst du, dass Laura was mit Gradys Tod zu tun hat?«

Ruby nahm einen Schluck Tee und verbrannte sich prompt die Zunge. Sie fluchte, während sie sich Milch in die Tasse goss.

Cash lehnte sich zurück. »Donna hat mir erzählt, du bist Journalistin. Schnüffelst du für einen Artikel?«

Ruby schwieg weiterhin.

»In New York City wird vermutlich jeden Tag einer umgebracht.« Cash stützte seine Ellenbogen auf den

Tisch und lehnte sich vor. Sein Gesicht kam ihrem immer näher. Sie roch sein herbes Aftershave. In New York, wo alle darauf achteten, bloß niemandem zu nahe zu kommen, kannte sie kaum noch einen Mann, der Aftershave nutzte. Und wenn, dann schon gar nicht so ein intensives. Aber zu Cash passte es. Männlich. Und irgendwie rau und wild.

Ruby wich zurück. »Ich bin halt neugierig.«

»Ich auch«, murmelte er und sah ihr dabei tief in die Augen.

Rubys Handy surrte erneut. Sie griff in ihre Tasche und unterdrückte ein Stöhnen, als sie eine weitere Nachricht von Morgan sah.

Nimm besser das Fensterleder als den Abzieher.

Gerade, als sie das Handy wieder in die Tasche stecken wollte, klingelte es.

»Ich hätte mir denken können, dass so eine wie du gefragt ist.« Cash stützte sein Kinn auf eine Hand und starrte sie so unverfroren an, dass Ruby Mühe hatte, ans Telefon zu gehen.

»Du hast die Liste vergessen!«, dröhnte Morgans Stimme in Rubys Ohr. »Am besten ich leite dich durch die einzelnen Schritte, okay?«

Cash nahm Ruby das Telefon aus der Hand. »Was auch immer es ist, es kann warten«, sagte er und legte auf. Bevor er Ruby das Handy zurückgab, stellte er es auf stumm.

»Das war meine Schwester. Sie wird nicht lockerlassen.«

»Du bist jetzt hier. Und ich ...«

»Du wirst Ruby schön ihren Job machen lassen.« Donna war unvermittelt im Türrahmen aufgetaucht. An Ruby gewandt sagte sie: »Entschuldige, mein Großneffe kann manchmal sehr aufdringlich sein.«

»Aufdringlich?«, brüskierte dieser sich. »Du meinst wohl eher aufmerksam.«

Ruby stand auf. »Ich sollte jetzt wirklich mit den Fenstern anfangen.«

»Dinner heute Abend bei mir?« Cash war unerbittlich.

»Ich glaube nicht, da...« Doch Cash wartete Rubys Antwort gar nicht ab. »20 Uhr, Timberline Lodge.« Er stand ebenfalls auf, drückte Donna einen Kuss auf die Wange und verschwand aus der Küche. Im nächsten Moment röhrte draußen ein Motor auf, und die Corvette verließ so rasant die Einfahrt, dass einzelne Steinchen hochspritzten. Ruby öffnete die Putzbox, um das Fensterleder herauszunehmen.

Donna schüttelte den Kopf. »Cash ist ein bisschen durch den Wind. Das letzte Gespräch, das er mit Grady geführt hat, ist im Streit auseinandergegangen.«

Rubys Kopf schnellte hoch. »Die zwei kannten sich?«

»Beste Freunde, schon seit Jahren. Daher hat es Cash auch so gewurmt, dass Grady seinen Investorantrag abgelehnt hat. Und jetzt grämt sich Cash, dass sie sich vor Gradys Tod über Geld in die Haare gekriegt haben.«

Ruby legte ein mitfühlendes Lächeln auf. Plötzlich erschien ihr ihr Kalender für heute Abend sehr frei. So frei, dass sie natürlich Zeit hatte, um abends zur Timberline Lodge zu fahren – wo auch immer das Hotel lag, in dem Cash offenbar übernachtete. Sie zog das Fensterputzmittel aus der Box und richtete sich auf, als Donnas Handy klingelte.

Diese nahm das Gespräch an und reichte den Hörer dann an Ruby weiter. »Deine Schwester will dringend mit dir sprechen.«

Kapitel 15

Morgan hatte sich schnell wieder am Telefon beruhigt, nachdem Ruby ihr versichert hatte, dass Cash jetzt weg sei und keine Ablenkung mehr darstellen würde. Außerdem hatte sie Morgans detaillierte Anweisungen über sich ergehen lassen. Als Morgan allerdings vorgeschlagen hatte, sie könnten auch eine Videokonferenz machen, damit sie Rubys einzelne Schritte verfolgen könne, hatte Ruby eine schlechte Internetverbindung vorgetäuscht und das Gespräch beendet.

Dennoch musste sie zugeben, dass Donnas Fenster nach dem zweiten Mal Putzen mit Morgans Anleitung tatsächlich sauber waren.

»Warum hat er dich zum Essen eingeladen?«, wollte Morgan wissen, als Ruby um halb acht im Bad stand und auf ihre ausgebreiteten Lippenstifte schaute.

»Weil du uns unterbrochen hast.« Ruby nahm einen rosafarbenen und einen knallroten hoch, hielt sie links und rechts neben ihren Mund und betrachtete sich im Spiegel.

»Auf gar keinen Fall das rote Ding!« Morgan entzog ihr die Lippenstiftfarbe und ließ sich auf den Rand der Badewanne sinken. »Findest du ihn attraktiv?«

Ruby umrandete ihre Lippen mit einem Stift in einem zartrosa Ton. »So richtig mein Typ ist er nicht. Aber er ist auch nicht hässlich.«

»Lässt dir dein Chefredakteur so ungenaue Beschreibungen in deinen Artikeln durchgehen?«, beschwerte sich Morgan gespielt.

Ruby öffnete den Lippenstift und trug die Farbe auf. »Normalerweise stehe ich nicht auf so Muskelpakete. Nicht, dass ich was gegen trainierte Männer hab, aber er wirkt, als wenn er tagtäglich nur Proteinshakes und mageres Hühnchen in sich reinstopfen würde, wenn er nicht gerade im Fitnessstudio trainiert.« Sie presste ein Taschentuch zwischen ihre Lippen, um überschüssige Farbe aufzufangen.

»Warum gehst du dann hin, wenn er nicht dein Typ ist?«

Ruby schaute in den Spiegel und sah, wie ihre Schwester sie forschend anblickte. Nach so langer Zeit war es komisch, quasi wieder zweimal in das gleiche Gesicht im Spiegel zu blicken.

Morgan trug die langen, schulterlangen Haare wie immer offen. Ruby dagegen hatte ihre Haare in ihren geliebten Dutt gezwirbelt. Ein paar Strähnen hatte sie herausgezogen, die der an sich strengen Frisur einen verspielten Charakter geben sollten. Im Gegensatz zu Morgans langen Creolen, die sich in einzelnen Haarsträhnen verfangen hatten, trug Ruby keine Ohrringe. Dafür legte sie sich jetzt eine silberne Kette um den Hals, die ihr Dekolleté betonte.

»Hat es etwas damit zu tun, dass er der beste Freund von Grady war?«

»War er?«

»Tu doch nicht so.«

»Woher weißt du das? Kennt hier eigentlich jeder jeden?«

»Donna hat mir ein paar Mal was von ihrem Neffen erzählt, der mit Grady befreundet ist.« Morgan stand auf und wandte sich zur Tür. »Stoß ihn mit deinen Fragen nicht vor den Kopf, okay?«

»Ja, Mama.«

***

Ruby hatte Timberline Lodge in das Navigationssystem ihres Handys eingegeben und folgte der Stimme nun schon seit fast einer halben Stunde ins gefühlte Nirgendwo. Langsam wurde ihr ein wenig mulmig zumute. Sie kannte ihn ja gar nicht, wer weiß, wohin er sie eingeladen hatte? Andererseits war er Donnas Großneffe, und daher sicherlich kein Vergewaltiger, geschweige denn Gradys Mörder. Oder?

Sie bog rechts in eine Straße ab, die eher dem Feldweg ähnelte, der zu Gradys Haus führte, als einer asphaltierten, zweispurigen Straße. Das Auto hoppelte durch mehrere Schlaglöcher. Rubys Finger verkrampften langsam, so sehr umklammerte sie das Lenkrad, während sie in die Dunkelheit starrte. Plötzlich tauchten links zwei leuchtende Augenpaare auf. Ruby riss den Lenker nach rechts und trat mit beiden Füßen auf das Bodenblech, als wenn sie sich vor einem Aufprall abstützen wollte. Was genau ihre Füße dort unten taten, konnte sie im Nachhinein nicht nachvollziehen. Vielleicht hatte der rechte Fuß das Gaspedal durchgedrückt, während der linke auf der Bremse stand? Fakt war, dass der Motor ein heulendes Geräusch von sich gab, der Wagen einen Satz nach rechts machte und dann abrupt stehen blieb, während die zwei Tiere nach links in den Wald verschwanden.

Ruby war bei dem plötzlichen Stopp mit dem Oberkörper aufs Lenkrad geknallt. Offenbar war der Aufprall aber nicht stark genug gewesen, denn der Airbag hatte nicht ausgelöst. Stöhnend rieb sie sich über Brust und Dekolleté, wo das Lenkrad sie am heftigsten getroffen hatte.

Was waren das für Tiere gewesen? Rehe? Hirsche? Verdammte Natur. In New York hatte sie im Taxi allerhöchstens mal eine Ratte überfahren. Sie atmete ein paar Mal tief durch, um ihren Herzschlag wieder zu beruhigen. Dann steckte sie den Zündschlüssel erneut ins Schloss, doch nichts passierte.

»Komm schon!« Ruby war schon spät gewesen, als das Navigationsprogramm ihr die Route berechnet hatte. Jede weitere Verzögerung würde sie noch später bei Cash ankommen lassen.

Pünktlichkeit war die wichtigste Regel ihres Redaktionschefs, die er jedem seiner Journalisten eingebläut hatte: »Unpünktlichkeit ist gelebte Arroganz«, pflegte er zu sagen. Nur wenn man pünktlich zu einem Termin erschien, teilte man seinem Gegenüber seine Wertschätzung mit. Ein unerlässliches Tool, wenn man als Journalist einem widerwilligen Interviewpartner das ein oder andere Geheimnis entlocken wollte.

Nach ein paar weiteren Versuchen, das Auto zu starten, schlug Ruby mit der flachen Hand aufs Lenkrad und ließ einen wütenden Schrei raus. Sie riss die Wagentür auf, stieg aus und trat mit dem Fuß gegen das

Vorderrad. Jetzt bemerkte sie, dass das Auto vorne irgendwie schief war, als wenn das rechte Vorderrad in einem Loch steckte. Ruby beugte sich ins Auto und suchte in der Mittelkonsole nach ihrem Handy, konnte es aber nicht finden. Warum hatte Morgan auch keinen Handyhalter im Auto? Ruby tastete erst den Beifahrersitz ab, dann fuhr sie mit der Hand vorsichtig in den vorderen Fußräumen herum. Sie stieg wieder aus, öffnete die Hintertür und suchte auf der Rückbank weiter. Zum ersten Mal war sie froh über Morgans peniblen Sauberkeitsfimmel, denn sie konnte sich sicher sein, ihre Hand nicht unvermittelt in ein altes Taschentuch, einen vergessenen Fast-Food-Container oder etwas ähnlich Ekliges zu stecken. Unter dem Beifahrersitz fand sie schließlich ihr Handy. Ruby fühlte, dass es einen Riss auf dem Display hatte, außerdem war ein Teil des Rands abgesplittert. Sie schaltete es an, doch nichts passierte.

»Lässt du mich jetzt auch im Stich?« Hektisch fuhr sie mit den Fingern an den zwei einzelnen Tasten am Rand entlang. Endlich leuchtete das Display auf. Doch sie hatte kein Signal. Ruby tippte auf dem Display herum, doch kein Balken erschien.

Was war das hier für eine Wildnis, in der noch nicht einmal mehr ihr Handy Empfang hatte?

Fein, dann würde sie jetzt eben ein Stück die Straße zurückgehen, um Empfang zu erhalten. Dann könnte sie Cash anrufen … Sie hatte Cashs Nummer ja gar nicht. Aber dann würde sie Morgan anrufen, die könnte sich dann bei der Timberline Lodge melden und ihm mitteilen, dass Ruby einen Unfall gehabt hatte. Ruby griff nach ihrer Strickjacke und der Handtasche und manövrierte auf ihren High Heels über den holperigen Weg. Ab und zu ließ sie das Display aufleuchten, um nach dem Signal zu checken und um sich ein wenig den Weg zu leuchten. Ansonsten setzte sie vorsichtig einen Fuß vor den anderen und kam sich vor wie der letzte Mensch auf Erden.

Ihre Füße begannen zu schmerzen. Sie war es gewohnt, den ganzen Tag auf hohen Absätzen zu laufen. Aber auf Asphalt und in Bürogebäuden, nicht über steinige, unebene Feldwege. Außerdem wurde ihr langsam trotz ihrer Strickjacke kalt. So ging es nicht weiter. Sie war für das Abendessen ohnehin schon viel zu spät. Und selbst wenn Morgan in der nächsten halben Stunde einen Abschleppwagen organisieren könnte, konnte sich Ruby in ihrem derzeitigen Zustand nicht mehr zu einem Abendessen mit Cash zeigen.

Immer noch hatte ihr Handy kein Empfang.

Als ihre Schuhe endlich auf der asphaltierten Straße standen, von der sie abgebogen war, hätte sie den Boden küssen können. Sie hielt das Handy in die Luft, und siehe da, ein Balken erschien.

Sie tippte auf Morgans Nummer im Telefonbuch und starrte während des Wahlvorgangs auf die Balkenanzeige. »Bleib bei mir«, murmelte sie in einem beschwörenden Ton.

»Ist dein Date schon zu Ende?«, drang Morgans Stimme an ihr Ohr.

»Dein Auto ist verreckt. Mitten im Nirgendwo. Kannst du mir einen Abschleppdienst rufen?«

»Ist dir was passiert? Bist du verletzt?« Morgans Stimme klang panisch.

»Nein, alles gut. Und kannst du in der Timberline Lodge anrufen und Cash ausrichten, dass es mir leidtut, aber es heute nichts wird?«

»Wo genau bist du?«

Ruby blickte die dunkle Straße hinab. »So was wie eine halbe Stunde auf dem Weg von dir zur Lodge.«

»Bist du noch auf dem Highway 7 oder schon davon abgebogen?«

»Abgebogen.«

»Bleib, wo du bist, ich schicke dir jemanden.«

Kapitel 16

»Heißt Cash auch Lackner mit Nachnamen?« Ruby hielt inne, bevor sie die letzte Ziffer der Telefonnummer der Timberline Lodge tippte.

Morgan stand an der Geschirrspülmaschine und räumte das Frühstücksgeschirr ein. »Woher soll ich das wissen? Du hattest doch ein Date mit ihm.«

»Was hast du denn gestern gesagt, als du dort angerufen hast?«

»Ich hab nach einem Cash gefragt, und da wusste man sofort Bescheid.«

»Dann hab ich hoffentlich so viel Glück wie du gestern.« Ruby drückte die letzte Ziffer.

Gleich nach dem ersten Klingeln meldete sich eine vornehm klingende Stimme: »Timberline Lodge, Steven am Apparat.«

»Ich würde gern mit einem Ihrer Gäste sprechen. Cash ...«

»Der ist gerade weggefahren. Kann ich sonst noch etwas für Sie tun?«

Ruby verneinte, legte auf und stand auf. »Ich bin dann mal bei Donna.«

Morgan zeigte auf die Küchenuhr. »Das Taxi kommt erst in einer Viertelstunde.«

»Ich will noch kurz zu Ryder gehen.« In dem Moment, wo die Worte Rubys Mund verließen, wappnete sie sich gegen eine flapsige Bemerkung von Morgan.

Diese grinste nur, sagte aber nichts. Und da Ruby keine Bemerkung herausfordern wollte, hielt auch sie den Mund und verließ das Haus.

***

»Geht's dir gut?« Ryder kam auf sie zu, sobald Ruby das Café betreten hatte.

»Warum sollte es das nicht?«

»Das Ausmaß der Gerüchteküche geht von dreifachem Überschlagen des Autos bis zu entstelltem Gesicht durch die zerbrochene Windschutzscheibe.«

»Gibt es eine WhatsApp-Gruppe für alle Bewohner von Paradise?« Ruby ließ sich auf einen Hocker am Tresen sinken.

»Spätestens heute Mittag sollten auch alle in Evergreen und Fort Montgomery Bescheid wissen, bis zum Abend dann auch alle in Denver.« Ryder hob die Kaffeekanne. »Walter Spezial?«

Ruby nickte.

»Was hast du da hinten überhaupt gemacht?«, wollte Ryder wissen.

»Hat der Buschfunk dazu keine Auskunft gegeben?«

»Es wird gemunkelt, du wärst auf dem Weg zur Timberline Lodge gewesen.« Ryder zog seine Augenbrauen hoch.

»Stimmt.«

141

Für einen Moment erschien es Ruby, als wenn Ryder die Fassung verlieren würde. Doch dann wirkte er wieder wie der Alte. Mit einer möglichst neutralen Miene fragte er: »Was wolltest du dort?«

»Donnas Großneffe Cash hatte mich zum Essen eingeladen.«

»Hm.« Ryder drehte Ruby den Rücken zu, um das Wasser in den To-go-Becher zu gießen.

Ruby hatte plötzlich das Bedürfnis, sich rechtfertigen zu müssen. »Ich hab gestern erfahren, dass er Gradys bester Freund war. Da wollte ich einfach mehr über ihn erfahren.«

Ryder schob ihr den Becher über den Tresen. »Das heißt, du hast noch nicht wieder mit Jessica gesprochen?«

Ruby schüttelte den Kopf. »Und mit Elodie auch noch nicht.«

»Sie arbeitet nachher.«

»Perfekt. Dann komm ich später wieder vorbei.« Sie deutete auf den Kaffee. »Gibt es den heute wieder gratis?«

Ryders Wangen färbten sich rot. »So lange, wie du mich auf dem Laufenden hältst.«

***

Schon von Weitem konnte Ruby Cashs Corvette hinter Donnas Käfer stehen sehen. Das Taxi ließ sie an der Straße raus. Sie hievte die Putzbox aus dem Kofferraum, stellte den Kaffee darauf und balancierte in Richtung Haustür. Es war kein Schlagzeug zu hören. Die Chancen standen also gut, dass Donna und Cash gerade bei einem Tee saßen und plauderten. Ehe sie die Tür erreichte, kam Cash um die Hausecke.

»Ich hab ein dickes Fell. Wenn du nicht auf mich stehst, kannst du es mir direkt ins Gesicht sagen.« Er nahm ihr die Putzkiste ab.

Ruby nahm schnell den To-go-Becher vom Deckel, dessen Inhalt bedrohlich schwankte. »Ich hatte wirklich einen Unfall.«

Cash grinste übers ganze Gesicht. »Konntest es wohl nicht erwarten, auf dem schnellsten Weg zu mir zu kommen?«

Drinnen saß Donna in der Küche. Sie sprang auf, als Ruby hinter Cash hereinkam. »Alles gut bei dir?« Sie musterte sie von oben bis unten.

»Alles bestens. Nur Morgans Volvo ist nicht ganz ungeschoren davongekommen.«

Cash stellte die Putzbox auf den Fußboden. Er nahm Donna in die Arme und drückte ihr einen Kuss auf die Wange. »Ich sollte wirklich losfahren.«

Das Telefon klingelte, und Donna machte sich von ihm los, um das Gespräch im Wohnzimmer anzunehmen.

»Möchtest du auch einen Kuss zum Abschied?« Cash lehnte sich nach vorn und spitzte die Lippen.

»Nein!«

»Sicher?«

Ruby wurde unter seinem intensiven Blick rot. Sie musste jetzt reagieren, denn sonst wäre er weg. »Man kann nicht halb aufs Ganze gehen«, war ein weiterer Lieblingsspruch ihres Mentors gewesen. Sie räusperte sich. »Seit wann kanntest du Grady?«

»Bist du in allen Lebenslagen immer so direkt?« Cash klang belustigt.

Ruby spürte, wie ihr das Blut mit der Geschwindigkeit einer Concorde ins Gesicht schoss.

Cash setzte sich auf Donnas verlassenen Stuhl. »Wir haben uns im Skisprungzentrum am Lake Placid kennengelernt.«

»Du warst auch Skispringer?« Ruby nahm einen Schluck von ihrem Kaffee, der noch ungewöhnlich warm war.

Cash flexte seine Armmuskeln. »Damit fliegt man nicht, sondern kann Leichtgewichte wie dich auffangen.«

Ruby durchfuhr ein Kribbeln. Und das lag sicherlich nicht nur am heißen Kaffee und Cashs unverblümten Anmachen, sondern auch daran, dass sie das Gefühl hatte, mehr über Grady erfahren zu können, als sie ursprünglich gehofft hatte.

»Ich war Skitechniker«, erklärte Cash schließlich. »Der, der sich im Hintergrund darum kümmert, dass die Ski perfekt auf die Wettkampfbedingungen abgestimmt sind.«

»Warst du Gradys Skitechniker, während er selbst noch gesprungen ist?«

Cash sah sie wieder so merkwürdig an wie gestern Nachmittag, als sie ihn nach Suitgate gefragt hatte. »Du hast keine Ahnung, oder?«

»Ich bin Journalistin, ich stelle nun mal viele Fragen.«

Cash machte ein belustigtes Gesicht. »Grady und ich waren wie Batman und Robin. Früher hab ich mich um seine Skier gekümmert, als er dann Trainer wurde, hab ich Grip Pro ...«

»Grip was?«

»Eine Firma für professionelle Skihandschuhe. Grip Pro war Hauptsponsor bei Team USA. Bis zu Suitgate.«

Ruby hatte Mühe, ihre Überraschung zu verbergen. »Du warst bei Suitgate dabei?«

»Ist das Schock oder Faszination, was sich in deinem Gesicht widerspiegelt?«

»Haben Grady, Laura und Mallory dich in den Betrug eingeweiht?«

Cashs Adamsapfel hüpfte kurz hoch und runter.

»Also?«, bohrte Ruby nach.

»Grady, Laura und Mallory haben eine Strafe erhalten, Grip Pro wurden die Sponsorenverträge entzogen, und das Team USA musste ein Strafgeld zahlen.«

»Nur weil die drei Personen verurteilt wurden, heißt das ja nicht, dass nicht auch andere aus dem Team davon wussten.«

»Ich kann nichts zu dem Wissen oder Unwissen anderer sagen. Ich bin kein Gedankenleser.«

Ruby sah seinem Gesicht an, dass er weiteren Nachfragen aus dem Weg gehen würde. Cash sah auf die Uhr, erhob sich, schob den Stuhl unter den Tisch und ging zur Tür.

»Eine letzte Frage noch ...«

»Natürlich können wir uns treffen, wenn ich wieder zurückkomme und du noch hier sein solltest.« Cash zwinkerte ihr zu und öffnete die Tür.

»Traust du Laura zu, dass sie Grady aus Rache umgebracht hat?«

Cash winkte, schloss die Tür hinter sich und war verschwunden.

Ruby trommelte mit den Fingern auf der Tischplatte. Bevor sie einen klaren Gedanken fassen konnte, kam Donna herein.

»Sag mal, arbeitet Cash noch bei diesem Grip Pro?«, fragte Ruby sie.

»Nein. Das war mit Suitgate vorbei.«

»Was macht er seitdem?«

»Dies und das.«

»Kann man damit gut Geld verdienen?«, scherzte Ruby und trank von ihrem Kaffee.

Donna lachte. »Er spielt viel Golf. Musste daher jetzt auch weg, weil er zu einem Turnier muss.«

»Dann muss er ja richtig gut sein, wenn er sich von den Preisgeldern eine Corvette leisten kann.«

Donna schüttelte den Kopf. »Er hat sein Geld immer gut angelegt.«

Ruby biss sich auf die Unterlippe. Cashs Karriere war nach Suitgate also auch zu Ende gewesen. Und er verstand anscheinend was von Investitionen. Warum hatte Grady sein Geld – und offenbar auch das anderer Bürger – derzeit nicht investieren wollen?

»Ich hab eine schwierige Stelle im Groove, die ich zerlegen werde. Könnte also recht monoton werden.«

Ruby griff in die Putzkiste und wedelte mit den Kopfhörern. »Ich bin gewappnet.«

Donna verschwand im Nachbarzimmer, und einen Moment später klangen die ersten Beats laut durch die Wand. Ruby setzte die Kopfhörer auf und machte sich an die Arbeit. Beim Staubwischen einer Anrichte im Wohnzimmer fiel ihr ein eingerahmtes Foto von einer jüngeren Version Cashs ins Auge. Er stand in einem Garten in Jeans und einem Tour-T-Shirt von Donnas

Band und hatte seine Bizepse gespannt, die damals schon beachtlich waren.

Cash war Gradys Freund gewesen. Aber auch jemand, der durch den Skandal seinen Job verloren hatte. Doch im Gegensatz zu Laura schien Cash finanziell besser dazustehen als früher. Stammte sein Vermögen wirklich aus gut anlegten Aktien? Oder aus anderen Kanälen? Hatte er Geld von Grady erpresst? Als bester Freund wusste er sicherlich noch mehr dunkle Geheimnisse. Hatte Grady letzte Woche vielleicht weitere Zahlungen an Cash verweigert? War das der eigentliche Grund des Streits gewesen? War Cash vielleicht ausgerastet und hatte seinen besten Freund dabei niedergeschlagen?

Ruby löste ihren Blick von Cashs Bizepsen und versuchte, den Gedanken an die muskulösen Oberarme wegzuwischen wie den Staub, der sich vor dem Foto angesammelt hatte. Doch es ging ihr nicht aus dem Kopf, mit welcher Leichtigkeit Cash sie gestern hochgehoben hatte und was das für eine Kraft in den Muskeln vermuten ließ.

Kapitel 17

»Morgen ist Müllabfuhr. Kannst du bitte alles an die Straße stellen?«, bat Morgan Ruby, als diese von Donna nach Hause kam. »Recycling in die blaue Tonne, Restmüll in die rote. Und vergiss nicht, die Sachen von Grady dazuzustellen.«

Da Ruby wusste, dass Morgan eine sofortige Erledigung erwartete, ging sie gleich durch in die Garage. Sie schnappte sich den schwarzen Beutel, den sie von Grady mitgenommen hatte, und ließ ihn in die rote Tonne fallen. Die Box mit den Getränkedosen und dem Papier quoll über, und als sie die Recyclingtonne öffnete, sah sie, dass diese auch schon gut gefüllt war.

»Ich glaub, sein Recycling passt nicht mehr mit rein«, rief sie durch die offene Tür ins Haus.

»Du musst ... warte.« Schneller, als Ruby erwartet hatte, stand Morgan im Türrahmen. »Grady hat sein Papier immer zusammengeknüllt. Briefe und lauter so Zeug, was er besser hätte schreddern sollen. Als wenn eine Papierwurst jemanden abschrecken würde, nach persönlichen Daten zu suchen.« Sie deutete auf Gradys Papierknäule. »Du musst sie auseinanderfalten und ordentlich stapeln, dann passt das.«

»Das ist doch jetzt eine Aufgabe, die du dir gerade für
mich ausgedacht hast!« Ruby starrte ihre Schwester an.

»So mache ich das auch immer.«

Ruby zeigte auf das Durcheinander der Flaschen, Dosen und diversen Papier- und Pappstücken. »Ich soll da
jetzt reingreifen und jedes einzelne Papierstück glät-
ten?«

Morgan nickte. »Wenn du mir einen Stuhl holst, kann
ich dir auch helfen.«

So schnell war Ruby noch nie in der Küche gewesen.
Sie platzierte den Stuhl neben einem halbhohen Regal,
schob Gradys Recyclingmüll auf das oberste Brett und
stellte die Recyclingtonne davor. Dann stellte sie sich
auf die andere Seite. »Du hast ja schon mehr Übung darin, vielleicht sollte ich das dir überlassen.«

»Stell dich nicht so an.« Morgan griff nach zwei Tetra-
paks, die obenauf lagen, und warf sie in die Tonne.
Dann nahm sie ein zerknülltes Papier, das aussah wie
der Flyer einer Elektronikkette, glättete es auf ihren
Beinen und legte es auf das Regal.

Ruby lief erneut in die Küche und kam mit Putzhandschuhen zurück. Sie zog sie an und fischte eine Bier-
dose mit spitzen Fingern aus dem Durcheinander. Morgan schüttelte den Kopf, sagte aber nichts.

Schweigend arbeiteten sie nebeneinander her: Ruby
warf sämtliche Dosen und Glascontainer in die Tonne,
während Morgan ein Papier nach dem anderen glättete. Als sie eins auf den schon beträchtlich angewach-
senen Stapel legen wollte, fiel es herunter und segelte
auf den Garagenboden. Ruby bückte sich. Beim Hoch-
nehmen fiel ihr das fettgedruckte Wort DNA auf. Sie
stutzte und überflog das Papier.

»Das ist der Antrag für einen pränatalen Vaterschaftstest!« Sie wedelte Morgan damit vor der Nase herum.

»Du kannst doch nicht die Briefe anderer lesen.« Morgan versuchte, ihr den Zettel zu entreißen, aber Ruby trat einen Schritt zurück, um ihrer Hand auszuweichen.

»Hörst du schlecht? Hier könnte vielleicht ein weiteres Mordmotiv liegen.« Ruby las das Formular genauer. Sie tippte auf den oberen Teil, der handschriftlich ausgefüllt war. »Rate, wen Grady vielleicht geschwängert hat.«

»Vielleicht war das nicht für Grady ...«, begann Morgan, doch Ruby drehte ihr den Zettel zu und zeigte auf Gradys Namen.

»Und hier steht der Name der Mutter.« Ruby fuhr mit dem Finger in eine andere.

»Elodie Murphy.« Morgans Augen weiteten sich.

Rubys Fingerspitzen kribbelten. »Ich sag dir, sie hat ihm eins übergezogen, weil er nicht für sein ungeborenes Kind zahlen wollte.«

»Quatsch.« Morgan nahm Ruby das Papier aus der Hand und las es aufmerksam.

»Unerfüllte Liebe beziehungsweise Eifersucht, Habgier, Rache«, zählte Ruby an drei Fingern auf. »Die häufigsten Mordmotive. Ich sag dir, da steckt mehr dahinter.«

»Dann hast du sicherlich auch nichts dagegen, wenn wir den Zettel Cassidy geben.«

Rubys Mund fiel auf. »Aber ...«

»Nichts aber.« Morgan zog ihr Handy aus der Tasche. »Kann sie sich gleich abholen.«

Ruby ließ den Kopf in den Nacken sinken, blickte zur Decke und stöhnte. »Lässt du mich wenigstens ein Foto davon machen?«

»Nein.«

***

»Du kommst nicht mit?« Ruby stemmte die Hände in die Hüften.

»Ich hab Kopfschmerzen.« Morgan hatte sich auf dem Sofa ausgestreckt, ein nasses Tuch auf der Stirn und die Augen geschlossen.

Ruby dachte an Elodie und den Vaterschaftstest. In ihr loderte ein Feuer, was sie nur löschen konnte, wenn sie Antworten auf ihre zahlreichen Fragen bekommen würde. Sie griff nach ihrer Jacke. »Ich bleib nicht lang.«

Morgan drehte den Kopf und blinzelte unter dem Tuch hervor. Bildete Ruby es sich ein, oder hatte sich Morgans Gesicht bei Rubys Ankündigung verdunkelt?

»Grüß Ryder von mir«, sagte ihre Schwester jedoch nur.

***

Im Bond angekommen, sah Ruby sich um. Alle Tische waren zu ihrer Überraschung besetzt, an einem erkannte sie die Gruppe Studenten, die mit ihr vor einer Woche aus dem Bus gestiegen waren. Irgendwie hatte sie vermutet, dass diese längst abgereist wären.

Sie stand unschlüssig im Raum, als Ryder mit einem Tablett unterm Arm zu ihr kam. »Kommt Morgan auch?«

»Nein, ihr geht es nicht gut. Was ist denn hier los?«

»Open Night.« Auf Rubys ratlosen Blick fügte er hinzu: »Paradise hat halt keine angesagten Roof top Bars, wo sich Leute für coole Events treffen können.« Er servierte ein Sandwich an einem Tisch. »Stattdessen können sie jeden Dienstag hierher kommen und was machen.«

»Finde ich super, dass du sowas anbietest.«

»Mit der ganzen Organisation hab ich nichts am Hut. Ich stelle nur den Raum zur Verfügung. Komm mit.« Ryder ging vor zu einem Tisch in der Fensterecke. Ruby erkannte Stanley, Walter und Donna, die sofort aufstand und sie umarmte. Außerdem saß noch eine Mittzwanzigerin am Tisch.

»Becca, das ist Ruby, Morgans Schwester«, stellte Donna sie einander vor.

»Spielst du mit bei Boogle, Big Apple?« Stanley zog einen Stuhl neben sich hervor und klopfte auf die Sitzfläche.

Ruby setzte sich. Sie erinnerte sich dunkel an dieses Spiel, bei dem sechzehn Buchstabenwürfel in einer vorgegebenen Zeit zu möglichst vielen unterschiedlichen Wörtern verbunden werden mussten.

»Wir spielen in Teams gegeneinander.« Becca zeigte neben den Tresen, wo Ruby jetzt eine Projektionsfläche erkannte. Ein Mann mit dicker Hornbrille stand daneben und tippte gerade auf ein Mikrofon. Sofort verstummten die Gespräche.

Stanley schob Ruby einen Zettel und einen Stift hin. »Trinkst du was?« Auf ihr Nicken hin hob er die Hand, um Ryder ein Zeichen zu geben, und deutete auf Ruby.

Einen Moment später stand ein frischer Walter Spezial vor ihr, und der Mann mit der Hornbrille stellte sich als Mark vor und erklärte kurz die Spielregeln.

Rubys Blick wanderte durch das Café. Eine junge Frau nahm ein volles Tablett von Ryder in Empfang und ging damit zu dem Tisch mit den Touristen. Ruby vermutete, dass das Elodie war. Sie trug ein figurbetontes Oberteil, welches kurz überm Bauchnabel aufhörte und auch nur wenig Stoff über den Brüsten vorwies. Die beiden Männer starrten sie unverhohlen an. Einer sagte etwas, Elodie lachte laut und warf ihren Kopf in den Nacken. Eine der Frauen stieß einen Mann an, der daraufhin schmerzhaft das Gesicht verzog und seinen Blick abwandte.

Sehen konnte man zumindest noch nichts von der Schwangerschaft.

»Es geht los!« Walters Stimme drang in ihr Bewusstsein. Sie wandte den Blick von Elodie ab und sah, wie Mark vorne den kleinen Kasten mit den Würfeln kräftig schüttelte. Dann stellte er ihn auf einem Tisch so ab, dass der Projektor die angezeigten Buchstaben auf die Wand projizierte.

»Die Zeit läuft!«, verkündete er, und von allen Tischen war leises Gemurmel zu hören.

Auch an Rubys Tisch flogen die Stifte emsig über die Blätter. Nachdem Mark insgesamt fünfmal geboogelt hatte, ertönte der Brunftschrei eines Elches. Mark hielt sein Handy hoch und grinste in den Raum.

»Die erste Runde ist vorbei«, verkündete er, legte das Mikrofon zur Seite und schaltete den Projektor aus. Auf dem Weg zum Tresen sammelte er die Zettel der einzelnen Teams ein.

»Schwierige Buchstaben heute, Mark«, kommentierte Walter, als er an Rubys Tisch stand.

Mark lächelte nur und ging dann weiter. Elodie kam an den Tisch und stellte Stanleys leeres Colaglas zu dem anderen dreckigen Geschirr auf ihrem Tablett. »Noch eins?«

»Überflüssige Frage.«

Doch Elodie schien sich an Stanleys schroffer Art nicht zu stören, stattdessen musterte sie Ruby. »Seit wann trinkst du Kaffee?«

Ruby lächelte. »Ich bin Ruby, Morgans Zwilling. Schön, dass es dir wieder besser geht.«

Elodie sah sie überrascht an. »Wieso?«

»Ich hab gehört, du warst letzte Woche krank. Und es geht doch gerade diese ...« Ruby überlegte fieberhaft, »... dieser Virus um. Der soll besonders fies sein bei Risikogruppen wie Älteren und Schwangeren.«

Donna und Becca starrten Elodie auf den Bauch, während Stanley nur die Stirn runzelte.

»Glücklicherweise gehöre ich ja nicht zu den Risikogruppen.« Elodie hob das Tablett wieder vom Tisch hoch und ging damit zurück zum Tresen.

»Was ist das für ein Virus?« Walter sah Ruby sorgenvoll an.

Als sie sein zerfurchtes Gesicht sah, tat ihr die Lüge leid. »Ach, der ist nur gerade in New York schlimm«, versuchte sie sich herauszureden.

Walter stand auf. »Ich muss mal eben spritzen.« Im Gehen zog er die kleine Diabetikertasche aus seiner Jackentasche hervor.

Stanley erhob sich ebenfalls. »Ich pass auf, dass sich der Zuckerrentner nicht verläuft.«

Ruby fragte sich, ob Stanley eigentlich für jeden Bewohner von Paradise einen Spitznamen hatte.

Donna beugte sich zu ihr herüber. »Warum glaubst du, dass Elodie schwanger ist?«

Ruby schoss das Blut ins Gesicht, als wenn jemand die Schleusen des Hooverdamms geöffnet hätte. »Das musst du falsch verstanden haben.«

Becca schüttelte mit dem Kopf. »Es war ziemlich eindeutig, was du damit sagen wolltest. Zumindest für uns.«

Ruby blickte auf den weißen Milchschaum ihres Kaffees.

»Sie hatte was mit Grady.« Becca ließ nicht locker. »Glaubst du, er ist der Vater?«

»Hast du was in seinem Haus gefunden, was darauf hindeutet?« Donna wandte sich an Becca. »Ruby hat Morgans Putzkunden übernommen. Daher war sie auch schon zweimal bei mir.«

Beide Frauen sahen Ruby gespannt an, die langsam nicht mehr wusste, wohin sie noch schauen sollte, um den Blicken der beiden auszuweichen. Sie entschied sich für eine weitere Lüge.

»Ich hab gehört, dass die beiden ein Paar waren. Und wie Journalisten dann so sind.« Sie machte eine ›wie durchgeknallt‹ Handbewegung an ihrem Kopf. »Wittern überall eine Story, wo gar keine ist.«

»Wahr ist, dass Grady und sie was am Laufen hatten. Aber ein Kinderwunsch von Elodie wäre mir neu.« Donna warf Becca einen fragenden Blick zu.

»Grady und Elodie hatten so eine On-off-Beziehung«, bestätigte Becca. »Aber Elodie und Kinder? Die träumt doch immer noch von der großen Karriere in Denver, da wären ihr Gören nur im Weg.«

»Was will sie denn machen?«

Becca zuckte mit den Schultern. »Ich glaub, dass weiß sie selbst nicht. Hauptsache, raus hier. Hat gleich nach der Schule hier angefangen, um sich Geld für den Neuanfang in Denver zu verdienen.«

»Wie lange arbeitet sie denn schon hier?«

»Sechs, sieben Jahre?« Becca sah Donna an.

Diese nickte. »Mindestens.«

Ruby stützte sich mit den Unterarmen auf den Tisch. »Und in der Zeit hat sie es nicht nach Denver geschafft?«

»Elodie verliebt sich gern«, erklärte Becca. »Dann rutscht ihr Hirn zwischen die Beine und sie denkt an nichts anderes mehr. Nur wenn die Verlierer wieder weg sind, redet sie wieder über ihre Karriere in Denver.«

Ruby beobachtete, wie Elodie hinter dem Tresen ganz nah an Ryder vorbeiging und ihm dabei mit der Hand über die Schulter strich. Sie presste die Zähne aufeinander. Ryder war doch beinah zwanzig Jahre älter als Elodie. Er könnte ihr Vater sein! Dann fiel ihr ein, dass Grady in einem ähnlichen Alter gewesen war. Hatte Elodie begriffen, dass jüngere Männer ihr eventuell nicht das Leben bieten konnten, was ältere könnten? Würde sie sich jetzt auf Ryder stürzen? Aber würde dieser sie nach Denver bringen können?

»Erde an Ruby?« Donna schnippte vor ihren Augen mit den Fingern.

»Wisst ihr, wie sich Grady und Elodie kennengelernt haben?«, fragte Ruby.

Donna atmete tief aus. »Über Cash. Er hat sie letztes Jahr für eine Party als Kellnerin engagiert.«

»Klar, als Kellnerin.« Becca rollte die Augen.

»Nein, wirklich«, beteuerte Donna. »Elodie hat es zwar bei Cash versucht, ist aber abgeblitzt. Er sucht schon mehr als nur gutes Aussehen bei einer Frau.« Donna klang stolz. »Daraufhin hat sie es bei Grady versucht und ist bei ihm offenbar gleich gelandet.«

»Moment.« Ruby hob ihren Zeigefinger. »Bist du dir sicher, dass deren Beziehung schon vor einem Jahr angefangen hat?«

»Ja. Ich kann mich noch genau an die Party erinnern.«

»Aber da war Grady doch noch mit Jessica zusammen.«

Becca und Donna tauschten einen Blick aus und lachten dann herzhaft auf.

»Das hat Grady doch nicht abgehalten«, erklärte Donna, nachdem sich die beiden wieder beruhigt hatten. »Angeblich soll er schon in den Flitterwochen eine Affäre gehabt haben.«

Ruby schüttelte sich. »Was für ein Schwein.«

»Ach«, mischte sich Becca wieder ins Gespräch ein, »manche Frauen sind aber auch zu doof. Ich meine, wenn bei mir einer ankommt, der berühmt-berüchtigt für seine Affären ist, und mir dann verspricht, sich meinetwegen von seiner Frau scheiden zu lassen, bin ich doch nicht so blöd und fall darauf rein.«

»Glaubt ihr, Grady hat Elodie versprochen, sie zu heiraten, sobald seine Scheidung durch ist?«

»Auf alle Fälle hat er das. Das hat er allen erzählt. Und Elodie war ganz heiß darauf, seine Frau zu werden.« Becca trank einen Schluck.

»Warum?«

»Chronischer Geldmangel. Frag mal Ryder, wie oft er
ihr das Gehalt vorschießen muss, damit sie ihre Miete
bezahlen kann. Es ist kein Wunder, dass sie es bisher
noch nicht einmal mit dem Bus nach Denver geschafft
hat. Die ist ein Pleitegeier hoch drei.« Becca legte die Ellenbogen auf den Tisch und stützte das Kinn auf ihre
zusammengefalteten Hände. »Wusstet ihr, dass der Begriff gar nichts mit einem Geier zu tun hat? Er ist eine
Verballhornung des jiddischen ›plejte gejer‹, was wort-
wörtlich Pleite-Geher bedeutet.«

Stanley war wieder mit Walter am Tisch aufgetaucht
und zog seinen Stuhl hervor. »Ist Bibliosaurus fertig
mit ihrem Vortrag oder muss ich wieder gehen?«

Offenbar hatte Stanley wirklich für jeden einen Spitznamen. Wobei Becca als Mittzwanzigerin nun wahr-
lich keine Ähnlichkeit mit einem steinalten Bücher-
wurm hatte. Aber anstatt beleidigt zu sein, kicherte sie
und drückte Stanleys Arm, als er sich setzte. Die Geste
wirkte vertraut – nicht wie zwischen Liebenden, sondern einfach nur herzlich und respektierend. Und
Ruby fragte sich, ob hinter Stanleys ruppiger Fassade
vielleicht mehr steckte, als auf den ersten Blick zu erkennen war.

Kapitel 18

Ruby saß am nächsten Morgen am Küchentisch und tippte auf ihrem Handy herum. Zunächst hatte sie gedacht, sie hätte es sich eingebildet, doch jetzt war sie sicher, dass das Display immer dunkler wurde. Mittlerweile hatte sie den Helligkeitsregler auf die höchste Stufe gestellt, und dennoch war kaum etwas zu erkennen. Gerade, als sie dabei war, die Suchergebnisse ›nach Riss Handydisplay dunkel‹ zu entziffern, rumorte es an der Hintertür, und Cassidy trat in die Küche.

»Morgan hat mich angerufen. Ihr habt einen Zettel in Gradys Müll gefunden?« Cassidy schloss die Tür hinter sich.

»Ich dachte, du hast den gestern Abend schon abgeholt.« Ruby deutete auf den Wasserkocher. »Tee? Morgan duscht gerade.«

Cassidy setzte sich. »Kaffee wäre mir lieber.«

Ruby lächelte. Vielleicht könnte sie sich doch noch mit dem Sheriff anfreunden. »Wirst du gleich zu Elodie fahren?«

»Warum?«

»Weil dieser Vaterschaftstest ein erstklassiges Motiv ist.« Ruby schob ihr Handy beiseite und lehnte sich vor.

»Elodie hat sich letzten Sonntag im Coffeeshop krank-gemeldet. Mir gegenüber hat sie allerdings behauptet, sie wäre nicht krank gewesen. Sie hat also kein Alibi für die Tatzeit.«

»Während einer Schwangerschaft fühlen sich viele Frauen oft nicht gut. Und wenn Grady tatsächlich der Vater war, warum hätte sie ihn dann umbringen sollen? Wäre es nicht schlauer gewesen, ihn nach einem positiven Testergebnis auf Alimente zu verklagen?« Cassidy verschränkte die Arme vor der Brust.

Ruby musste insgeheim zugeben, dass sie daran nicht gedacht hatte. Außerdem war sie überrascht, denn so viel Logik hatte sie Cassidy gar nicht zugetraut.

»Ja, ich bin keine ausgebildete Polizistin, sondern nur«, Cassidy betonte das Wort, »der gewählte Sheriff des County. Aber«, sie lehnte so weit über den Tisch, dass Ruby zurückwich, »auch nur eine von fünf Frauen in dieser Position in Colorado. Glaubst du allen Ernstes, ich hätte es so weit gebracht, wenn ich nicht ein biss-chen Grips in der Birne hätte?«

Ruby wurde rot. Offenbar hatte Cassidy in dieser Position auch gelernt, die Gedanken anderer zu lesen.

»Aber was hältst du von seiner Frau, Jessica?«

Wollte Cassidy tatsächlich mit ihr über mögliche Tä-ter spekulieren? Ruby zögerte.

»Komm schon, Ruby. Du bist Journalistin und eine Frau mit guter Intuition. Zumindest hattest du von An-fang an deine Zweifel an seinem Unfalltod.«

Die Komplimente schmeichelten Ruby. Auch wenn sie wusste, dass Cassidy sie damit manipulieren wollte, um sie zum Reden zu bringen, tat es ihr gut. Der ermit-telnde Sheriff hielt sie für eine gute Ermittlerin!

»Jessica hat definitiv ein Motiv«, begann Ruby. »Immerhin wird sie als seine Noch-Ehefrau alles erben. Außerdem hat sie kurz vor seinem Tod mit ihm gestritten und dabei gesagt, dass sie ihn jetzt noch dafür umbringen könnte. Um was es da auch immer ging. Aber hatte sie auch die Gelegenheit?« Sie wiegte ihren Kopf. »Ich weiß nur, dass sie an dem Tag nicht gearbeitet hat. Aber wo genau sie war, weiß ich nicht.«

»Jessicas Alibi uns gegenüber war, dass sie gearbeitet hat.«

»Ach.«

»Aber wir haben natürlich auch ebenso wie du herausgefunden, dass das gelogen war. Darüber hinaus steht sie seit der Trennung von Grady finanziell nicht gut da.«

»Das Motiv wird also gerade stärker. Habt ihr sie verhaftet?«

»Noch nicht. Aber meine Kollegen holen sie gerade für ein weiteres Verhör ab, in dem sie uns hoffentlich erklären kann, warum sie gelogen hat, was die Tatzeit anging und wo sie in Wirklichkeit war.«

Morgan kam in die Küche. Ihre Haare waren nass, aber nirgends tropfte auch nur ein bisschen Wasser herunter. »Hast du ihr den Antrag schon gegeben?«, fragte sie Ruby.

»Nein, wir unterhalten uns über den Fall.«

Morgan warf Cassidy einen vorwurfsvollen Blick zu. »Animier sie doch nicht zum Rumschnüffeln.«

Ruby sprang auf, dass der Stuhl hinter ihr schwankte und drohte nach hinten umzufallen. Sie hielt ihn an der Lehne fest und knallte ihn fest auf den Boden. »Du tust gerade so, als wenn ich ein junger Hund wäre, den man an einer kurzen Leine halten müsste.«

»So abwegig ist der Vergleich nicht.« Morgan humpelte zum Regal, griff oben auf die Mikrowelle und zog eine Klarsichthülle herunter. »Ich hab den Zettel gestern eingetütet, damit keine weiteren Spuren von uns drauf sind.«

Ruby öffnete den Mund, doch Cassidy kam ihr zuvor. »Ruby hat eine gute Menschenkenntnis. Und sie kann, vermutlich aufgrund ihres Jobs, Menschen zum Reden bringen. Das ist viel Wert bei einer polizeilichen Ermittlung.«

»Aber sie gehört nicht zur Polizei.« Morgan reichte ihr die Tüte und runzelte die Stirn. Es schien ihr nicht zu gefallen, dass Cassidy Ruby in Schutz nahm.

»Darum bekommt sie auch eher Antworten als wir manchmal. Das kann oft sehr nützlich sein.« Cassidy tippte auf ihre Armbanduhr. »Ich muss los.«

»Sagst du später Bescheid, was Jessica zu ihrem falschen Alibi gesagt hat?« Ruby sah, wie Morgan empört den Mund öffnete.

Cassidy streckte die Hand aus. »Kein Canyon ohne Wasser. Wenn du mir was Neues erzählst, berichte ich dir auch was.«

»Das ist nicht dein Ernst!« Morgan blickte den Sheriff fassungslos an.

»Ich bin Opportunistin, das solltest du doch mittlerweile wissen.« Cassidy schlackerte mit der Hand. »Also, was ist nun?«

Ruby lächelte und schlug ein.

***

»Wo kann ich das reparieren lassen?« Ruby hielt Ryder ihr Handy hin. »Das Display wurde erst immer dunkler, jetzt ist quasi nichts mehr zu erkennen.«

Dieser beäugte es. »In Paradise kann das niemand.«

»Lass mich raten, ich muss dafür nach Evergreen fahren? Mist.« Ruby stopfte das Handy zurück in ihre Handtasche. »Morgans Auto ist noch in der Werkstatt.«

»Mein Cousin hat in Fort Montgomery einen PC-Shop. Der versteht auch was von Handys.«

»Fort Montgomery? Da bleibt mir ja auch nur der Bus.« Ruby vergrub den Kopf in den Händen. Sie hörte, wie Ryder nach hinten ging und kurze Zeit später leise mit jemandem redete. Dann kam er zurück nach vorn und räusperte sich. »Ich kann dich fahren.«

Rubys Kopf schnellte hoch. »Wirklich? Wann?«

»Ich hab schon eine Ablösung organisiert.«

Ruby sprang auf, rannte um den Tresen und umarmte ihn. Seine Bartstoppeln kitzelten sie an der Wange, er verströmte einen ganz schwachen, herben Geruch. Ob dieser von einem Aftershave oder seiner Seife kam, konnte Ruby nicht ausmachen. Aber er roch gut. Sie spürte seine Wärme und seine Muskeln unter seinem Shirt. Die Umarmung tat ihr gut, als wenn er mit seinen Armen eine Ladung stresslösendes Cortisol in ihren Körper gespritzt hätte.

Das letzte Mal, als sie sich so geborgen gefühlt hatte, war in Zachs Armen gewesen, als sie ... Ruby löste sich aus Ryders Umarmung und verdrängte Zach aus ihren Gedanken.

»Warum hilfst du mir?«

Ryder sah sie verständnislos an.

»Ich meine, in New York fährt keiner einen Unbekannten einfach irgendwo hin. Außer, er will denjenigen kidnappen.«

»Na, ich will doch hoffen, dass Morgan das Lösegeld in kleinen Scheinen liefert.«

Ruby lachte und knuffte ihm spielerisch in die Seite. »Mach dir keine Hoffnungen, meine Schwester würde keinen Cent für mich hergeben.«

»Da liegst du falsch.«

»Wie meinst du das?« Ruby sah Ryder interessiert an, der ihrem Blick auswich. »Sag schon.«

»Morgan hat ... also sie ...«, er fuhr sich durch die Haare, »sie hat hier ein offenes Konto für dich angelegt.«

»Bist du jetzt hier auch der Bankmanager, oder was?«

»Nein. Jeden Walter Spezial, den du trinkst, oder auch andere Sachen, die du hier verzehrst, schreibe ich für sie an.«

»Du gibst mir die Lattes gar nicht gratis?«

Mit gesenktem Blick schüttelte er den Kopf.

»Warum macht sie das? Ich kann sehr wohl meinen Kaffee selbst zahlen.« In Ruby brodelte es wie früher, wenn sie das Brausepulver einfach so in den Mund geschüttet hatte, statt es erst in Wasser aufzulösen.

»Ich denke, es tut ihr leid, dass sie selbst keine Kaffeemaschine hat und dir daher keinen Latte anbieten kann.«

»Das ist doch albern.«

Ryder legte ihr beschwichtigend eine Hand auf den Arm. »Sie will dir nur was Gutes tun.«

»Natürlich. Die große Schwester regelt mal wieder alles.«

»Ich glaube, du siehst das zu eng. Du solltest das lockerer angehen.«

»ICH bin die Lockerheit in Person! Sie ist Miss Oberkorrekt, Amtsschimmel erster Klasse, die immer alles mit Scheuklappen sieht. Bist du mal bei ihr zu Hause gewesen? Die Sauberkeitshölle auf Erden.«

»Sauberkeitshölle?«

»Es ist nicht so, dass ich nicht putze oder aufräume. Aber man muss bei mir nicht von jeder Bodenfliese essen können. Das Leben könnte jederzeit vorbei sein, warum soll ich also die kurze Zeit damit verschwenden, dass alles penibel sauber und organisiert ist? Solange ich meine Sachen wiederfinde, ist doch alles gut.«

»Äußerlich seid ihr nicht zu unterscheiden, aber ansonsten scheint ihr eher weniger gemein zu haben.«

»Wir hatten schon immer verschiedene Interessen. Morgan ist so ein Naturfreak, selbst im Winter schläft sie bei offenem Fenster, geht gern Wandern, Sterne angucken und so.« Ruby schüttelte sich. »Ich dagegen brauche die Stadt. Viele Menschen, laut, immer aktiv.«

»In der Hauptsaison vervierfacht sich die Einwohnerzahl hier auch, und es wird trubeliger.« Ryders Lachfältchen um die Augen gruben sich ein bisschen tiefer in die Haut ein.

Mit einem Schlag verpuffte Rubys Anspannung, und sie musste einfach zurücklächeln. Er hatte so eine entwaffnende Art an sich, dass sie sich fragte, warum sie überhaupt so an die Decke gegangen war. Denn mal ganz ehrlich – was war denn so schlimm daran, dass Morgan ihr ein Konto im Bond eröffnet hatte? Ryder hatte recht, es war eine sehr nette Geste von ihr. Nur da sie sich immer sofort von ihrer Schwester bevormundet fühlte, war es häufig schwer für Ruby, solche Dinge zu erkennen.

»Danke für den Perspektivwechsel.« Sie umarmte ihn erneut. Und wieder stieg eine wohlige Wärme in ihr auf, als sie Ryders Atem neben ihrem Ohr spürte.

»Stör ich?« Ruby wich von ihm zurück, als sie Morgans Stimme hinter sich hörte.

Ryder löste sich von ihr und griff hinter den Tresen nach seiner Jacke.

»Sie ist deine Ablösung?« Ruby schaute zwischen ihm und ihrer Schwester hin und her.

Morgan zog ihre Jacke aus. »Ich hab während des Studiums bei Dunkin Donuts gejobbt.«

Ryder schüttelte sich.

»Bereust du schon, dass du sie gefragt hast?«, wollte Ruby wissen.

»Du kannst ohne dein Handy nicht leben, und ich sitze ohnehin im Moment nur zu Hause und drehe Däumchen. Passt doch.« Morgan machte eine scheuchende Bewegung mit den Händen. »Auf geht's, der Tag wird nicht jünger.«

»Nur Kaffee ausschenken.« Ryder ging zur Tür. »Lunch gibt's heute nicht.«

Ruby starrte ihre Schwester für einen Moment an.

»Bist du angewachsen?« Morgan schob sie in Richtung Tür.

»Danke.« Ruby drückte sie fest an sich. Wenn das so weiterginge, würde sie bis zum Abend noch zahlreiche Menschen umarmen und dass, obwohl sie mit diesen drei Umarmungen ihr übliches Monatskontigent schon locker überschritten hatte.

Morgan lächelte. »Ich bin deine Schwester. Natürlich helfe ich dir, wenn ich kann.«

Ruby verließ das Café, so schnell sie konnte. Draußen kniff sie ein paar Mal die Augen zusammen, um aufsteigende Tränen zu unterdrücken. Dann folgte sie Ryder zu seinem Auto. Dieser sah sie prüfend an, doch Ruby winkte ab. »Allergien. Nächster Stopp Fort Montgomery.«

Kapitel 19

Ryder hatte sofort das Radio angeschaltet, nachdem sie ins Auto gestiegen waren. Ruby war es recht, denn so konnte sie während der Fahrt ihre Gedanken ordnen. Wobei das schwieriger war, als sie angenommen hatte, denn die Landschaft mit den massiven Bergen im Hintergrund, die dazwischen liegenden Wiesen, die sowohl mit einzelnen Felsen als auch Bäumen gesprenkelt waren, lenkten sie ständig ab.

Und obwohl sie sich in Ryders Gegenwart wohlfühlte, musste sie sich eingestehen, dass die Nähe im Auto sie doch auch nervös machte. Ryders Golf war kleiner als die meisten amerikanischen Autos, und sein rechter Arm ruhte auf der Mittelkonsole, während er nur mit der linken Hand steuerte. Ständig streifte sein rechter Arm so ihren linken. Nicht doll, nur gerade so, dass sie es an ihrer Jacke spüren konnte. Sie drückte sich dann immer an die Scheibe, rutschte jedoch bei der nächsten Kurve wieder zurück in die Mitte ihres Sitzes, und das Spiel begann von vorn.

Nach einer Weile gab sie es auf, sich weiter um Gradys Tod Gedanken zu machen. Stattdessen schaute sie sich bewusst die Landschaft an. Und stellte fest, dass die fehlenden Wolkenkratzer ihr nicht mehr ganz so viel Angst bereiteten wie noch vor wenigen Tagen.

»Du warst gestern so schnell nach dem Boogle-Spiel verschwunden.« Ryder zog nach links, um an dem Lkw vorbeischauen zu können, der vor ihnen auf dem Highway langsam den Berg hochzuckelte. »Hast du mit Elodie gesprochen?«

»Boogle-Nacht ist keine gute Gelegenheit, jemanden auszuhorchen.«

Ryder lenkte den Golf zurück in die Spur. »Ich kann mir ohnehin nicht vorstellen, dass Elodie etwas mit Gradys Tod zu tun hat.«

Ruby fielen seine langen, schlanken Finger am Lenkrad auf. Wie häufig er als CIA-Agent wohl damit schon eine Waffe gehalten und abgefeuert hatte? Ob er schon mal einen Menschen töten musste? Gerade er mit seiner Vergangenheit sollte doch wissen, dass man in einer Ermittlung offen sein musste. Aber ihr war auch klar, dass es schwer war, Neutralität zu bewahren, wenn man den Verdächtigen kannte und so wie er mit Elodie lange zusammengearbeitet hatte.

»Wie würdest du an meiner Stelle vorgehen?«

»Es ehrt mich, dass eine Journalistin aus New York mich um Rat fragt.«

»Na, du hast in dem Bereich mehr Erfahrung als ich.«

»Stimmt, als Cafébetreiber liegt mir das Ermitteln geradezu im Blut.« Er lachte, und Ruby stimmte in sein Lachen ein.

»Es ist schon ein gutes Cover«, bestätigte sie. »Du hörst viel nebenbei, die Gäste plaudern sicherlich auch gern mit dir, und Nachfragen nimmt dir keiner krumm, sondern sieht es als Aufmerksamkeit.«

Ryder warf ihr einen kurzen Blick zu, wandte sich dann aber wieder dem Verkehr zu. »Elodie ist ... einfach gestrickt. Sie möchte einen Mann an ihrer Seite, der ihr ein Leben in Denver finanzieren kann.«

»Grady wäre ein perfekter Anwärter dafür gewesen. Aber ich hab gehört, dass zwischen den beiden nicht immer alles rosig war.«

»Hat Becca das erzählt?« Ryder betätigte den Blinker und setzte zum Überholen an.

»Sie sprach von einer On-off-Beziehung. Und wenn Grady Elodie nicht das geben wollte, was sie sich wünschte, ist sie vielleicht wütend geworden un...«

»Elodie hat ihre zickigen Momente, aber sie schlägt dann nur mit Worten um sich. Sonst nichts.« Ryder trat das Gaspedal durch, und der Golf preschte an dem Lkw vorbei.

»Ich kann mir vorstellen, dass es schwierig für dich sein muss, dir das vorzustellen. Eine Kollegin hat mir mal von einem Mordfall erzählt, bei dem Frauen bei der Dating-App Shappunzel von einem Typen regelrecht ausgenutzt wurden. Die haben ihn teilweise gehasst.«

»Shappunzel? Diese kanadische App, die hier jetzt ständig im Radio wirbt?«

Ruby nickte. »Kamryn arbeitet bei einer Zeitung in der Nähe von Toronto. Ich hab sie mal auf einer Konferenz kennengelernt.«

»Aber Grady und Elodie haben sich nicht über eine App kennengelernt.«

»Ich weiß. Ich wollte damit auch nur sagen, dass enttäuschte Liebe ganz schnell in Hass umschlagen kann.

Also hätte Elodie ein Motiv gehabt. Und auch die Gelegenheit, denn sie hat an dem Abend nicht gearbeitet, sondern sich kurzfristig bei dir abgemeldet.«

Ryder schüttelte den Kopf. »Nein, das klingt nicht nach Elodie. Laute Worte – ja. Aber sie würde nie ...«

»Sie ist schwanger.«

Der Wagen ruckte kurz nach rechts, als Ryder sich abrupt zu Ruby drehte und dabei das Steuer mit rumriss. »Was?«

»Von Grady.«

»Hast du das auch von Becca?«

»Nein. In Gradys Altpapier war ein Antrag für einen pränatalen Vaterschaftstest. Mit Elodies und seinem Namen.«

Ryder schwieg.

Ruby räusperte sich. »Oft sind die Dinge anders, als sie scheinen.«

Doch Ryder starrte weiterhin hinaus und sagte kein Wort.

***

Nachdem sie das Geschäft von Ryders Cousin aufgesucht hatten und dieser ihnen versprochen hatte, er würde sich um Rubys Handy kümmern, sah Ruby Ryder an.

»Können wir zur Greyhound Busstation fahren?«, bat sie.

»Du willst jetzt abreisen?«

»Nein. Ich würde gern mit Laura Michaels reden. Sie arbeitet mittlerweile dort.«

Ryder lenkte den Wagen aus der Stadt hinaus. Während die Stadt zunächst noch einen gewissen Charme versprühte, dem selbst Ruby sich nicht entziehen konnte, folgte eine Ernüchterung, als Ryder in ein Industriegebiet abbog. Die Stadtplaner hatten vermutlich in den Achtzigerjahren fünf- bis sechsgeschossige, funktionelle Blöcke hochgezogen, die Ruby an Aufnahmen erinnerten, die ein Auslandskorrespondent mal im ehemaligen Ost-Berlin geschossen hatte. Plattenbauten hatte er sie genannt. Und genau so sahen diese Gebäude aus – fertige Betonteile aneinandergeklebt wie das Barbiehaus, das Morgan und sie aus dem Karton eines neuen Fernsehers zusammengebastelt hatten.

Der Verkehr nahm merklich zu, zu den Pkws drängelten sich jetzt zusätzlich Lkws durch die verschiedenen Straßen. Dennoch war die Verkehrsdichte verglichen zu New York lächerlich.

Dann plötzlich lichtete sich die Bebauung und eröffnete den Blick auf ein flaches Gebäude mit mehreren Fahrspuren für Busse davor. Auf der gegenüberliegenden Seite gab es eine Fläche, auf der vereinzelt Autos parkten. Daneben stand ein kleineres Gebäude, über dessen Eingang eine große Uhr hing, direkt vorm Eingang parkten Wagen mit den unverkennbaren Leuchtschildern ›Taxi‹ auf dem Dach.

Während Ryder das Auto in eine Parklücke rangierte, fischte Ruby in der Handtasche nach ihrem Handy. »Mist!« Sie sah Ryder an. »Auf meinem Handy hab ich das Foto von Laura aus dem Zeitungsartikel. Ohne das weiß ich nicht, ob ich sie erkennen werde.«

Ryder zog sein Handy aus der Hosentasche und reichte es Ruby wortlos.

»Danke. Passwort?« Sie sah ihn fragend an.

»Hab ich nicht.«

Ruby öffnete den Mund, behielt den Kommentar dann jedoch für sich. Sie suchte nach dem Zeitungsartikel und zoomte in das Foto rein. Dann drehte sie das Display zu Ryder. »Nach der suchen wir.« Sie gab ihm das Handy zurück und ging in Richtung Taxistand.

Ryder hielt sie am Arm fest. »Drittes Taxi.«

Tatsächlich lehnte Laura Michaels an der Motorhaube des dritten Fahrzeugs und unterhielt sich mit einem anderen Fahrer. Schnellen Schrittes steuerte Ruby auf sie zu.

»Laura Michaels? Ruby Rock, Journalistin für die New York Gazette.«

»Ooooh. Laura, New York.« Der andere Fahrer, der neben ihr stand, lachte auf.

»Ich hätte ein paar Fragen an Sie, können wir uns kurz unterhalten?« Ruby wedelte mit ihrem Ausweis fürs Pilatesstudio kurz vor Lauras Gesicht herum. Ihren Journalistenausweis hatte sie nach der Unterredung mit Alan auf seinen Schreibtisch gedonnert und dann wütend das Büro des Chefredakteurs verlassen. Doch aus Erfahrung wusste sie, dass die meisten Menschen ohnehin nicht genau hinsahen, wenn man ihnen irgendeine Karte an einem Schlüsselband vor die Nase hielt. Hauptsache, man tat auch so, als wäre es wichtig.

Auch Laura Michaels würdigte die Karte keines weiteren Blicks. »Was für Fragen?«

»Ich schreibe einen Artikel über unfaire Behandlung von Frauen im Sport. Frauen wie Sie, die für Dinge bestraft wurden, die von Männern initiiert wurden«, log Ruby.

Der andere Fahrer hob abwehrend beide Hände. »Ich lass euch lieber allein.« Er ging zum ersten Taxi. »Harry! Laura wird jetzt berühmt. In New York!«

Laura Michaels kniff die Lippen zusammen, schritt zum zweiten Taxi, öffnete die Tür und setzte sich hinein. Ruby folgte ihr und lehnte sich zum geöffneten Beifahrerfenster hinunter.

»Hören Sie, ich kann verstehen, dass der Suitgate-Skandal Ihr Leben ruiniert hat. Aber genau darum geht es in diesem Artikel. Glauben Sie, dass ein männlicher Arzt an Ihrer Stelle sofort seine Zulassung verloren hätte?«

Laura Michaels saß hinterm Steuer, schaute stur geradeaus und ließ die Fensterscheibe hochfahren. Ruby atmete einmal tief ein und aus. So leicht würde sie sich nicht abschütteln lassen. Nicht umsonst hatte sie nach ihrem ersten Jahr bei der New York Gazette den ›Pitbull Award of the Year‹ gewonnen.

Sie wandte sich zu Ryder um, der das Gespräch mit Abstand verfolgt hatte. »Was sind die Sehenswürdigkeiten in Fort Montgomery? Was tun Touristen hier?«

»Es gibt einen botanischen Garten.« Ruby verzog das Gesicht, so dass Ryder hinterherschob: »Oder auch das 80's Museum.«

Ruby öffnete die Hintertür des Taxis und ließ sich hinter Laura Michaels auf den Rücksitz gleiten. »Einmal zum 80's Museum, bitte.«

Laura Michaels deutete auf den Wagen vor sich. »Taxifahrerkodex: Immer der Erste in der Reihe bekommt die nächste Fahrt.«

Ruby nahm ihr Portemonnaie aus der Handtasche, zog ein paar Scheine hervor, öffnete die Tür und hielt das Geld dem verdutzt aussehenden Ryder hin: »Steig ins erste Taxi. Wir treffen uns am Museum.«

Ryder nahm die Scheine, nickte, und Ruby knallte die Tür wieder zu. Nachdem Ryder in das Taxi vor ihnen gestiegen und es losgefahren war, sagte sie: »Und jetzt bitte dem Taxi zum Museum folgen.«

Laura Michaels warf ihr einen Blick im Rückspiegel zu. Zu Rubys Verwunderung lachte sie dann auf. »Hartnäckig sind Sie.«

»Sonst kommt man in meinem Beruf nicht weit.« Ruby lächelte. »Aber ich schätze, das kennen Sie auch zu Genüge. Als Frau in einer männerdominierten Welt.«

Laura Michaels setzte den Blinker und bog ab. »Das Museum ist nicht weit. Sie sollten Ihre Fragen schnell stellen.«

»Nach Suitgate wurde Grady Palmer nur zu einer Geldstrafe verdonnert, während Sie Ihre Zulassung verloren haben. Macht Sie das heute noch wütend?«

»Was denken Sie denn? Macht es mir was aus, dass mein damaliger Liebhaber und Drahtzieher der ganzen Sache mich den Wölfen zum Fraß vorgeworfen hat?«

»Haben Sie jemals darüber nachgedacht, dagegen anzugehen? Zu klagen, um Gerechtigkeit zu erlangen?«

»Gerechtigkeit. Wer sitzt denn bei Sportgerichten? Weiße, alte Männer. Wenn der Druck der Öffentlichkeit damals nicht so hoch gewesen wäre, hätten die Grady gar keine Strafe aufgebrummt!«

»Sie meinen also, seine Strafe war zu milde?«

»Der hat sich den Scheiß doch einfallen lassen!«

»Was haben Sie sich davon versprochen?«

»Nichts. Ruhm und Ehre gebühren im Skisport immer nur den Sportlern. Allenfalls der Trainer wird vielleicht noch mal lobend erwähnt.«

»Aber warum haben Sie dann mitgemacht?« Es fiel Ruby schwer, ihr Unverständnis zu verbergen.

»Ich war naiv. Dumm. Und verliebt in ihn. Ich hätte alles für ihn getan.« Das Taxi hielt, und Laura Michaels drehte sich zu Ruby um. »Macht 25 Dollar.«

Ruby blickte raus und sah sich auf der Plaza um, an deren Ende schon Ryder vor dem Museumseingang stand. Sie kramte in ihrer Handtasche nach dem Portemonnaie. »Grady hat Ihre berufliche Karriere zerstört.«

Laura Michaels' Augen blitzten auf. »Grady ist ein Arsch.«

Ruby reichte ihr einen Zehndollar- und einen Zwanzigdollarschein. »Grady ist tot. Ermordet.«

»Hm.« Zu Rubys Enttäuschung verzog Laura Michaels keine Miene. Mit regungslosem Gesicht druckte sie Ruby einen Beleg aus und zählte Wechselgeld für sie ab.

»Stimmt so.« Ruby verstaute ihr Portemonnaie wieder in der Handtasche. »Eine letzte Frage noch: Was haben Sie Sonntagabend getan?«

Laura Michaels zeigte zur Tür. »Ihr Freund wartet schon auf Sie.«

Ruby stieg aus. Laura Michaels legte den Rückwärtsgang ein und schleuderte mit dem Wagen so abrupt herum, dass Ruby sich im Auto vermutlich hätte übergeben müssen. Mit einem Satz fuhr sie von der Plaza auf die Straße, so dass der Verkehr bremsen musste, um sie hereinzulassen. Wütendes Gehupe mehrerer Autofahrer war die Folge.

Ruby ging zu Ryder. »Gradys Tod hat sie nicht wirklich berührt. Es ist schwer zu sagen, ob sie schon davon wusste und daher nicht überrascht war oder sie einfach froh ist, dass er tot ist.« Sie fuhr sich durchs Haar. »Sie wollte mir nicht sagen, wo sie war, als Grady ermordet wurde.«

»Sie hat ein Alibi.« Ryder zeigte aufs Museum. »Willst du rein? Jetzt, wo wir schon mal hier sind?«

»Was für ein Alibi?«

»Habeeb, mein Taxifahrer, hat erzählt, dass sie letzten Sonntag so viel zu tun hatten, dass sie Kollegen dazuholen mussten, die frei hatten. Wie Laura.«

»Ach? Hat er sonst noch was erzählt?«

»Sie hat dem Skisport total abgeschworen, redet nicht mal mehr drüber, wenn die Fahrer sich darüber unterhalten. Sie hasst Grady Palmer. Seine Worte, nicht meine.«

Ruby sah ihn verwundert an. »Das hat er dir alles eben auf der kurzen Fahrt erzählt?«

Ryder hob die Schultern. Ruby hakte sich bei ihm ein und widerstand dem Drang, ihm einen Kuss auf die Wange zu drücken. »Auf Schlag eine weitere Verdächtige mit einem Motiv. Du bist ein Schatz!«

Amüsiert beobachtete sie, wie sich oberhalb seiner Wangenknochen die Haut rot verfärbte.

»Aber wenn sie gearbeitet hat, hat sie ein Alibi.«

»Sie könnte zwischen zwei Fahrten ja vielleicht auch zu Grady gefahren sein.«

»Willst du jetzt rein oder nicht?«, wollte er wissen.

»Warum nicht? Aber erst bräuchte ich noch ...« Sie machte sich von ihm los und griff in ihre Handtasche. »Wird Zeit, dass mein Handy wieder geht. Kannst du mal nachschauen, wo ich hier in der Nähe einen Kaffee bekommen könnte?«

Kapitel 20

»Das ist dein Handyersatz?« Morgan kicherte.

»Man kann das Display erkennen, und das ist mehr, als mein Vorheriges derzeit tut.« Ruby öffnete den Kühlschrank.

Morgan nahm das mit goldenem Kunstleder verkleidete Handy in die Hand und betrachtete es von allen Seiten. »So ein hässliches Ding hab ich noch nie gesehen. Gab es kein anderes?«

»Es ist die chinesische Kopie eines Handys, was Lamborghini wohl mal für den russischen Markt hergestellt hat. Ryders Cousin hatte sonst nur Handys, die er mir mit einem Vertrag hätte verkaufen müssen.« Ruby schloss den Kühlschrank und warf einen Blick in das kleine Gefrierfach. »Hast du keine Pizza?«

»Nein, aber wir können selbst welche machen.« Morgan legte das Handy zurück auf den Tisch. »Kaum vorstellbar, dass Russen oder überhaupt jemand dafür Geld ausgeben wollen würden.«

»Das Original war wohl mit echtem Gold und Krokodilleder verkleidet und für die Oligarchen gedacht.« Ruby sah Morgan an. »Kann ich hier irgendwo eine holen? Ich hab wahnsinnigen Hunger.«

»The Pizza Oratory auf der Main Street. Die machen aber erst um fünf Uhr auf. Woher hatte denn Ryders Cousin dieses Ding?«

Ruby warf einen Blick auf die Küchenuhr. Es war gerade erst zwei Uhr. Dann musste die Pizza warten und sie jetzt erst etwas anderes essen. »Jemand hat bei ihm ein neues Handy gekauft und dieses als Elektroschrott dagelassen.«

Morgan kicherte erneut, bevor sie sich wieder zusammenriss. »Kann er deins denn reparieren?«

»Vermutlich nicht. Aber er wird versuchen, alle Daten zu sichern.« Ruby öffnete einzelne Küchenschränke. »Was ist mit deinem Auto?«

»Marcus von der Autowerkstatt bringt es nachher noch vorbei. Was gut ist, denn ich hab morgen einen Termin in Evergreen. Wie wäre es mit Obst?«

Ruby streckte die Zunge heraus. Morgan schob ihr die Obstschale über den Tisch. Ruby nahm sich einen Apfel und begann, ihn abzuwaschen. »Wann soll ich dich hinfahren?«

»Um zehn. Was ist jetzt eigentlich damit?« Morgen deutete auf die Glasschale, in der Guppie Goldberg seine Runden drehte. »Er steht schon seit einer Woche in meiner Küche.«

»Ryder meinte, dass Stanley mir helfen könnte, den Teich wiederzubeleben.«

»Worauf wartest du dann noch?«

»Der wird mir doch im Leben nicht helfen.«

»Hinter Stanleys rauer Art liegt ein netter Kerl. Du musst nur ignorieren, was er sagt.«

»Big Apple, Bibliosaurus, Zuckerrentner ... Hat er auch einen Namen für dich?«

Morgan lächelte. »Frag ihn am besten, wenn du bei ihm bist.«

»Aber er ist jetzt doch bestimmt noch bei der Arbeit.«

»Stanley sitzt mit Sicherheit zu Hause vorm Fernseher und guckt irgendeine Wiederholung eines Baseballspiels aus den 80ern.« Morgan wedelte mit den Händen. »Husch, husch. Denn ich werde mich nicht um Guppies neues Zuhause kümmern, wenn du weg bist.«

***

Ruby ging die Hauptstraße hinunter. Gemäß Ryders Anweisungen bog sie hinter der Tankstelle rechts ab und ging bis zum vorletzten Haus auf der rechten Seite. Das Haus war winzig und alt. Aber der Garten sah aus wie eine Miniaturausgabe von Versailles. Symmetrisch angelegte Brunnen und Teiche, sowie eine Treppe in der Mitte, die zu den Wasseranlagen hinunterführte. Nachdem sie alles gebührend bewundert hatte und sich jetzt sicher war, dass Stanley ihr tatsächlich helfen könnte, ging sie zur Tür und klopfte.

»Wer stört?«, hörte sie Stanley von drinnen rufen.

Gemäß Morgans Aussage ignorierte Ruby diese eher unhöfliche Begrüßung, öffnete die Tür und ging hinein.

Stanley saß auf einem alten, abgeschlissenen Sessel im Wohnzimmer, die Füße auf einen Hocker abgelegt, und starrte auf einen Flachbildfernseher, der über dem Kamin an der Wand angebracht war und fast die gesamte Fläche einnahm. Als er Ruby sah, griff er nach der Fernbedienung und stellte den Ton leiser.

»Erstes Spiel der World Series 1988. Kirk Gibson von den Los Angeles Dodgers kommt verletzt von der Bank

und schlägt einen Home Run gegen die Oakland Athle-
tics. Legendär ist sein feierliches Weghumpeln.«

»War wohl kein guter Tag für die Oakland A's.«

»Wurde auch nicht besser, haben die World Series
dann 6:1 verloren. Was willst du?«

»Ryder meinte, du könntest mir helfen, den Teich hinter Morgans Haus wieder in Schuss zu bringen?«

»Passt dir Samstag?«

»Äh, ja.«

»Sonst noch was?«

»Kennst du ein Geschäft für Hobbybedarf? Ich suche
einen Klebstoff für Porzellan un...«

»Pottery Patch in Evergreen.« Stanley drückte erneut
auf die Fernbedienung, und der Ton des Fernsehers
wurde wieder lauter.

Ruby hätte ihn wirklich gern noch nach Morgans
Spitznamen gefragt, aber Stanley war schon wieder
völlig in das legendäre Spiel vertieft. Also hob sie die
Hand und rief eine Abschiedsformel über die Stimme
des Sportmoderators hinweg, die er jedoch ignorierte.

Auf dem Weg zurück sah sie zum Rathaus hinüber
und überlegte, Cassidy einen Besuch abzustatten. Wie
häufig in kleineren Gemeinden üblich, hatten die örtliche Polizei sowie der Sheriff ihre Büros im Rathaus. Ob
Cassidy schon Näheres von Elodie und ihrer Schwangerschaft erfahren hatte? Doch dann fiel ihr Blick auf
die leere Parkfläche, die laut Schild dem Auto des Sheriffs vorbehalten war. Offenbar war Cassidy gar nicht
im Büro, und Ruby war sich sicher, dass keiner ihrer
Kollegen den neusten Stand der Ermittlungen mit ihr
teilen würde.

Schräg gegenüber leuchtete das Offen-Schild der Bücherei. Einem Impuls folgend, betrat Ruby den hellen, einstöckigen Bau, dessen zwei Säulen am Eingang dem Gebäude ein neoklassisches Aussehen gaben.

Im Innern erhoben sich links und rechts sofort unzählige Regale. In der Mitte des Raumes befand sich eine kleine Ausleihstation, doch der Tresen war verwaist. Dahinter waren ein paar plüschige Sessel um einen alten Kamin an der Wand gruppiert. Ruby schaute sich um. Zur rechten Seite schienen Kinder- und Jugendbücher zu stehen, am Ende des einen Gangs konnte sie bunte, gemütliche Sitzsäcke erkennen. Auf der linken Seite lichteten sich die Bücherreihen in der Mitte und gaben Platz für drei Computertische. Am Ende konnte Ruby bequeme Sessel und auch weitere Schreibtische an der Fensterfront sehen. Sie schlenderte gemächlich auf diese zu und schaute dabei in die einzelnen Reihen. In einer der Reihen stand Becca und zog einen kleinen Zettel aus ihrer Hosentasche und schob diesen in ein Kochbuch. Sie erschrak, als sie Ruby bemerkte.

»Was machst du da?« Ruby sah interessiert zu, wie Becca das Buch schnell zuklappte und ins Regal schob.

Die Bibliothekarin wurde rot. »Nichts.«

Rubys Neugier war geweckt. Der Zettel hatte ausgesehen wie das, was man sich früher in der Schule immer im Unterricht hin- und hergeschickt hatte. Ob Becca einen Freund hatte und so mit ihm kommunizierte? Wie romantisch war das denn? Wäre das eine Story wert?

Ruby wollte das Buch aus dem Regal ziehen, doch Becca drängte sie aus der Regalreihe hinaus. »Was bringt dich her?«, wollte sie wissen.

»Habt ihr ein Zeitungsarchiv? Ich würde gern etwas mehr zu der Gegend rausfinden. Damit ich als Großstadtpflanze besser verstehe, was Morgan hier so toll findet«, log Ruby.

»Draußen siehst du bestimmt besser, was Morgan hier so gut gefällt.« Becca ging in Richtung Ausleihtresen.

Ruby hob die Schultern. »Ich hab's halt mehr mit Wörtern.«

Becca zeigte auf einen winzigen Raum, der durch Glaswände abgetrennt war. Auf einem Schreibtisch sah Ruby einen Computer und daneben ein Microfiche-Gerät stehen.

»Wir haben erst vor ein paar Jahren angefangen, die Zeitungen zu digitalisieren«, entschuldigte sich Becca. »Vor 2010 ist daher noch alles auf Microfiche.«

Ruby winkte ab. »So weit wollte ich gar nicht zurückgehen.«

***

Nachdem Becca ihr die Tür aufgeschlossen und sich vergewissert hatte, dass Ruby mit dem Programm umgehen konnte, hatte sie sich hinter den Empfangstresen gesetzt.

Ruby starrte auf die Suchseite des digitalen Zeitungsarchivs. Grady. Wo sollte sie ansetzen? In der Vergangenheit mit Mallory und Laura? Wobei sie sich sicher war, dass sie Mallory ausschließen konnte, weil diese sicherlich keinen Killer aus dem fernen Österreich angeheuert hatte.

Laura hätte somit eher die Gelegenheit gehabt, und Rache war ein bekanntes Motiv, aber warum hätte sie so lange damit warten sollen?

Streng genommen müsste sie auch Cash in Betracht ziehen, denn immerhin hatte auch er seinen Job verloren. Doch im Gegensatz zu den Frauen ging es ihm jetzt finanziell gut. Ruby runzelte die Stirn.

Vielleicht sollte sie doch besser gleich in der Gegenwart mit Jessica und Elodie suchen? Nach der Scheidung hätte Jessica nur einen Bruchteil von Gradys Vermögen bekommen, jetzt stand ihr als Witwe alles zu.

Elodie auch Geld, nur hätte sie am meisten davon profitiert, wenn Grady noch leben würde, denn Jessica würde sie sicherlich finanziell nicht unterstützen. Außer es gäbe einen weiteren Erben: Gradys und Elodies noch ungeborenes Kind.

Ruby tippte Gradys Namen in die Suchmaske ein. Für eine Weile verlor sie sich in Artikeln zu seiner Skispringerkarriere, bevor sie sich dem Suitgate-Skandal widmete. Doch sie erfuhr nicht mehr als das, was sie schon von Morgan, Laura und Cash erfahren hatte. Anschließend gab es nur noch eine Handvoll Treffer, die aber weder Elodie noch Jessica erwähnten.

Auch eine getrennte Suche nach beiden Frauen ergab nichts. Ruby rieb sich die Augen, fuhr den PC herunter und trat zu Becca an den Tresen.

»Hast du was gefunden? Der Begriff Motiv stammt vom lateinischen ›motivum - dem Anlass, Beweggrund‹ ab. Das wiederum lässt sich auf das lateinische ›movere – bewegen‹ zurückführen.« Becca zog eine Schublade auf und legte eine Mappe hinein.

Ruby sah sie verwirrt an. »Wie bitte?«

»Weißt du jetzt, warum Morgan es hier so toll findet? Ihr Motiv, warum sie hier wohnt«, half Becca ihr auf die Sprünge.

»Auf alle Fälle die Natur«, stotterte Ruby. Langsam dämmerte ihr, wie zutreffend Stanleys Spitzname Bibliosaurus für Becca war.

»Sag deiner Mama, dass bei Millers ab Donnerstag die Babygläschen im Angebot sein sollen«, rief Becca einem Jungen hinterher, der mit einem Stapel Comics die Bücherei verlassen wollte. »Cindy ist alleinerziehend, da hilft jeder Cent«, fügte sie erklärend für Ruby hinzu.

Ruby betrachtete die junge Bibliothekarin. In kleinen Gemeinden kannte jeder zwangsläufig jeden, es herrschte keine Großstadtanonymität wie in New York. Und neben den üblichen Orten wie an der Supermarktkasse schien auch Becca einen guten Einblick in das örtliche Geschehen zu haben.

»Ich bin echt beeindruckt von eurem Angebot hier.« Ruby zeigte durch die Bücherei.

Becca begann, ihren PC herunterzufahren. »Wir haben einen aktiven Förderkreis, der regelmäßig Spendenaktionen macht und uns dann finanziell großzügig unterstützt.« Sie schaltete den Monitor aus. »Wir waren damals die erste Bücherei in der Region, in der man Hotspots ausleihen konnte.«

»Ihr habt Hotspots zum Ausleihen?« Das Angebot der kleinen Bücherei war offenbar sehr viel umfangreicher, als Ruby vermutet hatte.

»Ja, und die sind auch immer noch heiß begehrt.« Becca schob den Bürostuhl unter den Schreibtisch und griff nach ihrer Handtasche.

»Und jeder Teenager hier versucht einen zu bekommen, um das eigene Datenvolumen auf dem Handy ein wenig zu entlasten?«

»Ja. Und natürlich Harold Mortin.«

Ruby kräuselte die Nase. »Gradys Geschäftspartner?«

»Der ist so ein totaler Knauserkopf. Statt bei seinen Familienbesuchen in Kanada Roaminggebühren zu zahlen, leiht er sich immer einen Hotspot.« Becca ging voran und bedeutete Ruby nach draußen zu treten. »Ich freue mich wirklich, wenn die Bücherei gut genutzt wird, aber irgendwann hab ich auch einfach mal Feierabend. Nur Harold ist so einer, der kommt immer auf den letzten Drücker.« Sie zog ein großes Schlüsselset aus ihrer Handtasche und schloss die schwere Tür ab. »So wie letzte Woche Sonntag.«

»Du hast sogar sonntags geöffnet?« Ruby hatte in New York genossen, dass sie auch sonntags das große Archiv der Bücherei nutzen konnte, aber sie hätte im Leben nicht damit gerechnet, dass dies auch in Paradise möglich war.

»Nein. Ich war nur am Nachmittag hier, um was für eine Veranstaltung am Montagmorgen vorzubereiten. Doch kaum hatte ich abgeschlossen, kam er um die Ecke geprescht und drückte mir seinen Hotspot in die Hand, weil seine Ausleihfrist am Samstag abgelaufen war und er auf gar keinen Fall Strafgebühren zahlen wollte.«

Ruby lachte. »Vielleicht ist das eins seiner Erfolgsgeheimnisse – auch Kleinvieh macht Mist.«

Kapitel 21

»Willst du dir nicht doch lieber ein Taxi rufen? Nicht, dass ich wieder im Graben lande.« Ruby drehte den To-go-Becher vom Bond zwischen den Händen. Der Gedanke daran, schon wieder hinterm Steuer zu sitzen und die lange Strecke nach Evergreen mit Morgan fahren zu müssen, klang für sie so reizvoll wie ein Campingtrip in den Bergen.

»Das ist wie beim Reiten: Wenn man runterfällt, gleich wieder rauf.« Morgan nahm Ruby den Becher aus den Händen. »Lass dir von Ryder ab sofort eine richtige Tasse geben, die du dann sauber wieder hinbringen kannst. Dieser Müll ist unnötig.« Sie faltete den Becher zusammen und warf ihn weg. Sie nahm den Autoschlüssel vom Haken neben der Tür und bedeutete Ruby, hinauszugehen.

Draußen wurden sie von warmer Luft begrüßt, es schien erneut ein schöner Tag zu werden. Ruby hielt Morgan die Autotür auf, setzte sich dann ans Steuer, atmete einmal tief durch und startete den Wagen. Ohne Probleme sprang er an.

Langsam rollte sie vom Grundstück und zuckelte auf die Straße. Morgan scrollte durch den Sendersuchlauf, bis Country Musik aus den Lautsprechern quakte. Sie lehnte sich zufrieden zurück, während Ruby sich den Rocksender wünschte, der bei Ryder im Auto gespielt hatte. Bei einem besonders eindringlichen Stück, bei dem ein Banjo zur Höchstform auflief, wurde es Ruby zu viel und sie drehte das Radio leiser.

»Ich mag das«, widersprach Morgan sofort und drehte die Musik wieder auf.

Ruby kniff die Lippen aufeinander. Natürlich fühlte sie sich immer noch schuldig, dass sich Morgan ihretwegen den Fuß verstaucht hatte. Aber war es nicht schon Strafe genug, jetzt für sie zu putzen und sie überall hin kutschieren zu müssen? Musste das Universum sie jetzt auch noch mit dieser Dudelei beim Autofahren nerven?

***

Nachdem Ruby Morgan bei der Behörde abgesetzt hatte, damit sie dort ihren Führerschein verlängern konnte, zog sie ihr Ersatzhandy aus der Handtasche. Laut ihrer Karten-App war das Geschäft, das Stanley ihr empfohlen hatte, nur knappe sieben Minuten Fahrt entfernt.

The Pottery Patch lag in einer schmalen Straße im alten Teil Evergreens. Schon von Weitem konnte sie die bunt verzierte Fensterfront erkennen. Eine Klingel über der Tür spielte beim Betreten des Geschäfts eine kleine Melodie. Am Fenster standen zwei runde Tische, an dem eine Frau mit ihrer kleinen Tochter saß. Beide bemalten je einen Tonteller. Aus dem Hinterzimmer kam eine ältere Dame. Ihre grauen, langen Haare waren zu einem wilden Knoten gebunden, der mit einem bunten Tuch über der Stirn irgendwie auf dem Kopf gehalten wurde. Ruby war nicht ganz klar, ob die bunten Sprenkel auf dem Batikkleid zum Muster gehörten oder eventuell Farbspritzer waren.

»Ich brauche einen Klebstoff, mit dem ich eine Vase wieder zusammenkleben kann.«

Die Frau drehte sich an ein Regal, in dem unzählige Kartons standen. Sie zog einen heraus und drückte Ruby eine Tube in die Hand. »Nach 24 Stunden Trockenzeit hält der bombenfest.«

Ruby drehte die Tube zwischen ihren Händen. Die Kintsugi-Reparaturtechnik bestand ja darin, das zerbrochene Gut mit Klebstoff und Blattgold-Flocken wieder zusammenzusetzen. Doch für Goldflocken sah Rubys Konto zu leer aus. »Haben Sie goldene Farbe, die ich in den Klebstoff mischen kann?« Sie zeigte der Frau auf ihrem Handy ein Foto einer Kintsugi-Tasse. »So was würde ich gern mit der Vase machen.«

Die Frau überlegte einen Moment. Dann ging sie nach hinten und kam kurze Zeit mit einer weiteren Tube, einer kleinen Plastikschale und einem Pinsel zurück.

»Mischen Sie ein paar Tropfen der Farbe mit dem Klebstoff in der Schale an, und tragen Sie dies dann auf die Scherben auf.«

»Super, danke.« Ruby griff in ihre Handtasche, um ihr Portemonnaie herauszuholen.

»Gern geschehen. Machen Sie das häufiger?« Die Frau tippte die Beträge in die Kasse.

»Was kaufen? Ja, eigentlich fast täglich.« Ruby hielt ihr ihre Kreditkarte hin.

Die Frau lachte. »Alte Gegenstände reparieren.«

»Ist das erste Mal. Ich will meiner Schwester damit eine Freude machen.«

»Uih, haben Sie die Vase kaputt gemacht?« Die Frau gab ihr die Karte zurück. »So ein Scherbenhaufen kann eine Beziehung sehr belasten. Aber ich bin mir sicher, dass Ihre Schwester es sehr zu schätzen weiß, wenn Sie sich solche Mühe geben, das wieder zu kitten.«

Ruby bedankte sich, steckte ihre Einkäufe in ihre große Handtasche und verließ das Geschäft. Die Frau hatte insofern recht gehabt, als dass es in Rubys und Morgans Beziehung zueinander einige Scherben gab. Doch ob man diese einfach so mit ein wenig Klebstoff und Gold wieder zusammenbringen konnte, da war sich Ruby nicht sicher.

***

Ruby stieß die Tür zum Coffeeshop auf und sog die Luft ein. Wie schön! Der Geruch versetzte sie sofort zurück nach Greenwich. Mit dem Kaffeeduft in der Nase und der leisen Musik von Ella Fitzgerald im Hintergrund wurde ihr erst bewusst, wie sehr ihr das gefehlt hatte. Sie ging an den Tresen.

»Latte macchiato mit Hafermilch, Agavensirup und ein bisschen Zimt obendrauf«, bestellte sie und war darauf gefasst, gleich nachzuschieben, dass es auch normale Milch und Zucker tun würden.

Doch der junge Mann hinterm Tresen nahm ihre Bestellung widerstandslos an und begann sofort ihre Kaffeebohnen zu mahlen. Das dröhnende Geräusch der Maschine, die Gespräche der anderen Gäste und die unaufdringlich spielende Musik mischten sich zu einem ihr wohlbekannten Hintergrundrauschen. Wenn die Aussprache der Gäste nasaler gewesen wäre, hätte sie sich wirklich vorstellen können, sie wäre zurück in New York.

Einen Moment später schob ihr der Mann den Latte über den Tresen. Das Zimtpulver hatte er als ein Bergpanorama auf dem Milchschaum angerichtet. Ruby setzte sich an einen Fenstertisch, zückte ihr Handy und wollte ein Foto von dem kleinen Kunstwerk machen, um es zu posten. Ihr Finger verharrte über dem Display. Sie war seit Tagen nicht mehr in den sozialen Medien unterwegs gewesen. Nicht nur, weil sie nichts zu berichten hatte (oh, ich musste heute die Fenster einer Kundin das zweite Mal putzen, nachdem ich sie beim ersten Mal dreckiger hinterlassen hab als vorher), sondern vor allem auch, um sich selbst zu schützen. Sie wusste, sie würde auf Einträge zu Zach und sich stoßen. Nur wusste sie nicht, ob sie schon bereit und stark genug war, mit den Kommentaren zu der Sache umzugehen.

Sie steckte das Handy zurück in die Handtasche und beobachtete das Geschehen auf der Straße. Der Coffeeshop lag mitten im Zentrum von Evergreen, wo sich die kleinen Gebäude aus den 1920er-Jahren wie Perlen links und rechts der Straße aneinanderreihten. Es erinnerte sie an den kleinen Stadtkern von Paradise, denn auch hier schien es, als wenn sich keine großen Ketten, sondern nur individuelle Geschäfte niedergelassen hatten. Abgesehen von der Niederlassung der nationalen Geldverleiherkette Easy Money, die sich direkt gegenüber dem Coffeeshop befand.

Ruby hatte sich bisher nur einmal Geld geliehen. Für den Kauf ihres Apartments in New York. Damals war sie mit zitternden Händen aus der Bank gekommen. Und war selten so froh gewesen, als sie nach der Auszahlung des Treuhandvermögens ihrer Eltern den Kredit schnell abbezahlen konnte.

Umso überraschter war sie, als sie plötzlich Cash und Elodie erkannte, die die Straße hinunterkamen und direkt vor Easy Money stehen blieben. Die beiden unterhielten sich intensiv, Cash gestikulierte wild, Elodie sah genervt aus. Plötzlich zog Cash Elodie an sich, strich ihr über den Kopf und flüsterte ihr etwas ins Ohr. Natürlich konnte Ruby kein Wort verstehen, aber sie erkannte die Vertrautheit zwischen den beiden. Und auf merkwürdige Weise wurmte es Ruby, dass Cash Elodie gegenüber scheinbar so vertraut war. Nicht, dass sie auf Cash stand, aber sie musste sich eingestehen, dass sie seine Flirterei schon genossen hatte. Und sich offenbar komplett getäuscht hatte, dass sie für ihn etwas Besonderes wäre.

Elodie machte sich von ihm los und verschwand allein hinter der Glastür von Easy Money, während Cash sich umdrehte und die Straße hinunter ging. Ruby lehnte sich vor und verfluchte innerlich die ganzen Werbeplakate an der Glasfront, denn sie konnte nichts von dem erkennen, was im Inneren vor sich ging.

Hatte Ruby etwas verpasst? Hatten Cash und Elodie entgegen Donnas Annahme doch Gefallen aneinander gefunden? Die Gedanken kreisten in ihrem Kopf wie Geier über Aas.

Hatte Elodie sich hier Geld geliehen? War das der Grund, warum sie am Dienstag nicht zur Arbeit bei Ryder erschienen war? Aber das hätte nicht den ganzen Tag gedauert. War sie jetzt hier, um es zurückzubezahlen? Oder sich womöglich mehr zu leihen? Aber wenn sie sich so gut mit Cash verstand, warum hatte er ihr nicht Geld gegeben? Ruby drehte ihre Kaffeetasse zwischen den Händen.

Ein neuer Gedanke hatte sich in ihrem Kopf eingenistet: Was, wenn Elodie und Cash unter einer Decke steckten? Was, wenn sie gemeinsam für Gradys Tod verantwortlich waren?

Kapitel 22

Ruby starrte auf das bunte Schild von ›Happy Tails‹. Auf dem Rückweg von Evergreen hatte sie die Fahrt über geschwiegen. Die Gedanken zu Cash und Elodie rasten ihr durch den Kopf wie Böller in einer Silvesternacht. Morgan hatte ein paar Mal versucht, ein Gespräch mit ihr anzufangen, aber schnell gemerkt, dass Ruby nicht bei der Sache war. Vermutlich schob ihre Schwester es darauf, dass Ruby sich immer noch sehr beim Autofahren konzentrieren musste, jedenfalls hatte Morgan sie dann nicht weiter genervt.

Zu Hause angekommen hatte sie Morgan in der Einfahrt abgesetzt und behauptet, sie müsse noch was für die Wiederbelebung des Teiches kaufen. Morgan hatte sie gemustert, aber nichts weiter dazu gesagt.

Und jetzt saß Ruby vor der Tierstation und überlegte, wie sie Jessica über das Verhältnis von Elodie und ihrem Mann am besten ausfragen könnte.

Vor ihr hupte es, und Ruby fuhr zusammen. Ein Pick-up-Truck stand vor ihr, am Steuer Jessicas Kollegin mit der Reibeisenstimme. Ruby legte den Rückwärtsgang ein und rangierte in der Einfahrt hin und her, so dass der Truck langsam an ihr vorbeizuckeln konnte. Als die

Fahrertüren auf gleicher Höhe waren, rollte die Reibeisenfrau ihre Fensterscheibe hinunter.

»Bist du wieder hier wegen des Fischs? Jess ist im Stall.« Sie zeigte auf eine Scheune, die hinter dem Gebäude stand. Dann trat sie aufs Gaspedal, und der Truck schoss an Ruby vorbei auf die Straße.

Nachdem Ruby den Motor zum zweiten Mal abgestellt hatte, stieg sie endlich aus und ging zum Stall. Die Tür stand offen, und ein frischer Strohgeruch schlug ihr entgegen. Jessica kniete gleich neben dem Eingang, in einem kleinen, abgetrennten Bereich, in dem zwei Lämmer lagen.

»Wie süß!«, entfuhr es Ruby.

Jessica schaute hoch. »Dickhornschafe. Ungefähr drei Monate alt. Du kannst mir beim Füttern helfen.« Sie deutete auf ein Regal, in dem zwei fertig vorbereitete Milchflaschen standen.

Für einen Moment wünschte sich Ruby, sie hätte heute nicht ihr dunkelblaues Kostüm getragen, sondern Morgans Cargohose. Sie war sich sicher, dass der Stoff ihr das Knien im Stroh übel nehmen würde. Aber nach einem weiteren Blick auf die kleinen Lämmer, entschied sie, dass es manchmal eben Zeit war, Opfer zu geben.

Sie nahm die Flaschen, stieg vorsichtig über den Drahtzaun, reichte Jessica eine Flasche und kniete sich neben eins der Lämmer. »Was muss ich machen?«

Jessica rutschte näher an das andere Lamm heran, hob dessen Kopf und legte ihn behutsam in ihren Schoß. Sie kippte die Flasche und fuhr mit dessen Nippel über den Mund des Lamms. Sofort begann es, den

Nippel in den Mund zu ziehen und daran zu saugen. »Im Grunde bist du nur der Flaschenhalter.«

Während Ruby mit der einen Hand die Flasche hielt, streichelte sie mit der anderen den Kopf des Lamms. Die flauschige Wolle hinterließ einen fettigen Film auf ihren Fingern, aber es war dennoch ein schönes Gefühl.

»Du machst das gut«, lobte Jessica sie. »Wir suchen immer Freiwillige.«

»Lieber nicht. Ich wüsste doch gar nicht, was ich machen soll, wenn man solche Tiere hier abgibt.« Ruby hob den Kopf des Lamms sanft an, setzte sich anders hin und legte ihn wieder in ihrem Schoß ab. »Aber für dich war das wahrscheinlich ein Kinderspiel, oder?«

»Was meinst du?«

»Na, als die zwei abgegeben wurden. Da hast du doch gearbeitet, oder?«

Jessica schob den Kopf des Lammes von ihren Beinen, zog die Flasche aus dem Mund und stand auf. Das Lamm protestierte, aber sie wandte sich ab und machte sich am Regal zu schaffen.

Ruby beschloss, eine kleine Provokation zu starten, um sie zum Reden zu bringen. »Ach, Quatsch, entschuldige, das hab ich verwechselt. Das war ja schon letzte Woche Sonntag, und da warst du ja nur kurz hier.«

Jessica warf ihr einen kurzen Blick über die Schulter zu. »Du scheinst meinen Arbeitsplan ja gut zu kennen.«

»Deine Kolleginnen haben sich nur über die Lämmer unterhalten, als ich letzte Woche wegen Guppie Goldberg hier war, und dabei erwähnt, dass du sie noch gar nicht gesehen hattest.«

Jessica füllte Pulver in zwei Flaschen und goss dann Wasser hinzu. Sie schüttelte beide Flaschen rigoros, so dass sich alles verbinden konnte. »Man lernt mit der Zeit, was die Tiere brauchen. Essen, Pflege und Unterkunft. Im Grunde wie bei den Menschen«, sagte sie schließlich.

»Ja, Liebe und Geborgenheit stehen auch bei Menschen hoch im Kurs«, gab Ruby zu. »Schade, dass es dann manchmal einfach nicht mit dem vermeintlichen Traumpartner klappt.«

Jessica drehte sich wieder um. In der Hand hielt sie zwei frische Milchflaschen. »Schlechte Erfahrungen gemacht?« Sie stieg über den niedrigen Zaun und reichte Ruby eine volle Flasche.

Ruby legte die leere Flasche neben sich ins Stroh und kam kaum hinterher, dem Lämmchen die andere ins Maul zu schieben. »Wer hat das nicht?«

»Ich wusste, dass Grady sich gern mit jüngeren Frauen schmückte. Ich war ja auch mal so eine.« Jessica lachte kurz auf. »Aber ich dachte wirklich, dass ich ihn ändern könnte.«

»Auf dem Auge sind wir Frauen häufig gern blind. Gab es vor Elodie eine andere?«

»Eine? Ich hab mir irgendwann nicht mal mehr die Mühe gemacht, ihre Namen herauszufinden.«

»Wie haben die zwei sich kennengelernt?«

»Auf einer Party seines besten Freundes, Cash. Sie hat da in einem kurzen Fummel die Bedienung gespielt, und Grady ist ihr voll auf den Leim gegangen.«

Das bestätigte zumindest Donnas Aussage, dachte Ruby. »Das klingt, als wenn Elodie diejenige war, die die Führung übernommen hat.«

Jessicas Kopf fuhr hoch. »Im Gegensatz zu seinen sonst naiven Skihäschen kam Elodie mir immer irgendwie abgebrüht vor. Sie hatte es von Anfang an auf jemanden mit Geld abgesehen.«

»Ich hab sie heute mit Cash zusammen gesehen. Meinst du, dass sie sich jetzt ihn geschnappt hat?«

»Cash kümmert sich sicherlich gern um die traurige Freundin seines toten Freundes. Er ist ja auch kein Freund von Traurigkeit. Können wir jetzt endlich dieses leidige Thema wechseln?«

»Tut mir leid. Ich finde diese ganze Situation einfach unglaublich schwer.«

»Tatsächlich? Du tust beinah so, als wenn dir Grady auch was bedeutet hat. Kanntet ihr euch?« Jessica musterte Ruby.

»Was? Nein!« Ruby schüttelte heftig den Kopf. »Ich hab ihn nur kurz am Busbahnhof getroffen, bevor Morgan mich abgeholt hat.«

»Dafür zeigst du sehr viel Interesse an ihm.«

Im Gegensatz zu dir ist das ja auch nicht weiter schwer, dachte Ruby. Letzte Woche, als sie Jessica bei Gradys Haus getroffen hatte, hatte die Witwe aufgelöst gewirkt, doch davon war mittlerweile nichts mehr zu spüren. Eher im Gegenteil, Jessica schien sich mit Gradys Tod sehr schnell abgefunden zu haben. Weil sie ihn jetzt vielleicht endlich los war?

»Hat sich schon was wegen des Hausverkaufs ergeben?«, fragte Ruby. »Oder überlegst du, es vielleicht doch zu behalten?«

»Auf gar keinen Fall.«

»Wo wohnst du eigentlich jetzt?«

»Noch in Paradise, aber ich werde demnächst nach Boulder ziehen.«

»Neuer Job?«

»Ich werde ein Katzencafé eröffnen. Hab ich schon lange von geträumt.« Jessica kraulte ihr Lamm unter dem Kinn und machte säuselnde Geräusche.

Um ein Café zu eröffnen, benötigte man Geld. Was Jessica scheinbar nicht hatte, wenn Ruby sich an ihren rostigen Wagen erinnerte. Abgesehen davon konnte sie sich nicht vorstellen, dass man bei der Arbeit bei einer Tierstation viel Geld verdiente. Insgesamt also auch keine guten Aussichten, um bei der Bank einen Kredit für so ein Vorhaben zu beantragen. Aber durch Gradys Tod war Jessica auf einen Schlag reich. Reich genug, um sich ihren Traum zu verwirklichen. Plötzlich rückten Elodie und Cash wieder in den Hintergrund, und Ruby musterte die Witwe eingehend.

Diese stand auf. »Zwei Flaschen reichen erst mal. Hast du Lust, mir noch bei dem kleinen Hirsch zu helfen?«

***

»Wie siehst du denn aus?« Morgan starrte auf Rubys verdrecktes Kostüm.

Ruby schlüpfte aus ihren Schuhen. Es tat ihr in der Seele weh, die verschlammten Absätze zu sehen, aber als sie das schmale Hirschkalb mit dem verletzten Bein in seinem Gehege erblickt hatte, konnte sie nicht widerstehen. »Ich bin bei der Tierstation in Matsch getreten, als ich Jessica geholfen hab, einem Hirsch einen neuen Verband anzulegen.«

»Tierstation? Jessica? Du wolltest doch was für den Teich kaufen.« Morgan nahm ihr die Schuhe ab. »Die sollten wir sofort säubern.« Sie ging in den kleinen Raum, wo sich neben der Waschmaschine und dem Trockner auch ein tiefes Waschbecken befand.

»Vorsichtig, die waren nicht billig.« Ruby war ihr gefolgt und zog ihr Kostüm aus.

»Das solltest du besser professionell reinigen lassen. Ich weiß nicht, ob du das hie…«

»Ich hab in New York eine Reinigung, der ich vertraue«, unterbrach Ruby sie.

Morgan nahm einen Lappen, feuchtete ihn an und fuhr damit vorsichtig über die Absätze. »Was hat Jessica dir erzählt?«

»Wie meinst du das?«

»Rubilite Rock! Jetzt mal Käse auf den Burger!«

Ruby lachte. »Das klingt wie einer von Mamas verrückten Sprüchen.« Spontan schlang sie die Arme von hinten um ihre Schwester und sog den vertrauten Duft ihres Shampoos ein.

»Ich vermisse sie auch.« Morgan ließ ihren Kopf nach hinten an Rubys Schulter sinken.

Für einen Moment schwiegen beide, und Ruby genoss die Nähe zu ihrer Schwester. Warum hatte sie sie nicht schon viel früher mal besucht? Auch wenn sie ständig mit Morgan wegen irgendwelcher Kleinigkeiten aneinandergeriet, war sie für sie der wichtigste und liebste Mensch auf der Welt.

»Warum bist du nie nach New York gekommen?« Ruby ließ sie los und trat einen Schritt zurück.

»Du hast mich nie eingeladen.«

»Du brauchst doch keine Einladung, um mich besuchen zu kommen.«

Morgan ließ den Lappen in das Waschbecken sinken und drehte sich um. »Wenn ich spontan bei dir aufgetaucht wäre, hättest du mich dann in deine Wohnung gelassen?«

Ruby wich ihrem Blick aus.

»Außerdem mag ich keine großen Städte.« Morgan ließ Wasser über den Lappen laufen und drückte ihn aus.

»Sagt die Frau, die jahrelang in der Bay Area gewohnt hat. Mit sechs Millionen anderen Menschen.«

»Besser als zwanzig Millionen in New York City. Warum hast du mich nie in Berkeley besucht?«

So sehr sich Ruby wünschte, ihrer Schwester darauf eine vernünftige Antwort geben zu können, es fiel ihr kein Grund ein.

»Ist doch aber auch egal«, unterbrach Morgan ihre Gedanken. »Jetzt bist du hier, wir sind zusammen, und das ist die Hauptsache.«

Ruby hatte vergessen, wie herrlich unkompliziert Morgan sein konnte, wenn es um so etwas ging. Sie sah das Gute in Menschen, lebte im Hier und Jetzt und genoss den Augenblick. Aber natürlich nur, wenn alles sauber und durchgeplant war.

»Du schuldest mir noch eine Antwort.« Morgan stellte die Schuhe auf ein altes Handtuch, das sie auf dem Boden ausgebreitet hatte.

»Worauf?«

»Was du Neues von Jessica erfahren hast.«

»Im Grunde nichts Neues. Sie ist mir ausgewichen, als ich sie auf den Sonntagabend angesprochen hab. Und sie will demnächst in Boulder ein Katzencafé eröffnen.«

»Du glaubst wirklich, dass sie ihren eigenen Mann umgebracht hat?«

»Eigentlich wollte ich mehr zu Elodie und Cash von ihr erfahren«, gab Ruby zu und erzählte, wie sie die beiden am Vormittag in Evergreen beobachtet hatte. »Aber dieses Café in Boulder kann sie sich sicherlich nur mithilfe von Gradys Geld leisten. Und das gibt ihr ein erstklassiges Motiv.«

Morgan lehnte am Waschbecken und verschränkte die Arme vor der Brust. »Das ist eine ausgewachsene Ermittlung, die du da durchführst.«

Ruby drehte die Handflächen gen Himmel. »Ich bin halt neugierig. Berufskrankheit.« Sie konnte Morgan ja nicht erzählen, dass sie zudem dringend auf der Suche nach einer guten Story war, um ihren Namen wiederherzustellen.

»Häng es lieber auf, sonst kriegt es unnötig Falten.« Morgan bückte sich und hob Rubys Kostüm auf. »Du konntest früher schon nicht lockerlassen. Das hab ich schon immer an dir bewundert.«

Ruby riss die Augen auf.

Morgan drückte ihr die Sachen in die Hand. »Jetzt guck nicht so. Es hat auch seine guten Seiten, wenn jemand einer Sache verbissen nachgeht. Ist eine gute Eigenschaft für eine Journalistin.«

Ruby wollte gerade etwas sagen, als Morgans Telefon klingelte. Morgan schob sich an ihr vorbei und zog das Handy aus der Tasche. »Cassidy?« Sie klang überrascht und lauschte.

Ruby nahm sich einen Bügel von einer Leine und hängte ihr Kostüm auf. Nur mit einem T-Shirt und ihrer Unterwäsche bekleidet, ging sie an Morgan vorbei in ihr Zimmer, um das Kostüm dort an die Tür zu hängen. Nachdem sie sich einen Sweater und die Cargohose angezogen hatte, ging sie in die Küche.

Morgan füllte Wasser in den Wasserkocher. »Die Polizei hat Jessica verhaftet.«

»Ach was.« Ruby sah sie überrascht an.

»Ihre Nachbarn haben ausgesagt, dass sie Sonntagmorgen ihre Wohnung verlassen hat und erst am Montagmittag zurückgekommen ist. Sie behauptet, sie hätte in der Tierstation eine Nachtschicht gehabt, aber das stimmt ja nicht. Und am Montagvormittag hat sie einen Mietvertrag für ein Café in Boulder unterschrieben.« Morgan nahm Tee und Tassen aus dem Schrank. »Laut Cassidy hat Jessica Motiv und Gelegenheit gehabt. Und solange sie kein Alibi für die Tatzeit vorweisen kann, kommt sie in Untersuchungshaft.«

»Was hat sie denn gesagt, als Cassidy ihr auf den Kopf zugesagt hat, dass sie definitiv nicht in der Tierstation gearbeitet hat?«

»Nichts. Sie schweigt seitdem.«

»Das heißt, wir putzen morgen nicht Gradys Haus?«

»Doch. Die Celebration of Life soll dennoch stattfinden.« Morgan hängte je einen Teebeutel in eine Tasse und goss das heiße Wasser dazu. Sie reichte Ruby eine Tasse. »Grüner Tee – ist verträglicher als Kaffee und schont das Herz.«

Ruby probierte einen kleinen Schluck und verzog das Gesicht. »Und schmeckt nach Alge.«

Kapitel 23

Ruby zögerte, bevor sie Gradys Schlafzimmer betrat. Während Morgan unten in der Küche das Geschirr für die Trauerfeier am Sonntag vorbereitete, hatte sie unter Morgans wachsamen Augen die Couchgarnitur abgesaugt und überall Staub gewischt. Dann hatte Morgan sie ins obere Stockwerk geschickt.

Solange sie unten gewesen war, hatte Ruby keine Zeit gehabt, sich Gedanken zu machen. Schon gar nicht, weil ihre Schwester ihr ständig gesagt hatte, was sie tun und lassen sollte. Daher war sie zuerst froh gewesen, ihr jetzt entfliehen zu können. Doch nun überkam sie ein komisches Gefühl. Beinah, als wenn sie erwarten würde, eine weitere Leiche hinter der Tür zu finden.

Das war natürlich kompletter Quatsch, und das wusste sie auch. Dennoch hatte sie klamme Hände, und in ihrem Magen schien der Latte, den sie sich von Ryder mitgenommen hatte, hin- und herzuschwappen.

Sie straffte die Schultern und öffnete die Doppeltür. Alles sah so aus wie vor zehn Tagen, als sie Grady gefunden hatte. Außer, dass Grady jetzt nicht mehr auf dem Boden lag und Kriminaltechniker offenbar die

Reste der zerbrochenen Glühlampe mitgenommen hatten. Aber das Bett war immer noch zerwühlt, und der Stuhl lag umgeworfen mitten im Raum.

»Zieh das Bett ab und wasch alles mit der Kurzwäsche«, ertönte Morgans Stimme von unten. Als wenn sie durch Wände gucken konnte.

Ruby ging um den Stuhl herum, bis sie neben dem Bett stand. Auf dem kleinen Nachttisch lagen eine Lesebrille und ein zerknülltes Taschentuch. Ruby verzog den Mund. Irgendwie hatte sie sich keine Gedanken gemacht, was es bedeuten würde, das Haus eines fremden Menschen auszuräumen. Nicht nur, dass sie dieses Taschentuch wegräumen musste, sie müsste auch alles, was sich zum Beispiel im Nachttisch des vermeintlich wilden Hengstes befand, ausräumen. Bitte, lass es nur Kondome sein, schoss es ihr durch den Kopf. Was sollte sie tun, wenn sie auf irgendwelches Sexspielzeug stoßen würde?

Ruby lief die Treppe hinunter.

»Ich hör die Waschmaschine noch gar nicht.« Morgan sah sie vorwurfsvoll an.

Ruby wühlte in der Putzkiste. »Sind hier noch irgendwo Handschuhe?«

»Hast du eine tote Maus gefunden?«

Schweigend holte Ruby ein paar Gummihandschuhe heraus und zog sie sich im Gehen über.

»Ich bin hier gleich fertig, dann komm ich hoch und helf dir«, hörte sie Morgan noch sagen, bevor sie wieder das Schlafzimmer betrat. Mit den Handschuhen bewaffnet, fiel es ihr jetzt leicht, Gradys Bettzeug anzufassen. Sie stopfte alles in die Waschmaschine, wählte das Kurzprogramm und ging zurück ins Schlafzimmer.

Sie baute zwei der Umzugskartons zusammen, die sie mit nach oben genommen hatte, atmete einmal tief ein und aus und zog die oberste Schublade der Kommode auf.

Schwarze und dunkelblaue Unterhosen lagen kreuz und quer in dieser verstreut. Ruby lief ein Schauer über den Rücken. Das Logo einer bekannten Unterwäschefirma auf einer der Hosen war schon stark verblichen. Wie oft mochte Grady diese angehabt haben?

Ruby schüttelte sich. Sie musste solche Gedanken zur Seite schieben. Sie schob die Schublade ein wenig zu, um in die darunterliegende gucken zu können. Socken. Durchgehend schwarz. Aber alle scheinbar einzeln in die Schublade geworfen. Eine weitere Schublade offenbarte weiße Sportsocken. Auch diese waren natürlich einzeln. Darüber hinaus zierten viele gelbliche Ränder oder Flecken. Mit einem Ruck warf Ruby die Schublade wieder zu.

»Was ist?« Morgan kam ins Schlafzimmer.

»Das ist widerlich«, brach es aus Ruby hervor. »Nicht nur, dass es merkwürdig ist, weil er tot ist, aber dann ist das alles hier«, sie deutete auf die Kommode, »... so ein Durcheinander. Ich will auch gar nicht wissen, wie es unterm Bett aussieht.«

Morgan trat neben sie und schaute in die erste Schublade. »Das ist doch gar nichts, verglichen zu deinem Chaos.«

»Aber das ist mein Chaos. Das ist was ganz anderes, als sich mit dem hier zu beschäftigen.«

»So ist das eben, wenn jemand stirbt. Das passiert spontan, da kann derjenige nicht noch mal kurz zurück und seine Sachen ordnen.« Morgan griff beherzt in den

Unterhosenberg und warf diese in einen der offenen Kartons am Boden.

Als Ruby sah, wie ihre Schwester mit bloßen Fingern in die Unterhosen griff, wandte sie sich ab. »Das ist ekelig. Das Bild werd ich nie wieder los.«

»Dann siehst du jetzt wenigstens mal, wie das ist, wenn man so einen Saustall hinterlässt wie du.« Morgan schloss die erste Schublade und begann, die schwarzen Socken zu den Unterhosen zu werfen.

»Ich finde immer alles bei mir, ich kann prima mit meinem angeblichen Chaos leben.«

»Ja, aber auch du wirst nicht ewig leben. Und dann bleibt dein ganzer Scheiß an jemandem hängen.« Morgan war laut geworden.

»Keine Sorge, ich hab nicht vor, in nächster Zeit zu sterben.«

»Das kann man meist nicht planen.«

»Glaubst du, ich könnte bald den Löffel abgeben, oder was?«

»Der Tod kann dich jederzeit treffen.«

»Ja, daher genieße ich mein Leben. Und verplempere es nicht damit, meine Unterwäsche nach Marie Kondo platzsparend aufzurollen.«

»Das ist deine Ausrede für deine Schlamperei? Du genießt halt dein Leben?«

»Ja, denn im Gegensatz zu dir hab ich ein Leben.«

»Wie kommst du darauf, dass ich kein Leben hätte? Wie nennst du denn das, was ich hier habe?«

»Sich verstecken.«

»Sich verstecken?« Morgan prustete los. »Du bist doch die Meisterin im Weglaufen und Kopf in den Sand stecken. Ich hab mein Leben im Griff.«

»Wenn im Griff haben bedeutet, dass man bei dir vom Boden Eis essen und jeder deiner Kunden nach deinem Ableben einfach seine Putzbox aus dem Regal in der Garage ziehen kann, dann ja.«

Morgan ballte die Fäuste. »Es ist gut, wenn alles geordnet ist. Chaos hinterlässt nur Probleme.«

»Sagt wer?«

»Sag ich!«

»Woher willst du das wissen? Du lebst ja nicht im Chaos.«

»Ich weiß es, weil unsere Eltern von einer Sekunde zur anderen nicht mehr da waren! Ich weiß es, weil sie genauso einen chaotischen Lebensstil hatten wie du! Ich weiß es, weil ich die Dumme war, die sich durch das ganze Chaos durchkämpfen musste! Ich war diejenige, die nicht nur das Haus ausräumen musste, sondern sich auch mit all den Formularen für Versicherungen, Kontovollmachten und was weiß ich noch alles rumplagen musste. ICH!« Morgan ließ sich aufs Bett sinken und vergrub den Kopf in den Händen.

Ruby sah betroffen auf ihre Schwester hinunter. »Ich dachte, du wärst froh, wenn ich dir dabei nicht im Weg stehe.«

»Natürlich dachtest du das. Deine Welt dreht sich ja immer nur um dich.«

»Das ist nicht fair.«

»Was ist schon fair.« Morgan richtete sich wieder auf.

»Ich ... ich hätte dir auch gar nicht helfen können. Nach dem Anruf ...« Ruby schluckte. »Ich war ganz durcheinander.«

»Glaubst du, ich nicht? Glaubst du, ich hab den Tod unserer Eltern auf einer Checkliste abgehakt und dann einfach weitergemacht wie bisher?« Morgan fuhr sich über die Augen. »Von einer Sekunde zur anderen waren die drei liebsten Menschen auf der Welt einfach weg. Mama und Papa tot, du in New York. Ohne Ordnung und einen Plan wäre ich durchgedreht.«

Über den Flur war das Piepen der Waschmaschine zu hören. Morgan stieß sich vom Bett hoch und ging hinaus. »Ich schmeiß das Zeug eben in den Trockner.«

Ruby sah ihr mit gemischten Gefühlen hinterher. Einerseits wollte sie ihre Schwester in die Arme schließen und sich entschuldigen. Sie war sich nie über Morgans Gefühle bewusst gewesen. Wer konnte denn auch schon ahnen, dass penible Sauberkeit und Ordnung einem Menschen Stabilität verleihen könnten?

Andererseits hatten Morgans Worte sie zutiefst gekränkt. Es mochte ja sein, dass Ruby ein wenig chaotischer war als andere. Aber Morgan war dafür auch sehr viel pedantischer als andere. Wie konnte sie es daher also wagen, Ruby als Schlampe zu bezeichnen?

Und war sich nicht jeder Mensch zunächst selbst der Nächste? Wer dachte denn sonst an einen, wenn man es nicht selbst tat? Zwillingsschwester hin oder her. Denn es gab nichts und niemanden, auf den man sich so verlassen konnte wie auf sich selbst. Das war ja nun nichts, was Morgan ihr vorwerfen konnte.

Ruby presste die Lippen aufeinander. Von wegen, sie dachte nur an sich! Wenn sie tatsächlich so egoistisch wäre, würde sie ihrer Schwester dann beim Putzen eines fremden Hauses helfen? Wohl kaum.

Sie nahm einen Müllbeutel, schüttelte ihn auf, ging zum Nachttisch und stopfte das Taschentuch in den

Beutel. Dann kniete sie sich herunter und schaute unters Bett. Neben ein paar Wollmäusen lag ein Umschlag an der Wand. Ruby inspizierte den Boden vor sich, bevor sie sich bäuchlings hinlegte und den rechten Arm ausstreckte.

Mist! Der Umschlag war so nicht zu erreichen. Ruby sah sich im Schlafzimmer um, doch es gab nichts, womit sie den Umschlag hätte zu fassen bekommen können. Widerwillig robbte sie ein Stück unters Bett und hielt dabei die Luft an. Als ihre Fingerspitzen den Umschlag zu fassen bekamen, fuhr ein freudiges Kribbeln durch ihren Körper. Schnell zog sie den Umschlag an sich und robbte unter dem Bett hervor.

»Was machst du da unten?« Morgan war zurück ins Zimmer gekommen.

Ruby hielt den Umschlag über ihrem Kopf. »Der lag unterm Bett.«

»Sich eben vor der Unterwäsche ekeln, aber jetzt Nacktfotos angucken wollen?«

»Iiiih!« Ruby ließ den Umschlag vor sich auf den Boden fallen. »Meinst du echt, er hat Aufnahmen von sich und Elodie oder anderen Frauen gemacht?«

»Keine Ahnung. Aber es geht uns nichts an. Wir legen ihn zu den anderen Papieren, die ich noch in der Küchenschublade gefunden hab.« Morgan machte Anstalten, den Umschlag aufzuheben.

Ruby griff schnell danach. »Ich werfe nur einen klitzekleinen Blick hinein.«

»Rubilite Rock! Ich verbiete dir ...«

Doch Ruby war schneller, als ihre Schwester reden konnte. Da der Umschlag nicht zugeklebt war, zog sie die Klappe schnell auf und spähte hinein. »Der ist leer.«

Enttäuscht wollte sie ihn in die Mülltüte werfen, doch Morgan riss ihr diesen aus der Hand.

»Das ist Altpapier!«, erinnerte Morgan sie. »Und was hattest du dir überhaupt davon erhofft? Einen Schatz zu finden? Eine Million Dollar in bar?«

»Irgendwas Spannendes halt. Vielleicht etwas, was ihn als Doppelagent entlarvt hätte. Und dann hätte sich herausgestellt, dass sein Tod auch nur vorgespielt war und er in Wirklichkeit längst in Russland untergetaucht ist«, witzelte Ruby.

»Deine Fantasie ist echt grenzenlos.« Morgan öffnete den Nachttisch. Sie nahm zwei Kugelschreiber heraus und warf diese in die Mülltüte, während sie einen unbeschriebenen Notizblock zu dem leeren Umschlag legte. »Aber kein Mensch legt seine Geheimnisse in einem Umschlag unters Bett.«

»Hast du was im Eisfach eingefroren gefunden? Oder im Zucker- oder Mehlbehälter versteckt?«

Morgan schüttelte den Kopf. »Alte Hollywoodklischees.«

»Ach ja? Wo verstecken die Menschen denn Dinge, die ihnen wichtig sind, beziehungsweise von denen sie nicht wollen, dass sie gefunden werden?«

»Dort«, Morgan hob den Zeigefinger, »wo kein Freund oder Fremder jemals freiwillig rangehen würde.«

Ruby überlegte. »Der Deckel der Toilettenspülung?«

»Schon nicht schlecht, aber durch zahlreiche Mafiafilme mittlerweile auch ein sehr abgegriffenes Versteck.« Mit spitzen Fingern angelte Morgan zwei Ohrstöpsel aus der Schublade. »Aber schon nah dran.«

»Nah dran?« Ruby überlegte. »Also im Bad?«

Morgan nickte.

»Hinter losen Fliesen? Ich weiß nicht«, gab Ruby schließlich zu.

»Machst du eine neue Toilettenpapierrolle auf den Halter, wenn das Papier alle ist?«

Es dauert einen Moment, bis Ruby verstanden hatte. »Coole Idee!« Sie ging ins Badezimmer, das mit einer Tür direkt mit dem Schlafzimmer verbunden war.

»Das war doch nur ein Beispiel«, rief Morgan ihr hinterher.

»Bingo!« Ruby kam mit einer Handvoll Zettel zurück ins Schlafzimmer gelaufen. »Das ist echt unfassbar!«

»Grady hatte tatsächlich was in seinen Ersatztoilettenpapierrollen versteckt?« Morgan starrte fassungslos auf die Papiere in Rubys Hand.

»Du hast doch gesagt, dass das ein gutes Versteck ist.«

»Ja, aber ... ich wusste doch nicht ...« Morgan setzte sich auf die Bettkante. »Was sind das für Zettel?«

Ruby grinste. »Ach? Sollte ich die nicht besser einfach unten auf den Stapel mit den anderen Dokumenten legen?«

Morgan nahm das Kissen vom Bett und warf es zu Ruby herüber. Diese duckte sich, um ihm auszuweichen. Sie lehnte sich an den Türrahmen und faltete die Zettel auseinander.

»Und?«, fragte Morgan.

Ruby musste über die Ungeduld ihrer Schwester lächeln. »Lauter Zahlenkolonnen. Von irgendeiner Bank in Panama.«

»Panama?«

»Yep. Panama gilt neben den Cayman Islands und den Bahamas als super Steueroase.«

»Zeig mal«, bat Morgan. »Meinst du, Grady hat Steuern hinterzogen?«

Ruby reichte einen der Zettel an Morgan weiter, die ihn sofort studierte.

»Vielleicht wollte Grady deshalb nicht, dass weitere Menschen als Investoren in sein Geschäft einsteigt. Er war kurz davor, mit seinen veruntreuten Millionen abzuhauen!«, spekulierte Ruby laut.

Morgan faltete dann alles wieder zusammen und zog ihr Handy aus der Tasche.

Ruby ließ den Kopf in den Nacken fallen. »Sag nicht, du rufst Cassidy an, um ihr davon zu erzählen, oder?«

»Das ist das einzig Richtige, was wir in diesem Fall tun können.«

Kapitel 24

Stanley betrachtete nachdenklich das trübe Teichwasser. »Das Zeug hier«, er riss an einer Pflanze am Wasserrand, »muss weg, die Algen müssen raus, dann brauchen wir frisches Wasser. Bis sich das alles wieder reguliert hat, kann es bis zu zwei Wochen dauern.«

»Zwei Wochen?« Ruby schaute zu Morgan hinüber, die am Küchenfenster stand und sie fragend ansah. Ruby machte ein Daumenhoch-Zeichen. »Geht das nicht schneller?«, wandte sie sich an Stanley.

»Tja, Big Apple, du kennst das natürlich nicht von der Steinwüste, wo du herkommst, aber die Natur hat ihren ganz eigenen Kreislauf.« Er deutete auf ihr Kostüm. »Die nächste Reinigung ist in Evergreen.«

Nachdem Ruby sich andere Sachen angezogen hatte, arbeiteten sie mehr oder minder schweigend. Ab und zu sagte Stanley Ruby, was sie tun sollte, ließ sie aber ansonsten in Ruhe. Die Pflanzen, die sich am Wasserrand angesiedelt hatten, waren teilweise schwer herauszuziehen, aber Ruby gab ihr Bestes, das Unkraut zu entfernen, das sich offenbar über Jahre angesammelt hatte.

Stanley stand breitbeinig in Fischerausrüstung und mit einem Spaten bewaffnet im Teich und grub die schlammigen Ablagerungen aus. Beim ersten Spatenhieb hatte Ruby sich entsetzt abgewandt, so extrem war der Gestank gewesen. Doch glücklicherweise strahlte die Sonne vom Himmel herab, und einige von Morgans Pflanzen blühten bereits und verbreiteten so einen angenehmen Gegenduft.

Nach etwa einer Stunde spürte Ruby Muskeln in ihren Armen, von denen sie vorher nicht geahnt hatte, dass sie dort welche hatte. Es kam ihr vor, als wenn sie noch nie im Leben körperlich so viel gearbeitet hatte wie hier. Wo sie sich doch eigentlich entspannen wollte. Dennoch spürte sie Zufriedenheit in sich aufsteigen. Sie hatte noch nie zuvor in einem Garten rumgewerkelt, geschweige denn ein Basilikum an ihrem Küchenfenster gehabt. Mit den Händen zu arbeiten, mit ihnen im Dreck zu wühlen und die Früchte der eigenen Arbeit zu sehen, war beruhigend und erfüllend. War es das, was Morgan am Putzen so befriedigend fand?

Ruby fuhr sich mit dem Handrücken über die schwitzige Stirn und genoss den Blick auf die umliegenden Berge.

»Wie hoch ist der?« Sie zeigte auf den höchsten, der selbst unter der leichten Schneedecke zerklüftet und rau aussah.

Stanley richtete sich auf. »Unser Hausberg, der Rocky Mountain? Knappe viertausend Meter.«

»Ein Berg namens Rocky Mountain in den Rocky Mountains?«

»Ist ebenso so einfallsreich wie die Stadt New York City im Staat New York.«

Ruby schmunzelte und ließ ihren Blick weiterschweifen. Zwei Gipfel, die direkt nebeneinanderlagen, sahen fast gleich aus – ihre Höhe und Form war sich sehr ähnlich, doch während der eine noch mit Schnee bedeckt war, zeigte der andere schon seine kahlen Felsen. »Interessierst du dich eigentlich auch für Skisport, oder guckst du nur Baseball?«

»Willst du was Sportliches mit mir diskutieren, oder schnüffelst du immer noch wegen Gradys Tod rum?«

»Wer sagt denn, dass ich das tue?«

Stanley schnaubte. »Ich versteh nicht, was dich das noch interessiert. Jessica wurde verhaftet. Fall gelöst.«

Ruby schwieg. So sehr sie sich auch anfänglich über Jessicas Verhaftung gefreut hatte, hatte sich die Enttäuschung wie eine dieser Wärmedecken um sie gelegt. Natürlich war es die Aufgabe der Polizei oder in diesem Fall des Sheriffs, einen Mordfall zu lösen, aber Ruby hätte selbst gern alle Fäden am Ende zusammengeführt. So wie bei ihren Artikeln. Und mit dem offenen Vaterschaftstest von Elodies ungeborenem Baby sowie dem Konto in Panama hatte Ruby das Gefühl, dass einige Fäden noch locker in der Luft hingen und hinter der ganzen Sache doch noch mehr steckte als eine in Scheidung lebende Ehefrau.

»Hast du dir schon Gedanken, um die Bepflanzung gemacht?«, unterbrach Stanley ihre Grübeleien.

Ruby löste ihren Blick von den Bergen und schaute auf die kleine Wasserfläche. »Kommt da nicht von ganz allein was?«

»Wenn du den Teich nächstes Jahr wieder so ausräumen willst wie jetzt, ja.« Stanley stieg aus dem Wasser und ließ den Spaten auf den Rasen fallen. »Pfennigkraut. Ist auch in diesen Lagen winterfest und wächst schnell. Am besten von außen ganz nah an den Rand, dann kriegst du eine sanfte Kante.«

»Das ist dann eine Land- und keine Wasserpflanze?«, fragte Ruby nach.

Stanley streckte sich und drückte die Hände in den unteren Rücken. »Beides. Je nachdem, wo sie wächst, sieht sie ein bisschen anders aus. So wie die Helfe-Elfe und du.«

»Die Helfe-Elfe?«

»Hast du einen besseren Namen für deine Schwester?«

Ruby prustete los. Was für ein genialer Spitzname für ihre Schwester, die schon früher immer bereit gewesen war, jedem jederzeit zu helfen. Vor allem, wenn sie dabei den Ton angeben konnte.

»Ich würde es eher einmischen nennen. Und glaub mir, die Helfe-Elfe«, Ruby kicherte erneut, »und ich unterscheiden uns nicht nur äußerlich.«

»Ich dachte, ihr seid wie Twin Peaks.« Stanley zeigte auf die zwei gleich aussehenden Gipfel.

Ruby schüttelte den Kopf. »Ne, bei uns ist auch unter der Schneedecke alles total verschieden.«

»Wenn du's sagst.« Stanley nahm den Spaten wieder auf und ging zurück ins Wasser.

Ruby rutschte wieder näher an den Teichrand heran und zog an dem nächsten Unkraut. Stanley hatte wirklich keine Vorstellung, wie es war, ein Zwilling zu sein.

***

»Kann der Fisch jetzt raus?« Morgan stand mit der Glasschale in der Hintertür, als Ruby aus dem Garten kam.

»Den Teich kann man nicht wie ein Zimmer aufräumen, und dann ist es gleich wieder bezugsfertig.« Ruby nahm Morgan die Schale ab, um Guppie Goldberg zurückzustellen, hielt dann jedoch inne, weil der Küchentisch voll war. »Hast du dein altes Chemielabor rausgekramt?«

»Ich will Seife machen.«

Schon früher hatte Morgan am liebsten alles selbst gemacht. Doch an Seife konnte Ruby sich nicht erinnern. Sie warf einen Blick auf ihre Schwester, deren Haar wie immer offen über ihre Schultern fiel. In ihren großen, bunten Creolen hatten sich ein paar Haarsträhnen verfangen, die bunte, weite Bluse gab einen schönen Kontrast zu der schwarzen Cargohose.

»Du bist echt ein moderner Hippie geworden«, stellte sie fest.

»Ist das was Schlimmes?« Morgan band sich eine Schürze um.

Ruby schüttelte den Kopf. »Eher bewundernswert.«
»Warum?«

»In einer Welt, in der man auf Knopfdruck alles Erdenkliche kaufen kann, machst du dir die Mühe, Dinge selbst zu machen. Du gehörst zu einer aussterbenden Spezies.«

»Hilf mir. Und dann kannst du dein neugewonnenes Wissen nach New York tragen, dort deine Freunde davon überzeugen und in Nullkommanichts haben wir einen Kult begründet.«

Ruby nickte. »Und in spätestens zehn Jahren können wir dann die Weltherrschaft übernehmen.«

»Aber nur, wenn ich für den Reinigungsplan unseres Palastes zuständig sein werde.«

Ruby fiel in Morgans Lachen ein. »Ich geh mich nur schnell umziehen.«

Morgan schüttelte den Kopf. »Erste Lektion: Die Lauge kann dir schnell mal ein Loch in die Klamotten brennen, daher lieber immer Sachen tragen, auf die es nicht ankommt.« Sie zog ein paar lange Gummihandschuhe aus einer Plastiktüte und reichte Ruby auch ein Paar. »Die schützen dich vor Laugenspritzern. Außerdem auch immer eine Schutzbrille tragen.«

Ruby zog sich die Handschuhe über die Finger. »Ob ich es mal erleben werde, dass du nicht vorbereitet sein wirst?«

Morgan lächelte. »Hab ich nicht geplant.«

Kapitel 25

»Seit wann gehört Catering zu deinem Putzangebot?«, maulte Ruby, während Morgan ihr diverse Aufbewahrungsdosen mit Kuchen und Keksen auf die Arme stapelte.

»Es gehört sich nun mal, etwas mitzubringen.«

Die Auffahrt zu Gradys Haus war komplett zugeparkt, so dass die beiden Schwestern den Rest des Weges zu Fuß gehen mussten. Ganz vorne stand Cash mit seinem schnittigen Sportwagen. Dieser schien seinen Wagen gerade Harold Mortin zu zeigen, denn die Autotüren waren geöffnet, und beide lehnten sich ins Auto, während Cash lebhaft sprach.

»Ruby!« Cash schien sich sichtlich zu freuen, als er sie erblickte. »Du schuldest mir noch ein Date. Morgen Mittagessen in der Timberland Lodge?«

Ihr erster Impuls war, ihn anzulächeln, doch dann erinnerte sie sich, wie vertraut er in Evergreen mit Elodie gewirkt hatte. Daher nickte sie ihm nur knapp zu. Er kam ihr entgegen und nahm ihr ein paar Dosen mit einem Arm ab, den anderen hielt er Morgan hin, damit diese sich bei ihm einhaken konnte. Und Ruby musste sich eingestehen, dass es wirklich schwer war, diesem Charmeur lange böse zu sein.

Harold Mortin nickte den Schwestern zu. »Danke fürs Putzen. Sie haben Jess damit sehr geholfen.«

»Das ist unser Job.« Ruby drückte auch ihm einen Kuchencarrier in die Hand.

»Ist Ihnen dabei etwas in die Hände gefallen?«

»Wie bitte?«

»Keine Sorge, ich verdächtige Sie nicht des Diebstahls, ich meine nur, vielleicht haben Sie ja was Interessantes gefunden?«

»Ungewöhnlich, dass Sie danach fragen.« Ruby musterte Gradys Geschäftspartner. »Denn wir sind tatsächlich über etwas gestolpert.«

»Ja?« Harold Mortin lehnte sich weit zu Ruby, die daraufhin einen Schritt zurücktrat.

»Wollmäuse unterm Bett.«

Cash hinter ihr lachte laut auf, und Ruby trat an dem verdutzten Harold Mortin vorbei ins Haus.

Discomusik aus den 80ern klang gedämpft aus dem Wohnzimmer, überall standen lässig gekleidete Menschen in kleinen Grüppchen und unterhielten sich. Im Gegensatz zu einer klassischen Trauerfeier war die Celebration of Life eine Veranstaltung, bei der das Leben des Verstorbenen gefeiert wurde und nicht dessen Tod im Mittelpunkt stand.

Zu ihrem Erstaunen erkannte sie Jessica, die sich in der Küche mit Cassidy unterhielt. Ruby drehte sich zu Harold Mortin, nahm ihm den Kuchencarrier ab, ging in die Küche und stellte diesen auf dem Tisch ab, der sich unter dem Essen schon zu biegen schien.

Jessica kam auf sie zu. »Danke, das Haus sieht super aus.« Sie drückte Rubys Hände kurz, wandte sich dann an Morgan und sprach ihr auch ihren Dank aus.

Als Cash Jessica umarmte, fragte sich Ruby, ob es überhaupt eine Frau auf der Welt gab, die er nicht einfach so umarmen würde. Und so albern es auch war, aber es war jedes Mal wie ein kleiner Stich ins Herz. Dabei war der bullige Cash noch nicht einmal ihr Typ!

»Eure gemeinsame Zeit bleibt dir, die verlierst du nicht. Und ihr hattet gute Zeiten«, sagte Cash.

Jessica lächelte schief. »Ja, das hatten wir. Ihr zwei aber auch.«

»Mir wird er auch fehlen«, gab Cash zu und ließ wieder von ihr ab.

Harold Mortin drängte sich vor und umarmte Jessica ebenfalls. »Was auch immer du brauchst, ich bin da.«

Jessica seufzte. »Es ist alles so überwältigend. Die ganzen Versicherungssachen, das Haus ...«

Morgan sah sie mitfühlend an. »Das kann ich gut nachvollziehen. Es ist einem vorher gar nicht bewusst, was für ein Papierkram bei einem Todesfall auf einen zukommt.«

»Wenn du das Haus verkaufen willst, kann ich dir helfen«, bot Harold Mortin an.

»Das würdest du tun?«

»Überlass mir das ruhig. Ich hab Kontakt zu einem guten Makler. Gib mir nach der Feier die Schlüssel, und ich kümmere mich darum.«

Jessica sah ihn dankbar an. »Das wäre mir eine große Hilfe, danke Harold.«

»Gern doch.« Er umarmte sie noch ein weiteres Mal, bevor er die Hand zum Gruß hob und sich zu einer Männergruppe aufmachte, die in der Nähe der improvisierten Bar stand.

»Was will die denn hier?« Jessica stürmte auf Elodie zu, die plötzlich im Flur stand.

»Revierkampf. Ich spiel mal den Aufpasser.« Cash ging hinter ihr her.

»Habt ihr Jessica für heute Ausgang gewährt? Und musst du aufpassen, dass sie nicht abhaut?«, wandte Ruby sich an Cassidy.

»Sie ist wieder frei.«

»Was?«, kam es zeitgleich aus Morgans und Rubys Mund.

Morgan runzelte die Stirn. »Aber warum? Sie hat gelogen.«

»Das stimmt. Aber sie hat jetzt ein Alibi für die Tatzeit.«

»Ach.« Ruby sah Cassidy fragend an. »Und warum hat sie das nicht gleich gesagt?«

»Warum lügen Menschen?« Cassidy sah Ruby ungerührt an.

Ruby überlegte. »Sie hat gelogen, weil sie nicht wollte, dass die Wahrheit rauskam, wo sie wirklich war. Und das wollte sie nicht weil ... es peinlich gewesen wäre? Oder sie jemand anderen nicht mit in die Sache reinziehen wollte?«

Cassidy lächelte, schwieg aber weiterhin.

Morgan knuffte ihr in die Seite. »Komm schon, sag es uns.«

»Jessica war bei ihrem neuen Freund in Boulder.«

»Natürlich behauptet er, dass sie bei ihm gewesen ist, weil er nicht will, dass seine Liebste ins Gefängnis wandert«, wandte Ruby ein.

»Es gibt darüber hinaus ein Pärchen, das bezeugen kann, dass Jessica am fraglichen Abend mit ihm zusammen war«, stellte Cassidy klar.

Ruby sah sie verständnislos an. »Und warum hat sie das dann nicht gleich gesagt?«

»Weil in dem Ehevertrag von Jessica und Grady steht, dass im Falle einer Scheidung Jessica nichts bekommt, wenn sie im ersten Jahr der Trennung eine neue Partnerschaft eingeht.«

»Oh«, machte Morgan, während Ruby Jessica betrachtete, die immer noch mit Elodie im Flur stand und heftig gestikulierte. Cash hatte sich zwischen die beiden Frauen gedrängt und hielt sie mit leicht ausgebreiteten Armen auf Abstand voneinander. Es war Jessica anzusehen, dass sie Elodie am liebsten hochkant rausgeworfen hätte. Doch jetzt strahlte Cash beide an, griff Elodie am Arm und führte sie ins Wohnzimmer. Jessica sah ihnen mit verbissenem Gesichtsausdruck hinterher.

»Ich wäre auch nicht glücklich, wenn die Geliebte meines Mannes auf seiner Beerdigung auftauchen würde«, bemerkte Morgan.

»Moment mal, durfte er denn eigentlich was mit einer anderen haben?«, fragte Ruby.

Cassidy nickte. »Laut Ehevertrag gab es für ihn keinerlei Einschränkungen, was neue Beziehungen anging.«

»Wie unfair.« Ruby wollte noch mehr sagen, doch Jessica kam wutentbrannt auf die kleine Gruppe zu. Sie griff im Vorbeigehen nach einem der Sektgläser, die auf einer Anrichte standen, kippte es in einem Zug herunter und gesellte sich dann zu Cassidy, Morgan und Ruby.

»Dass die es wagt, hier aufzutauchen!« Ihre Augen funkelten. »Ich hab ihn doch auch geliebt«, äffte sie Elodies weinerliche Stimme nach.

Morgan strich über Jessicas Arm. »Lass dir davon nicht die Feier verderben. Sie geht sicherlich auch bald wieder.«

»Sie meint, sie wäre die neue Liebe an seiner Seite gewesen. So ein Bullshit!«, empörte sich Jessica. »Die neue Liebe für die nächsten fünf Minuten!«

»Wer weiß, vielleicht wäre das ja tatsächlich bei Elodie anders gewesen. Mit dem Kind und so. Manche Menschen verändert so was.«

Jessica starrte Ruby mit offenem Mund an. Auch Cassidys Gesicht wirkte, als wenn sie gerade jemand beim Schach haushoch geschlagen hätte, und Morgan seufzte leise. Erst da wurde Ruby bewusst, was sie gerade gesagt hatte.

»Elodie ist schwanger? Von Grady?« Jessica riss die Augenbrauen so weit hoch, dass sie unter ihren Ponyfransen verschwanden. Dann brach sie in schallendes Gelächter aus.

Vereinzelt drehten sich einige Gäste zu ihr und prosteten ihr zu. Sie dachten vermutlich, es handelte sich um eine unterhaltsame Anekdote aus Gradys Leben. Morgan wollte Jessica in den Arm nehmen, doch diese wehrte sie ab.

»Lass uns einen Moment rausgehen«, schlug Cassidy vor.

Jessica japste noch ein paar Mal, bevor sie sich wieder beruhigte. »Glaubt mir, dieses Flittchen ist nicht schwanger. Zumindest nicht von Grady.«

»Wir haben einen Antrag für einen Vaterschaftstest vorliegen.« Cassidy sah Jessica ernst an. »Falls dieser positiv ausfallen sollte, wird das Kind wahrscheinlich in der Erbfol...«

»Spar dir die Luft«, unterbrach Jessica sie. »Das Kind ist nicht von Grady. Das weiß ich genau.«

»Woher?«, wollte Ruby wissen. Oder hatte Jessica ihren Mann rund um die Uhr bewachen lassen und festgestellt, dass alle seine Beziehungen nur platonischer Art gewesen waren?

»Grady konnte keine Kinder kriegen. Wir haben es lange versucht, aber seine Krieger waren zu schlapp. Meist schon tot, bevor sie ...«

Cassidy winkte ab. »Danke, schon verstanden.«

»Diese kleine Schlampe wollte ihm also ein Kind andichten«, zischte Jessica. »Wahrscheinlich hat er sie ausgelacht, als sie mit dem Vaterschaftstest zu ihm kam. Daraufhin hat sie ihn umgebracht.« Sie sah sich suchend um. »Wo ist sie? Sie hat ihn auf dem Gewissen! Der werd ich's zeigen!« Sie versuchte loszustürmen, wurde aber sofort von Cassidy festgehalten. Der Sheriff zog die keifende Jessica nach draußen. Ruby sah sich um. Keiner der Anwesenden schien etwas mitbekommen zu haben, die Musik hatte glücklicherweise alles übertönt.

Cash lehnte mit Elodie an der Kommode, auf der Guppie Goldberg in seinem Glas umhergeschwommen war. Er streichelte über ihren Rücken und redete auf sie ein. Rubys Kiefermuskeln verspannten sich, obwohl sie sich bemühte, diese lockerzulassen. Was ging es sie an, für wen er sich interessierte?

Viel, gestand sie sich ein. Denn wenn Grady nicht der Erzeuger von Elodies Kind war, könnte es dann sein, dass Cash der Vater war? Aber warum hätte Elodie Grady das Kind unterjubeln wollen? Um Geld zu erpressen? Aber Cash ging es doch finanziell gut. Oder nicht? War Elodie vielleicht gar nicht ihretwegen bei Easy Money gewesen? Was lief zwischen den beiden?

Sie löste den Blick und sah Morgan an, die ebenfalls nachdenklich schien. »Tee?«

Kapitel 26

Ruby bog vom Highway dieses Mal nicht in die unbefestigte Straße ab, die ihr die Navigationsapp letzte Woche vorgeschlagen hatte, sondern fuhr weiter bis zu dem Schild, das auf die Lodge hinwies. Walter hatte ihr erzählt, dass die offizielle Zufahrt dort wäre. Der Weg, den sie genommen hatte, war ein verlassener Wirtschaftsweg, der allenfalls noch für Anlieferungen genutzt wurde.

Obwohl es jetzt helllichter Tag war und die Straße weiterhin asphaltiert, fuhr Ruby vorsichtig. Sie hatte sogar das Radio leiser gedreht, um sich nicht ablenken zu lassen. Die Mittagssonne strahlte durch die Kiefernbäume hindurch und malte interessante Muster auf die Straße, die in ein Tal zu führen schien. Nach einer Kurve eröffnete sich schließlich das Tal, das von majestätischen Gipfeln umgeben war. Überrascht stellte Ruby fest, dass es sich um ein größeres Skigebiet handeln musste, denn an den Berghängen konnte sie zahlreiche Scheinwerfer, die nachts vermutlich die Pisten beleuchteten, und zwei Skilifte erkennen.

Sie parkte das Auto vor einem großen Gebäude, das den Namen Lodge nicht verdient hatte, sondern eher nach einem Resort aussah. Das mehrstöckige Haus beeindruckte mit einer rustikalen Holzfassade, die durch raumhohe Fenster unterbrochen war. Ruby hatte eine kleinere Unterkunft erwartet, andererseits fuhr Cash eine Corvette, da passte so ein luxuriöses Hotel natürlich zu ihm. Bei dem Gedanken an die Kosten für eine Übernachtung regte sich erneut ein Stimmchen in Rubys Kopf. Konnte sich Cash diesen Luxus tatsächlich aus eigenen Stücken leisten, oder war sein Reichtum aus Gradys Taschen gekommen?

Genug, schalt sie sich, schloss den Wagen ab und ging auf die geradezu furchteinflößende, hölzerne Eingangstür zu. Ehe Ruby nach dem Griff greifen konnte, wurde die Tür von einem Concierge geöffnet, dessen blütenweiße Handschuhe sich von der weinroten Uniform abhoben.

»Willkommen!« Ein strahlendes Lächeln entblößte seine ebenso weißen Zähne. »Kein Gepäck?«

Ruby schüttelte den Kopf. »Ich bin mit jemandem zum Essen verabredet.«

»Botanico oder Bones?«

»Wie bitte?«

»Botanico ist unser vegetarisches Restaurant, im Bones werden Fleischgerichte serviert.«

Ruby überlegte. Cash sah nicht nach einem Pflanzenliebhaber aus, aber seit Zach war sie sich nicht mehr sicher, ob sie ihrer Männerkenntnis vertrauen konnte. »Ich weiß nicht genau. Mein Bekannter Cash hat die Reservierung gema...«

»Cash?« Der Concierge zeigte zur Rechten. »Ihn finden Sie im Bones.«

Ruby durchquerte die Lobby. Flauschige Teppiche bedeckten den Holzboden, ein prächtiger Kronleuchter aus einem Geweih hing mittig von der Decke herunter. An einer Seite war ein großer Kamin, vor dem bequem aussehende Sessel und Sofas standen, auf denen sich wahrscheinlich die Gäste nach einem langen Pistentag entspannen würden.

Ruby ging vor dem Empfangstresen nach rechts, wo in einem angrenzenden Raum Billard-, Tischtennis- und Tischfußballtische standen. Am Ende des Gangs stand eine junge Dame mit einem Klemmbrett vor einer weiteren imposanten Holztür.

Sie lächelte Ruby an. »Tisch für eine Person?«

»Ich bin mit Cash verabredet.«

Die Frau öffnete die Tür und bedeutete Ruby, ihr zu folgen. Das Restaurant strahlte eine behagliche Wärme aus, eine Mischung aus rustikalem Flair und modernem Komfort. Dunkles Holz dominierte die Einrichtung, von den robusten Esstischen und Stühlen bis zu den kunstvoll verzierten Hockern an der Bar. Die Bar schien mit einer beeindruckenden Auswahl an lokalen Craft-Bieren und erlesenen Weinen ausgestattet zu sein, die Tische waren mit frischen Wildblumen dekoriert.

Durch die bodentiefen Fenster schien die Mittagssonne, die rustikalen Pendelleuchten waren aus, aber Ruby konnte sich vorstellen, dass deren gedämpftes Licht den Raum abends in eine warme Atmosphäre tauchen würde. Das Aroma von gegrilltem Fleisch und kräftigen Gewürzen schwebte in der Luft.

Cash saß an einem Tisch an der Fensterfront, die den Blick auf die dahinterliegenden Berge freilegte. Er stand auf, als Ruby näher kam, umarmte sie und drückte ihr ein Küsschen auf die Wange.

»Soll ich dem Koch sagen, dass er servieren kann?«, fragte die junge Frau ihn.

»Ich hab doch noch gar nicht bestellt«, wandte Ruby ein.

»Hab ich für uns erledigt.« Cash nickte der Frau zu, die daraufhin verschwand.

Ruby öffnete den Mund, wusste aber nicht, was sie sagen sollte. Sie kam sich vor wie in einem viktorianischen Roman, in dem der Mann bestimmte, was die Frau zu essen hatte. Was würde Cash tun, wenn sie jetzt behaupten würde, sie sei Vegetarierin?

»Ich bin öfter hier, ich weiß, was gut ist.« Cash schien Rubys Unbehagen gespürt zu haben. »Möchtest du Wein zum Essen? Die Weinkarte ist gut und umfangreich.«

»Nein, danke.«

»Hab ich mich so in dir getäuscht, und du bist Biertrinkerin?«

»Ich mag am liebsten Eiswein von den Niagara-Fällen«, gab Ruby zu. »Aber nicht mittags.« Sie zeigte mit der Hand umher. »Übernachtest du immer hier, wenn du Donna besuchst?«

Cash nickte.

»Aber du könntest doch sicherlich auch bei ihr schlafen.«

»Warum sollte ich das tun, wenn ich hier mein eigenes Bett haben kann? Es ist sehr bequem. Ich kann es dir gern später zeigen.« Cash lächelte sie breit an, und Ruby war erneut überrascht, wie überzeugt er von sich war. Und wie wenig sie das störte.

Bevor sie zu einer Antwort ansetzen konnte, servierte ein Kellner ihnen einen Salat mit frischem Baguette dazu.

»Du hast uns Salat bestellt?«

»Mit Hühnchenstreifen. Mittags esse ich nur leicht, am Abend dann Steak. Proteine und so.« Cash spannte spielerisch seine Muskeln an. »Wenn du aber lieber was anderes essen möchtest ...«

Ruby schüttelte den Kopf. »Ist schon okay. Solange er gut schmeckt.«

»Vertrau mir, er wird dir schmecken.«

Schon nach dem ersten Bissen musste Ruby Cash recht geben, denn die Zusammenstellung des Gemüses und das Dressing waren köstlich. Und von dem noch lauwarmen Baguette, dessen Kruste herrlich krachte und nicht wie sonst häufig weich war, weil viele ihrer Landsleute am liebsten gar keine Kruste an ihrem Brot hatten, konnte sie gar nicht genug bekommen.

Cash erwies sich als charmanter Gesprächspartner. Ganz unbefangen plauderte er mit ihr über alle möglichen Themen, vermied dabei aber ganz geschickt Gradys Tod und seine Freundschaft zu ihm. Nach dem Salat lehnte er sich zurück, legte die Hände neben seinen Teller und schaute Ruby aufmerksam an.

»Und jetzt erzähl mir doch mal was von dir.«

Ruby griff nach ihrem Wasserglas. »Dein Leben im Skizirkus ist sicherlich spannender gewesen als meins.«

»Du lebst in New York, der Stadt, die niemals schläft.«

»Ich schlafe mindestens acht Stunden pro Nacht, vermutlich passieren dann all die spannenden Dinge.«

Cash lachte auf. »Du also dort, deine Schwester hier, wo leben deine Eltern? Wo seid ihr aufgewachsen?«

Obwohl Ruby keine Lust hatte, über ihre Familie zu sprechen, erschien ihr das im Moment als das kleinere Übel, als über ihr Leben in New York zu sprechen. Und womöglich zu verraten, warum sie eigentlich nach Colorado gekommen war.

»Hawaii.«

Cash hob die Augenbrauen. »Morgan und du seid Surfer Chicks?«

Ruby entfuhr ein Lächeln. »Nein, definitiv keine Wasserratten.«

»Wie kann man denn auf Hawaii aufwachsen und keinen Wassersport treiben?«

»Wenn man Eltern hat, die nur Steine im Kopf haben.« Ruby nahm einen Schluck Wasser, um das trockene Gefühl im Mund loszuwerden.

»Steine? Sind deine Eltern Juweliere?«

»Meine Eltern waren Geologen. Unsere Wochenenden haben wir nicht am Strand, sondern in Lavageröll verbracht.«

»Waren?«

»Sie sind bei einem Vulkanausbruch ums Leben gekommen.«

»Das tut mir leid.« Dann entfuhr Cash ein Kichern. »Tut mir leid, mir ist nur gerade aufgefallen, wie cool der Nachname Rock für Geologen ist. Heißt du deshalb auch Ruby? Wie der Edelstein?«

»Mein richtiger Name ist Rubilite.«

Cashs Augen funkelten. »Nicht dein Ernst!«

»Morgan ist eigentlich Morganite. Geologeneltern.« Ruby hob die Schultern.

»Was für verrückte Namen.«

»Sagt der Mann namens Cash.«

»Touché. Meine Mutter ist ein großer Countryfan. Mein kleiner Bruder heißt Carter.«

Ruby schlug sich vor die Stirn. »Johnny Cash und June Carter?«

Cash nickte. »Der Traum meiner Mutter ist es, dass Carter und ich mal so eine glückliche Ehe führen wie die zwei.« Er lehnte sich vor und ließ Ruby wieder in den Genuss seines breiten Lächelns kommen. »Interesse?«

»Ist das nicht ein wenig überstürzt? Ich kenne deinen Bruder doch noch gar nicht.« Ruby grinste.

Cash lachte laut auf. Und Ruby musste zugeben, dass sie sich wohl in seiner Gegenwart fühlte. Seine leichte und ungezwungene Art und die ein oder andere Flirterei taten ihr gut und machten Spaß.

»Nichts gegen Carter, aber ich denke, ich wäre die bessere Partie.« Cash hob einen Arm und flexte spielerisch einen Bizeps.

Mit einem Schlag meldete sich wieder ihr Journalistengewissen. Sie war nicht nur zu ihrem Vergnügen hier, sondern wollte etwas zu Gradys Tod herausfinden.

»Aber du bist doch schon vergeben.«

»Bin ich das?« Cash sah ernsthaft überrascht aus.

Ruby holte tief Luft. »Ich hab dich mit Elodie in Evergreen gesehen. Sah mir sehr vertraut aus.«

Über Cashs Gesicht zog ein Ausdruck, den Ruby nicht deuten konnte. Er lehnte sich zurück und sah sie schweigend an. Ruby entschied sich, aufs Ganze zu gehen.

»Seit wann seid ihr zusammen?«

Cash schwieg.

»Ist sie von dir schwanger?«

Weiterhin zeigte Cash keinerlei Regung. Doch Ruby wusste, dass selbst die schweigsamste Person durch hartnäckiges Nachfragen zum Reden gebracht werden konnte.

»Warum triffst du dich mit mir in diesem teuren Resort zum Essen, wenn ihr zwei offenbar so knapp bei Kasse seid, dass ihr zu einem Kredithai gehen müsst?«

Cashs Augenbrauen wanderten in die Höhe. Geht doch, dachte Ruby. Doch bevor sie weitermachen konnte, fragte Cash: »Hast du mich mal gegoogelt?«

»Was?«

Cash zog sein Handy aus der Tasche, tippte etwas ein und schob ihr es dann über den Tisch neben ihr Wasserglas. Auf dem Display war ein Foto von ihm, darunter stand sein Name, dann folgte ein kurzer Lebenslauf. Ruby überflog ihn, bis ihr das Blut in den Kopf schoss.

»Du warst Geschäftsführer bei Grip Pro, bis du eine neue Skibindung erfunden und mit dem Patent Millionen verdient hast«, fasste sie tonlos zusammen. »Seitdem hast du dich zurückgezogen. In dein eigenes Skiresort.« Sie blickte hoch und schaute ihm in die Augen. »Die Timberline Lodge gehört dir.«

»Gut recherchiert. Besser später als gar nicht.« Cash nahm sein Handy wieder an sich.

»Warum warst du mit Elodie in Evergreen?«

»Weil sie eine«, er betonte das Wort extra lang, »Freundin ist, der ich aus der Patsche geholfen hab.«

Ruby nahm einen weiteren Schluck Wasser. Sie befand, dass es jetzt für sie an der Zeit war, zu schweigen, um Cash hoffentlich dazu zu nötigen, weiterzusprechen. Tatsächlich tat er ihr den Gefallen.

»Elodie hat sich bei Easy Money Geld geliehen. Ich hab ihr was gegeben, damit sie dort ihre Schulden begleichen kann.«

Einfach so, oder hatte Cash dafür eine Gegenleistung verlangt?

»Und nein, ich hab dafür keinen Sex oder so von ihr verlangt. Sie ist nicht mein Typ. Zu jung, zu naiv«, fügte Cash hinzu, als wenn er Rubys Gedanken lesen konnte. »Elodie hat kein Händchen für Geld. Vor zwei Wochen hat sie Grady gefragt, aber der hat sich geweigert, ihr zu helfen. Aber wenn man bei solchen Unternehmen das Geld nicht zeitig zurückzahlt, wird es nur noch schlimmer. Also ist sie zu mir gekommen.«

»Vor zwei Wochen?« In Rubys Kopf überschlugen sich die Gedanken.

»Sie hat ihn am Nachmittag besucht, am Abend kam dann sein Mörder vorbei.« Cash fuhr sich über seine kurz geschorenen Haare. »Sie ist immer noch fertig, dass sie im Streit auseinandergegangen sind.«

Hatte Elodie ihm im Streit eins übergezogen? Das würde mich auch mitnehmen, wenn ich meinen Liebhaber wegen eines Geldstreits erschlagen hätte, fuhr es Ruby durch den Kopf. Sie dachte an die junge Frau. Sie war schlank gebaut, aber so ein Körperbau sagte längst nichts über ihre Muskelkraft aus. Wäre sie in der Lage gewesen, Grady einen so starken Schlag zu versetzen, dass es zu einem Schädel-Hirn-Trauma gekommen wäre?

Kapitel 27

Ruby hatte sich am nächsten Vormittag mit einem Walter Spezial, der ihr immer besser schmeckte, an einen der Fenstertische im Bond verzogen und ihren Laptop aufgeklappt. Noch immer war keine Nachricht von ihrem Chef eingetrudelt. Vielleicht war es an der Zeit, wirklich selbst die Initiative zu ergreifen. Sie öffnete ein leeres Dokument, um ein paar Pitches für ihn zu sammeln. Immerhin war sie jetzt schon seit zwei Wochen hier, da müsste sich doch irgendeine verkaufbare Story finden lassen.

Allen voran Ryder mit seiner CIA-Vergangenheit. Sie tippte seinen Namen mit ein paar Stichworten in das Dokument.

Als Nächstes folgten Donna und ihre Zeit im Frauenknast.

Auch die Allergien von Harold Mortin und Jessica in Verbindung mit der angeblich so gesunden Bergluft hatten auf alle Fälle das Potenzial zu einem Feature.

Ruby nagte an ihrer Unterlippe. Nach ihrem letzten Gespräch mit Jessica und der zwischenzeitlichen Verhaftung war diese sicherlich nicht wild darauf, sich erneut mit ihr – zu welchem Thema auch immer – zu unterhalten.

Donna wäre sicherlich bereit, ihr ein Interview zu geben, aber wenn Ruby ehrlich war, war es Ryder, der sie persönlich am meisten reizte. Natürlich nur, weil Spionagegeschichten immer interessant waren. Sie nickte sich selbst zur Bestätigung zu.

»Zufrieden mit dem heutigen Kaffee?« Ryder war neben ihrem Tisch aufgetaucht.

Ruby klappte das Display mit einer Wucht runter, dass der Löffel in ihrem Glas klirrte. »Wird jeden Tag besser.«

Ryder setzte sich ihr gegenüber. »Heute gar nicht für Morgan im Einsatz?«

»Sie meinte vorhin, sie wäre wieder fit, und ist allein zu Donna zum Putzen gefahren.«

»Und da hast du nichts Besseres zu tun, als zu mir zu kommen?« Bildete Ruby es sich ein, oder funkelten Ryders Augen sie heute besonders an?

»Ich arbeite.« Sie tippte auf ihren zugeklappten Laptop.

»Ach ja?«

»Ich bin immer auf der Suche nach interessanten Geschichten. Und ich hab das Gefühl, dass du eine davon sein könntest.« Ruby lächelte ihn an.

Ryder lehnte sich vor. »Ich bin mir sicher, dass ich ein paar Geschichten zu erzählen hab.«

Ruby griff nach ihrem Latte und trank schnell einen Schluck, um ihre Aufregung zu verbergen. Die, wie sie sich selbst versicherte, natürlich nur daher stammte, dass er ihr offenbar tatsächlich etwas aus seiner Agentenzeit erzählen würde. Und natürlich war ihr auch nur von ihrem Kaffee heiß und nicht, weil Ryders Augen sie unverwandt anschauten und sie darin zu versinken drohte.

»Aber das müssen wir auf ein anderes Mal verschieben.« Zu Rubys Enttäuschung stand Ryder auf und unterbrach damit den Blickkontakt. Die Glocke über der Tür bimmelte, als ein untersetzter Mann eintrat. Ryder begrüßte ihn mit erhobener Hand. Bevor er auf ihn zuging, flüsterte er Ruby zu: »Termin mit einem meiner Lieferanten. Lass uns die Tage noch mal reden.«

»Ich kann warten.«

***

Während Ryder sich mit dem Lieferanten offenbar nach hinten in sein Büro verzogen hatte, nippte Ruby weiter an ihrem Kaffee und starrte hinaus. Doch ihre Gedanken wurden von einem lauten Klirren sowie Tims Fluchen unterbrochen. Ihm war eine Tasse vom Tablett gerutscht und in unzählige Stücke zersprungen. Als Tim sich daranmachte, die Scherben aufzusammeln, fiel Ruby wieder ihr Vasenprojekt für Morgan ein.

Nachdem sie ihren Kaffee ausgetrunken hatte, schlenderte sie zurück zu Morgans Haus und verzog sich in die Garage. Sie legte eine Plastikplane auf dem Boden aus und ließ die Scherben vorsichtig aus der Tüte darauf gleiten. Dabei kam das Papier eines Schokoladenriegels zum Vorschein.

Ruby war kein Schokoliebhaber, aber sie stutzte, als sie den Namen der Marke las: Coffee Crisp. Den hatte sie noch nie gehört. Sollte es hier tatsächlich einen

Schokoriegel mit Kaffeegeschmack geben, wo doch sonst alle Süßigkeitenhersteller offenbar nur die Kombination Schoko-Karamell oder Schoko-Nuss kannten? Und warum wusste sie davon nichts? Wäre das nicht etwas, was sich auch prima in den New Yorker Coffeeshops verkaufen ließe? Oder gehörte Paradise neuerdings zu den Orten in den USA, in denen Unternehmen ihre Produkte einem Feldtest unterzogen, bevor sie endgültig auf den Markt kamen? Aber soweit Ruby wusste, waren die bisherigen Testmärkte nicht mit Paradise vergleichbar: Albany in New York mit 100.000 Einwohnern, Columbus in Ohio mit fast einer halben Million und auch Peroria in Illinois mit über zwei Millionen waren weitaus größer. Oder hatte das genau den Ausschlag für Paradise gegeben? War man auf der Suche nach einer kleineren Testgemeinde gewesen? Wäre das vielleicht eine Story wert, an der ihr Chef Interesse haben könnte?

Ruby fasste das Papier mit spitzen Fingern an und beförderte es in den Mülleimer. Dann machte sie sich daran, die Scherben zu sortieren. Es war einfach, die Bodenteile und oberen Randteile zu finden, doch alles, was dazwischen lag, war schwieriger, als sie ursprünglich angenommen hatte.

Sie zog ihr Handy hervor und googelte nach ‚Kintsugi‘. Ein paar tolle Fotos von erfolgreichen Projekten tauchten auf, doch leider fand sie keine Tipps, wie man die Scherben eines kaputten Gegenstands am einfachsten wieder zusammenfügen konnte.

Ruby atmete tief durch. Es war nichts anderes als ein Puzzle. Sie musste nur die richtigen Stücke finden, und dann war alles andere ein Kinderspiel. Wie bei dem Mord an Grady.

Ruby nahm eine große Scherbe in die Hand und betrachtete sie eingehender. Jessica hatte als Ehefrau ein gutes Motiv gehabt. Und sie hatte gelogen, was ihr Alibi anging. Aber nur, um keine Komplikationen in ihrem Scheidungsfall zu bekommen. Laut Cassidy bewiesen Videoaufnahmen eines Restaurants, dass sie zur Zeit des Mords tatsächlich mit ihrem Freund und einem Pärchen in Denver in einem Restaurant gewesen war. Jessica war also raus als Täterin.

Ruby legte die Scherbe an eins der Bodenteile. Sie passte.

Sie nahm eine weitere zur Hand, als ihr Handy klingelte.

»Das Geld auf dem Bankkonto in Panama stammt aus Gradys Geschäft«, kam Cassidys Stimme durch den Hörer.

»Lass mich raten, es ist aber kein offizielles Geschäftskonto?« Ruby legte die Scherbe zur Seite.

»Es scheint, dass er Geld veruntreut hat.«

»Dann werden sich die Investoren ja freuen, dass ihr das Geld wiedergefunden habt.« Ruby griff nach einem Stück, was aussah, als könne es sich an den Rand anschließen. »Was ist mit Elodie? Habt ihr noch mal mit ihr gesprochen?«

»Heute Morgen hat sie gestanden, dass sie gar nicht schwanger ist. Sie wollte Grady nur damit erpressen, weil sie knapp bei Kasse war.«

»Sie konnte ja nicht wissen, dass Grady steril ist, aber spätestens in ein paar Monaten hätte er doch gemerkt, dass sie nicht schwanger ist.«

»Sie wollte dann behaupten, dass sie das Baby verloren hätte.«

»Aber was hätte sie gemacht, wenn er wirklich den Vaterschaftstest gemacht hätte?«

Cassidy lachte leise. »Das war Gradys Idee gewesen.«

»Was?«

»Elodie hatte ihn schon davor wegen ihrer angeblichen Schwangerschaft um Geld angebettelt. Aber Grady hat dann den Test besorgt und ausgefüllt und ihr bei dem Treffen gegeben.«

»Clever, weil er natürlich genau wusste, dass der Test zeigen würde, dass er nicht der Vater ist. Wollte er sie damit provozieren?«

»Was auch immer er im Sinn gehabt hat, die beiden hatten jedenfalls einen Streit, bei dem Elodie die gefakte Schwangerschaft zugegeben hat und dann wütend weggefahren ist.«

»Und hat ihm vorher aber noch eins übergezogen?«

»Nein. Sie ist zwar an dem Tag bei ihm gewesen, aber viel früher.«

»Aber der Todeszeitpunkt ist doch auch nur grob geschätzt, weil man das gar nicht so genau festlegen kann«, wandte Ruby ein.

»Laut Gerichtsmediziner ist Grady zwischen 20 und 24 Uhr verstorben. Elodie hat ausgesagt, dass sie nachmittags gegen 15 Uhr bei ihm war. Und anschließend war sie in Evergreen, um eine Verlängerung ihres Kredits zu erbetteln.«

»Behauptet sie das?«

»Sie hat uns ein Parkticket gegeben, außerdem hat eine Angestellte von Easy Money bestätigt, dass sie dort war.«

»Sie war es also tatsächlich nicht.«

»Nein.«

»Und Laura hat an dem Tag gearbeitet. Also ist es keine der drei Frauen gewesen?«

»Wir konzentrieren uns jetzt auf die Investoren. Vielleicht hat einer Wind von Gradys krummen Geschäften bekommen und die Sache selbst in die Hand genommen, statt ihn bei der Steuerbehörde anzuzeigen.«

»Um wie viele Kunden handelt es sich?«

»Sagen wir mal, der Kreis der Verdächtigen ist um ein Vielfaches angestiegen.«

»Mist.« Ruby dachte an ihren Rückflug in fünf Tagen. So, wie sich die Ermittlungen in den letzten Tagen entwickelt hatten, würde sie die Aufklärung wohl nicht mehr live miterleben.

»Danke fürs Mitteilen.«

»Gern geschehen. Warst ja nicht ganz unbeteiligt bisher.« Cassidy verabschiedete sich, und Ruby legte das Handy weit weg von der Schüssel mit dem Klebstoff. Sie strich die Scherbe ein und passte sie an den oberen Rand an. Ganz so einfach wie diese Vase schien sich das Rätsel um Gradys Tod nicht lösen zu wollen.

Kapitel 28

»Ich geh zu Ryder. Kommst du mit?« Nachdem Ruby keine Scherben mehr zusammensetzen konnte, weil einfach alle gleich aussahen, hatte sie die Sachen zusammengeräumt und wieder in der Garage versteckt. Anschließend hatte sie zum Abendessen für Morgan und sich einen Salat gezaubert. Gut, gezaubert war übertrieben, aber Salat, Tomaten und Gurke kleinzuschneiden und ein Dressing aus der Flasche dazu zu reichen, zählte in Rubys Repertoire schon als kulinarisches Highlight. Jetzt war ihr nach Abwechslung. Außerdem brauchte sie Menschen um sich herum, die sie aus ihrem Gedankenkarussell befreien konnten.

Morgan drehte den Kopf und sah Ruby an. Kaum, dass sie von Donna nach Hause gekommen war, hatte sie sich auf dem Sofa lang gemacht. Es war ihr deutlich anzusehen, dass sie das Putzen mehr angestrengt hatte, als sie zugeben wollte. »Geh ruhig allein.«

Ruby überlegte einen Moment, sich einfach neben sie zu setzen und den Abend mit ihr zu verbringen. Aber eine Zweisamkeit war jetzt wirklich nicht das, was sie brauchte. Wenn sie ganz ehrlich war, war auch die Vorstellung von Ryders Coffeeshop nicht gerade das, was sie Abwechslung nannte. Insgeheim sehnte sie sich nach einer vollen Bar an der 8th Avenue in Manhattan, wo sich nach Feierabend alle auf einen Drink versammelten und aufgrund des lauten Stimmengewirrs kaum die Musik zu hören war.

Ruby griff nach ihrer Jacke. »Ich bleib auch nicht lange.«

***

Beim Betreten des Bond fiel ihr sofort Ryder ins Auge, der mit einem Mikrofon neben dem Tresen stand. Doch im Gegensatz zum vergangenen Dienstag, wo ein Projektor die Buchstabenwürfel an die Wand für den Boogle-Abend geworfen hatte, hielt Ryder heute ein Klemmbrett vor sich und las Quizfragen vor. Offenbar hatte er Marks Rolle als Moderator übernommen. Und nach seinem Gesichtsausdruck und seiner ganzen Haltung zu urteilen, war dies eher unfreiwillig. Rubys Laune, die sich auf dem Weg hierher verbessert hatte, fiel erneut. Nicht, dass sie erwartet hatte, das Gespräch vom Vormittag wieder mit ihm aufnehmen zu können, aber dennoch hatte sie sich darauf gefreut, einfach nur ein wenig mit Ryder plaudern zu können. Doch dies schien in Anbetracht seiner scheinbaren Krankheitsvertretung keine Option zu sein.

Sie drängte sich bis an den Tresen vor, hinter dem niemand zu sehen war. Vor Walters Stammplatz stand ein halb ausgetrunkener Kaffeebecher, aber von Walter selbst fehlte jede Spur. Ruby suchte in der Fensterecke nach Stanley, Donna und Becca, doch keiner aus dem Boogle-Team war anwesend.

Die Menge brach in lauten Protest aus. Offenbar gar es Streit über eine Antwort. Ryder versuchte die zwei Seiten zu beschwichtigen. Ruby ließ sich auf den Hocker neben Walters nieder und schaute den Tresen entlang. Am Ende lehnte ein Pärchen ganz dicht aneinander und war völlig in sich versunken.

Elodie kam mit einem Tablett von hinten. Ruby hob die Hand, um auf sich aufmerksam zu machen. »Elodie?«

Doch diese reagierte nicht und bahnte sich einen Weg durch die Gäste. Ruby behielt sie im Auge, um sie auf dem Rückweg abzupassen. Doch auch auf dem Weg zurück in die Küche beachtete Elodie Ruby nicht. Gut, der Lärmpegel war mittlerweile auch noch lauter geworden. Als Elodie erneut mit einem vollen Tablett herauskam, rief Ruby so laut, dass das Pärchen zusammenzuckte und sich erschrocken zu ihr umdrehte. Nicht jedoch Elodie.

»Mann«, entfuhr es Ruby genervt.

»Alles klar bei dir?« Walter war von der anderen Seite gekommen und hatte sich auf seinen Platz gesetzt.

»Elodie rennt einfach immer an mir vorbei.«

»Sie ist gerade im Stress, weil Ryder für Mark übernehmen musste. Sie kommt bestimmt gleich zurück.«

Tatsächlich kam Elodie jetzt mit leeren Händen aus der Küche. Ruby winkte. »Elodie? Ich würd gern bestellen.«

Elodie sah über sie hinweg und ging zu dem Ende, an dem die Turteltäubchen sich verliebt anstarrten. Ruby blickte ihr fassungslos hinterher. »Die ignoriert mich doch!«

»Elodie?« Walter hob seine Hand.

Sofort schnellte Elodies Kopf herum, und sie kam auf Walter zu. Sie zeigte auf seinen Kaffee. »Soll ich nachschenken?« Sie lächelte ihn an.

Walters Kopf neigte sich zu Ruby. »Ruby hätt gern was.«

Elodies Mund verzog sich zu einer dünnen Linie, als sie Ruby abwartend ansah. Selten hatte Ruby sich so fehl am Platze gefühlt. Auch wenn es albern war, sich von so einer Zwanzigjährigen so in die Ecke getrieben zu fühlen, aber Ruby schnürte es die Kehle zu. Sie wünschte sich nichts sehnlicher, als jetzt mit einem Glas Eiswein in einer New Yorker Bar zu sitzen. Sie sprang von ihrem Hocker auf.

»Hab lieben Dank, Walter, aber ich mag nicht mehr.« Als sie auf die Tür zustürmte, sah Ryder sie fragend an. Doch sie schüttelte nur mit dem Kopf und lief raus. Draußen blieb sie stehen, ließ den Kopf in den Nacken sinken und betrachtete den Sternenhimmel.

Was tat sie hier überhaupt?

Morgan hatte schon recht, statt sich Problemen zu stellen, lief sie immer gern vor ihnen davon. Aber das würde sich jetzt ändern. Ihr Leben war in New York. Dort hatte sie ihre Karriere – zumindest bis vor der Sache mit Zach. Aber sie würde sich genau das Leben zurückholen. Mit einer Story nach der anderen.

Hier konnte sie ohnehin nichts mehr ausrichten. Morgan konnte schon wieder vernünftig auftreten und damit auch wieder arbeiten. Sie brauchte sie nicht mehr. Und Cassidy würde mit ihren Kollegen einen Investor nach dem anderen überprüfen. So lange, bis sie Gradys Mörder finden würden.

Ruby zog ihr Handy aus der Tasche. Bisher hatte sich Ryders Cousin nicht gemeldet, aber irgendwie war ihr das hässliche Ding mittlerweile auch ans Herz gewachsen. »Du bist hier ebenso fehl am Platz wie ich.«

Sie suchte die Nummer der Kundenhotline der Fluggesellschaft heraus. Nachdem sie nur kurz in der Warteschleife hing, wurde sie mit einem freundlichen Mitarbeiter verbunden.

»Sie wollen Ihren Flug vorverlegen? Wann ist das eigentliche Rückflugdatum?«

»Sonntag. Aber ich muss so schnell wie möglich zurück nach New York. Wenn es geht, gleich morgen.«

»Lassen Sie mich mal schauen.«

Ruby hörte im Hintergrund das Geklapper eines Keyboards.

»Morgen klappt es leider nicht mehr. Aber Donnerstagmittag hätte ich noch was. Wäre das okay?«

»Perfekt.« In weniger als 48 Stunden würde Ruby wieder in New York sein. Beim Gedanken an den Eiswein, den sie sich dann gönnen würde, lächelte sie.

Kapitel 29

»Suchst du was?«, rief Morgan aus dem Wohnzimmer.

»Ich brauche Zimt. Wo sind deine Gewürze?«

»Rechte Schublade neben dem Herd.«

Ruby zog die Schublade auf. Sie blickte auf fünf Reihen mit je sechs Gewürzen nebeneinander in denselben kleinen Behältern aus Glas. Auf jedem Deckel war ein schwarzer Aufkleber, auf den Morgan mit einem weißen Stift den jeweiligen Gewürznamen geschrieben hatte.

»Du hast die Gewürze alphabetisch sortiert.« Ruby zog das Glas mit dem Zimt heraus, das direkt am Ende der letzten Reihe nach Tandoori Masala und Thymian stand.

»Alles hat seinen Platz.«

»Aber das macht gar keinen Sinn.« Ruby maß einen Teelöffel ab und verteilte das braune Pulver über dem Mehl in der Backschüssel.

»Glaubst du wirklich, es wäre besser, die Gewürze kreuz und quer in der Küche zu verteilen, so dass man jedes Mal erst mal einen Suchtrupp losschicken muss, bevor man sein Steak würzen kann?«

»Natürlich nicht.« Ruby schaute in die Schublade und zog dann zwei weitere Gläser hervor. »Aber wäre es nicht sinnvoller, die Gewürze nach Einsatzgebieten zu sortieren?«

»Was tust du da überhaupt?« Morgan war aufgestanden und mit ihrem Strickzeug unterm Arm in die Küche gekommen. Offenbar hatte sie ernsthafte Befürchtungen, dass Ruby ihre Gewürzordnung verwüsten könnte.

»Ich würde zum Beispiel Gewürze zusammenstellen, die man häufig zum Backen nimmt: Zimt, Nelke, Ingwer und so. Und Garam Masala, Tandoori Masala, Curry und Kurkuma würden bei mir die asiatische Gruppe bilden.«

»Ingwer wird auch häufig in der asiatischen Küche genutzt«, warf Morgan ein.

»Dann halt erst die Backgewürze mit Ingwer und daran schließen sich dann die asiatischen Gewürze an.«

»Nelken kommen häufig in Bratsaucen und überhaupt in Fleischgerichten zum Einsatz.«

Ruby rollte mit den Augen. »Fein! Dann eben erst alles Fleischige mit Nelke zum Schluss, dann alles zum Backen und dann die asiatischen Gewürze.«

»Wo würdest du Muskatnuss hinstellen?« Morgan hatte das Strickzeug auf den Tisch gelegt und war neben Ruby getreten. »Typischer Einsatz bei Hackfleischgerichten, Gemüsegratins, Suppen, Eintöpfe, Kartoffelpüree, Bechamelsauce ...«

»Okay, du hast gewonnen.« Ruby sortierte den Zimt zusammen mit den anderen Gewürzen wieder ein und stieß die Schublade zu.

Morgan beäugte die Schüssel. »Was wird das?«

»Ich backe uns ein paar Muffins. Quasi zum Abschied.«

»Das sieht eher nach Matschküche spielen wie im Kindergarten aus.« Morgan zeigte auf die Arbeitsplatte, auf der Mehl- und Zuckerspuren waren, diverse Löffel kreuz und quer lagen und ein Butterpaket halb geöffnet stand.

»Freu dich einfach, dass ich dich später mit Muffins beglücken werde.«

»Hast du das schon mal gemacht?«

»Warum zweifelst du alles an, was ich tue?«

»Tue ich gar nicht.«

»Ach nein? Du hast mir von Anfang an nicht geglaubt, als ich gesagt hab, dass Gradys Tod kein Unfall war.«

»Das ist doch was völlig anderes.«

»Ist es nicht. Als ich gesagt hab, dass ich New York Karriere machen will, hast du mich ausgelacht und gesagt, ich wäre vermutlich in zwei Wochen wieder zurück auf Hawaii.«

»Stimmt. Und du bist dann nie wieder zurückgekehrt.«

»Ich war doch zur Beerdigung da.«

»Warst du wirklich da? Mir ist, als wenn du ständig nur am Handy und Laptop gehangen hast.«

»Ich hab den Präsidentschaftswahlkampf begleitet. Den kann man nicht einfach weglegen wie Strickzeug und später weiterstricken.« Die damals beinah minütlich eintreffenden Meldungen hatten Ruby vor einem Zusammenbruch bewahrt. Seitdem war das verbissene Arbeiten ein bewährtes Heilmittel für sie geworden, um sich nicht mit unangenehmen Gefühlen auseinanderzusetzen.

»Die zwei Menschen, die dir das Leben geschenkt und alles für dich ermöglicht haben, wären bestimmt glücklich gewesen, wenn du dich gebührend von ihnen verabschiedet hättest.«

»Verabschieden? Nach dem Vulkanausbruch war nichts mehr von ihnen übrig. Zu Asche verglüht mit ihren geliebten Steinen.«

»Fakt ist, du warst gerade mal zur Trauerfeier auf Hawaii, bevor du wieder weggeflogen bist.«

»Fakt ist, es hätte ihnen nicht genützt, wenn ich länger dort gewesen wäre.«

»Aber mir hätte es was bedeutet!« Morgan war laut geworden.

»Ja?«

»Wie kannst du das infrage stellen? Natürlich. Du bist meine Schwester.« Morgan fuhr sich über die Augen.

Ruby sah sie überrascht an. Sie hatte nie geahnt, dass es ihrer Schwester offenbar so viel ausgemacht hatte, dass sie nur so kurz zu Besuch gewesen war. »Aber du hattest ohnehin schon alles durchgeplant, du hast mich nicht gebraucht.«

»Mit dir an meiner Seite wäre es leichter gewesen.«

»Warum hast du nichts gesagt?«

»Um dich dann noch weiter von mir fortzutreiben? Ich hatte schon meine Eltern verloren, ich wollte dich nicht auch noch verlieren.«

»Warum glaubst du, du hättest mich damit wegjagen können?«

»Ach, Ruby. Du läufst bei Problemen immer weg, steckst den Kopf in den Sand. Wenn ich auf irgendeine Art und Weise Druck auf dich ausgeübt hätte, hättest du mir das nie verziehen. Selbst jetzt hat es schon ewig gedauert, bis du mich hier besuchst. Was meinst du, wie es gewesen wäre, wenn ich dir damals die Pistole auf die Brust gesetzt hätte?«

Ruby öffnete den Mund und schloss ihn dann wieder. Ihre Nase kribbelte, und sie musste schlucken. »Ich war völlig am Ende. Mama und Papa ... Es fühlte sich an, als wenn ich innerlich mit ihnen verbrannt war.«

Morgan nahm sie in die Arme. »Ich weiß. Ging mir auch so.« Sie streichelte Rubys Rücken. »Deshalb hab ich dich auch so vermisst.«

»Aber ich wollte dir nicht im Weg stehen.« Ruby schniefte. »Ich hätte doch sicherlich all deine Listen durcheinandergebracht und hatte Angst, ich würde dir den Abschied von Mama und Papa ruinieren.«

»Wie kann jemand mit so queren Gedanken so logisch durchstrukturierte Artikel schreiben?«

Ruby löste die Umarmung und schaute Morgan in die Augen. »Du hast welche von meinen Artikeln gelesen?«

»Alle. Ich lese jeden einzelnen.«

Ruby schluckte. »Dann weißt du, warum ich hier bin?«

Morgan nickte.

»Warum hast du nichts gesagt?«, wollte Ruby wissen.

»Ich dachte, du würdest es mir schon sagen, wenn die Zeit reif ist. Oder auch nicht. Du hattest schon immer deine ganz eigene Art, mit Problemen fertigzuwerden. Oder sie erfolgreich zu verdrängen.« Morgan setzte sich an Tisch und zog die Stricknadeln an sich heran. »Ist das der Grund, warum du bei Gradys Tod nicht lockerlassen kannst? Musst du dir da selbst was beweisen?«

Ruby senkte den Blick. Laut ausgesprochen hörte es sich lächerlich an. Aber Morgan hatte es auf den Punkt getroffen. Durch den Skandal mit Zach war ihr Selbstbewusstsein auf einem persönlichen Tiefpunkt angekommen. Sie hatte nicht nur das Gefühl, sie müsse der Welt beweisen, dass sie eine integre Journalistin war, sondern auch sich selbst. Sie ließ sich Morgan gegenüber auf einem Stuhl nieder. »Ich hab noch nie im Mittelpunkt wegen meiner Selbst gestanden. Es war schrecklich, ich musste New York einfach verlassen.«

»Das kann ich verstehen.« Morgan griff ihre Hand.

Ruby schniefte. »Ich hab meine Quellen immer doppelt und dreifach gecheckt.«

»Nur dieses Mal nicht.« Morgan streichelte sanft über Rubys Handrücken.

»Ich hab Zach vertraut!« Ruby machte sich von Morgan los und ballte die Fäuste. »Das war so dumm von mir. Als Rick Vanuccis Wahlkampfmanager hat er ja die ganzen letzten Monate vorher nichts unversucht gelassen, um Ed Goemans Ruf in den Dreck zu ziehen.«

Morgan schwieg, sah Ruby aber mitleidig an.

»Ich wollte den Wählern den wahren Ed Goeman zeigen.« Ruby zog die Nase hoch.

»Und hast durch Zachs Lüge die Ehe von Goeman zerstört und deine Karriere aufs Spiel gesetzt.«

»Und wahrscheinlich Vanucci zum Wahlsieg verholfen.« Ruby seufzte. »Aber Nachrichten sind so schnelllebig. Mein Chef meinte, nach einer Auszeit kann ich wieder durchstarten.«

»Ich wünsch es mir für dich.« Morgan strich über ihre Strickarbeit. »Ich bin jedenfalls froh, dass du hergekommen bist. Auch wenn du meine Küche in ein Schlachtfeld verwandelst.«

Ruby entfuhr ein Lachen. »Tut mir leid. Irgendwie bin ich heute schlecht aus dem Bett gekommen, und ich wollte die fertighaben, bevor wir Gradys Hausschlüssel abgeben, weil ich später noch was erledigen muss.« Sie war sich nicht sicher, ob sie es überhaupt noch schaffen würde, die Vase komplett wieder zusammenzusetzen, aber sie war fest entschlossen, es zu versuchen, um Morgan ihr Abschiedsgeschenk morgen früh überreichen zu können.

»Wie wäre es, wenn ich das hier übernehme und du jetzt den Schlüssel zu Harold Mortin bringst? Dann haben wir den ganzen Nachmittag für uns.« Morgan stand auf und griff nach ihrer Küchenschürze, die neben dem Kühlschrank hing.

Ruby umarmte ihre Schwester und drückte ihr einen Kuss auf die Wange. »Aber fürs Protokoll: Ich kann Muffins backen.« Dann verschwand sie aus der Küche.

Kapitel 30

»Schön, dass Sie und Ihre Schwester in der Lage waren, das Haus so schnell nach der Feier wiederherzurichten.« Harold Mortin deutete auf den Besucherstuhl vor seinem Schreibtisch.

Ruby setzte sich und schaute sich interessiert in seinem Büro um. Von Interviews mit Investmentbankern in New York war sie andere Örtlichkeiten gewohnt. Natürlich hatte sie nicht mit einem Eckbüro in einem 20-stöckigen Hochhaus mit verglaster Front gerechnet, aber irgendwie schon mehr erwartet als einen Raum neben einer Pizzeria. Sie hatte zunächst gar nicht den Eingang gefunden, bis ihr der Pizzeriabesitzer den Weg zum Hintereingang gezeigt hatte.

Das vermeintliche Büro bestand aus zwei Regalen an der Wand, in denen offene Kartons standen, aus denen Sachen herausragten, die scheinbar bei einem Umzug hier hängen geblieben waren: Bücher, Geschirr, Klamotten – ein buntes Sammelsurium persönlicher Dinge. Dazu ein Schreibtisch mit einem Stuhl, der im Abnutzungsgrad nur noch von dem klapperigen Besucherstuhl übertroffen wurde. Ein kleines Fenster mit einer gelblichen Jalousie davor vervollständigte das

Bild, dass Ruby sich definitiv nicht annähernd in Manhattan befand. Einzig und allein ein Handy und ein aufgeklappter Laptop auf dem Schreibtisch ließen darauf schließen, dass hier überhaupt gearbeitet wurde.

»Wir haben unser Geld erst mal ins Geschäft gesteckt.« Harold Mortin hatte ihren kritischen Blick offenbar richtig interpretiert. »Letztlich interessiert es unsere Kunden ja nicht, wo wir sitzen, sondern nur, dass wir ihnen Geld bringen.«

Ruby nickte. »Und wie lief es?«

Harold Mortin strich sich mit der Hand durchs Haar. Dabei fiel Ruby wieder sein Handschuh auf. Heute trug er jedoch nur einen.

»Na ja, wie das eben so ist. Am Anfang alles eher zögerlich, aber seit ein paar Monaten stehen wir ganz gut da.« Er fuhr mit einem Finger unter den Handschuh und kratzte sich. »Ist es okay, wenn ich ihn ausziehe? Manche sind beim Anblick von Pflastern ja ein wenig ... sensibel. Aber es juckt sehr stark.«

»Hab ich keine Probleme mit.«

Harold Mortin zog den Handschuh aus. Am linken Daumen zog sich ein großes Pflaster über die Handfläche.

»Uih, das sieht fies aus. Was haben Sie gemacht? Einen Bären abgewehrt?«

»Das wäre wenigstens eine tolle Story gewesen.« Harold Mortin lachte. »Ich hab mich in der Küche blöd angestellt und mich geschnitten.« Er fuhr mit dem Finger um das Pflaster herum. Die Haut schien sehr zu jucken. »Das Haus ist jetzt also so weit wieder sauber?«

»Ja. Morgan und ich haben unten gleich nach der Trauerfeier noch mal gewischt und die Toiletten gesäubert. Das Haus kann jetzt so zum Verkauf angeboten werden. Alles klar für eine Besichtigung.«

»Gut, gut. Haben Sie jetzt noch was im Haus gefunden?«

»Gefunden?«

»Na ja, irgendwas, was doch noch zwischen ein Sofakissen gerutscht war und Ihnen vorher entgangen ist.«

»Nein. Da war nichts mehr.«

Harold Mortin zog eine Schublade an seinem Schreibtisch auf. Er holte eine Packung mit Schokoriegeln heraus und hielt sie Ruby hin. Überrascht stellte sie fest, dass es sich dabei um den gleichen Coffee-Crisp-Riegel handelte, dessen Papier sie zwischen Gradys Scherben gefunden hatte. Endlich könnte sie einen probieren. Dankend nahm sie einen.

Harold Mortin wickelte seinen aus und steckte sich den kleinen Riegel mit einem Bissen in den Mund, kaute, schluckte und sagte dann: »Ich hab immer Schokolade dabei. Mein Blutzucker fällt manchmal schnell. Dann brauche ich fix was.« Er knüllte das Papier zusammen und warf es in den Papierkorb. »Also sind jetzt auch alle Sachen aus seinem Büro weg?«

»Die ganzen persönlichen Unterlagen hat Jessica abgeholt.« Ruby wickelte den Schokoriegel aus.

»Hoffentlich schmeißt sie da jetzt nichts überstürzt weg. Sie versteht ja nichts vom Geschäft.«

»Ich hatte nicht das Gefühl, dass Grady viele berufliche Belege in seinem Büro hatte. Soweit ich mich erinnern kann, gab es in dem gesamten Haus nur zwei Ordner. Einen mit lauter Unterlagen zu seinem Haus und seinen Steuern und einen anderen mit alten Schulzeugnissen und Auszeichnungen vom Skisportverband.« Der Schokoriegel sah von außen eher langweilig aus, als wenn zwei oder drei übereinandergestapelte Waffeln mit Schokolade umzogen worden waren. Ruby hoffte, dass er besser schmecken würde, als er aussah.

Harold Mortin spielte an der hochstehenden Ecke seines Pflasters herum. »Ich will nur nicht, dass plötzlich wichtige Unterlagen fehlen. Sie haben also keine weiteren Papiere gefunden?«

Ruby begriff endlich. »Sie wussten, dass Grady Geld hinterzogen hat, oder?«

Harold Mortin sprang vom Stuhl auf und kratzte stärker an seiner Hand, während er so stark auf seinen Fußspitzen wippte, dass sein Oberkörper sich nach vorn und hinten neigte. »Ich habe es geahnt«, begann er, nachdem er sich wieder gefasst hatte. »Woher wissen Sie davon?«

»Meine Schwester und ich haben ein paar Zettel gefunden.«

»Also doch!«, entfuhr es ihm. »Wo?«

»In den Papprollen des Ersatztoilettenpapiers.«

Harold Mortin verharrte in seiner Bewegung. »Da wäre ich nie drauf gekommen.«

»Ja, ein durchaus cleveres Versteck«, gab Ruby zu.

»Und die Papiere hat Jessica jetzt auch?« Harold Mortin hatte wieder mit dem Kratzen angefangen. Die Haut um das Pflaster war schon knallrot.

»Nein. Wir haben das der Polizei übergeben.«

»Oh.« Harold Mortin blickte zur Tür. »Möchten Sie einen Kaffee?« Er nahm eine Dose mit Instantkaffee aus dem Regal. »Ich setze Wasser auf.« Er riss sich das Pflaster von der Hand und warf es in den Papierkorb. Ein tiefer, roter Schnitt kam zum Vorschein. Er zog die oberste Schublade auf und kramte eine Salbe sowie ein Pflaster hervor. »Und mache das hier neu.« Ehe Ruby etwas sagen konnte, stürmte er aus dem Büro.

Sie sah ihm nach. Harold Mortin hatte gewusst, dass sein Partner Geld hinterzogen hat. Und geahnt, dass Grady dafür irgendwo in seinem Haus die Beweise hatte. Deshalb war Gradys Geschäftspartner so scharf darauf, alle Papiere zu haben – denn mithilfe dieser Unterlagen würde das Geschäft vermutlich den Bach runtergehen. Und Harold Mortin auch.

»Milch?«, kam seine Stimme aus dem Flur.

Als wenn das einen Instantkaffee verbessern könnte, dachte Ruby, sagte aber: »Ja.« Sie biss endlich von dem Schokoriegel ab. In ihrem Mund explodierte der Kaffeegeschmack. Sie musste einen Juchzer unterdrücken. Sie würde das verdreckte Kostüm bei Morgan lassen und anstelle dessen die Lücke im Koffer mit diesen Schokoriegeln auffüllen! »Wo kriege ich diesen Riegel her? Der ist super!«

»Die bringe ich immer mit, wenn ich aus Kanada zurückkomme. Die gibt es hier nicht«, übertönte Harold Mortin das jaulende Geräusch des Wasserkochers.

Verflixt. War ja klar, dass wenn ihr mal ein Schokoriegel gefiel, dieser hier nicht zu haben war. Vielleicht könnte sie ihre Kollegin Kamryn in Kanada bitten, ihr ein ganzes Paket mit diesen Dingern zu schicken?

Ruby stand auf und ging ans Fenster. Sie biss erneut von dem Riegel ab und blickte durch die Jalousie nach draußen. Der Ausblick war nichts im Vergleich zu dem der Geschäftsleute, die sie in New York getroffen hatte. Aber letztlich waren alle gleich, egal, um wie viel Geld es sich handelte: Sie wollten das, was sie hatten, um jeden Preis schützen.

Kauend drehte sie sich um. Ihr Blick fiel auf den Laptop. Das Display zeigte die Homepage einer Bank in Panama. Panama? Ruby beugte sich hinunter, um die aufgerufene Seite näher anzuschauen. Kontodetails inklusive des Kontostands von fast einer Viertelmillion Dollar waren zu erkennen.

Ruby fuhr zurück. Woher hatte Harold Mortin schon die Zugangsdaten für das Konto, auf das Grady das hinterzogene Geld transferiert hatte? Ihr Herz klopfte plötzlich so laut, als wenn Donna direkt neben ihr einen Beat trommeln würde.

»Zucker?«, rief Harold Mortin aus dem Flur.

»Ja, bitte«, antwortete Ruby automatisch.

Was hatte Harold Mortin vor? Das Geld wieder an die Firma zurückzuüberweisen? Und das alles im Geheimen, unter der Nase der Steuerbehörden und Polizei, damit man ihm seine Zulassung nicht abnehmen würde?

Sie trat vom Schreibtisch zurück und stolperte dabei beinah über den Papierkorb. Morgan wäre entsetzt, wenn sie sehen würde, dass Harold Mortin offenbar noch nicht von Recycling gehört hatte und alles zusammen warf: Druckerpapier, Orangenschalen, das Papier seines Coffee Crisps und das blutige Pflaster. Letzteres stach ihr ins Auge, und sie musste einen Würgereiz unterdrücken. War sie jetzt auch sensibel, was Pflaster anging? Herrje, es handelte sich dabei doch nur um etwas, um eine Wunde, in diesem Fall Harold Mortins Schnittverletzung, zu versorgen.

Ruby riss die Augen auf. Er hatte sich geschnitten.

Harold Mortin kam mit einem frischen Pflaster und einer Kaffeetasse in der Hand zurück ins Büro. Er schaute kurz zwischen Ruby und seinem Computer hin und her, dann drückte er ihr die Tasse in die Hand. »Vorsicht, ist noch heiß.«

»Sie haben sich an der linken Hand geschnitten.«

Harold Mortin sah sie unschlüssig an und nickte.

»Grady hat ein Schlag auf den Hinterkopf erhalten. Der Schlag hat ihn hinter dem linken Ohr getroffen. Der Täter hat hinter ihm gestanden und Zack.« Ruby machte mit ihrem Arm eine Bewegung nach vorn. »Der Täter war Linkshänder.«

Harold Mortin hob die Schultern. »Kann sein. So genau weiß ich das nicht.«

»Neigen Sie zu Vergesslichkeit? Denn Sie sind doch dort gewesen.«

»Ach ja?« Harold Mortin kniff die Augen zusammen.

»Ja.« Ruby war sich jetzt sicher, dass sie auf der richtigen Fährte war. »Sie haben Grady in seinem Büro eine Vase über den Kopf gezogen. Dann haben Sie ihn nach oben ins Schlafzimmer geschleppt und alles so inszeniert, als wenn er beim Lampe wechseln vom Stuhl gefallen wäre. Im Büro haben Sie die Scherben aufgesammelt und sich dabei an der Hand geschnitten.« Ruby deutete auf das Pflaster an der Hand. »Und vor lauter Aufregung ist Ihnen dann schwindelig geworden und Sie haben schnell einen von den kanadischen Coffee Crisps verdrückt.«

»Das ist Unsinn.« Harold Mortin ging auf Ruby zu, und sie wich zurück.

»Nein. Im Regal im Büro war eine Lücke, wo die Vase vermutlich vorher gestanden hat. Außerdem hat es beim Saugen dort komisch geknirscht, das waren vermutlich die kleinen Splitter, die Sie nicht aufsammeln konnten. Und eine Verpackung von einem Coffee Crisp lag zusammen mit den Scherben in Gradys Müll. Jetzt allerdings nicht mehr, denn ich hab das Papier und die Scherben zu Hause, und die Polizei wird sicherlich Ihre Fingerabdrücke darauf finden können!«

Harold Mortin begann erneut, auf den Fußspitzen zu wippen. »Warum hätte ich Grady denn umbringen sollen? Hm?«

»Weil nicht er es war, der das Geld hinterzogen hat, sondern Sie!« Ruby ging einen weiteren Schritt zurück und stieß an die Wand. »Er hatte die Beweise. Vielleicht wollte er Sie damit nur erpressen, um Sie aus dem Geschäft zu ekeln, oder vielleicht wollte er damit sogar zur Polizei?«

»Eine wilde Story nach der anderen erfinden. Typisch Journalisten. Ich bin an dem Sonntag erst nach Mitternacht aus Kanada zurückgekommen.«

»Das ist gelogen«, trumpfte Ruby auf. »Sie haben den geliehenen Hotspot noch bei Becca abgegeben. Am Sonntagnachmittag.«

»Jetzt reicht's aber mit diesen Märchen!« Harold Mortin kam mit ausgestreckten Armen auf Ruby zu. Er bekam Ruby an der Schulter zu fassen. Da sie nicht weiter ausweichen konnte, riss sie den Becher hoch und kippte ihm den heißen Kaffee ins Gesicht. Harold Mortin jaulte auf und riss die Hände hoch.

Ruby stolperte an ihm vorbei aus dem Büro. Auf dem Weg nach draußen zog sie ihr Handy aus der Tasche und wählte den Notruf. Gerade als die Dame in der Zentrale das Gespräch annahm, kam Cassidy ihr entgegen. Die beiden Frauen blieben erstaunt voreinander stehen.

»Was machst du hier?«, fragte Cassidy Ruby.

»Einen Mörder stellen. Und du?«

»Das hatte ich auch vor.«

Kapitel 31

»Die muss ich leider mitnehmen.« Cassidy zeigte auf die halb zusammengeklebte Vase, die Ruby am nächsten Morgen auf den Küchentisch gestellt hatte. »Mit Glück findet unsere Spurensicherung noch seine Fingerabdrücke darauf.«

»Ich kann es immer noch nicht glauben, dass du mir die schenken wolltest.« Morgan sah Ruby an.

Diese zuckte mit den Schultern. »Ich dachte, es könnte dir gefallen ...«

»... eine Mordwaffe im Haus zu haben?« Morgan grinste, und alle drei Frauen brachen in Lachen aus.

»Ein Glück, dass Harold Mortin die Scherben dort gelassen hat«, sagte Morgan, nachdem sich alle wieder beruhigt hatten.

»Er macht sich die Mühe, die Scherben einzusammeln und den Rest zu inszenieren, aber lässt dann Beweismaterial vor Ort?« Ruby tippte sich an die Stirn. »Das war kein Glück, sondern total dämlich von ihm.«

Cassidy zog sich Handschuhe über und steckte die Vase und die restlichen Scherben in eine Plastiktüte. »Klassische Affekthandlung. Nicht wirklich durchdacht. Er wollte dann einfach nur noch raus aus dem Haus und hat sich keinerlei Gedanken dazu gemacht, was mit dem Müll passieren wird. Oder sicherlich auch nicht damit gerechnet, dass jemand sich den noch mal genauer angucken würde.« Sie ging zur Tür und nickte den Zwillingen zu. »Wir sehen uns.«

Ruby öffnete den Mund, doch Cassidy hatte die Tür schon hinter sich zugezogen. Das war jetzt nicht der Abschied gewesen, den Ruby sich vorgestellt hatte. Aber vielleicht gehörte Cassidy zu den Menschen, die es bei Verabschiedungen wie mit Pflastern hielten: Abreißen und weg.

Morgan strich Ruby über den Rücken, bevor sie mit dem Wasserkocher hantierte. »Danke für mein Geschenk.«

»Das nie fertig geworden ist und du auch nie erhalten wirst?«

»Der Gedanke zählt.« Morgan kramte im Hängeschrank umher. »Ich hab keinen Tee mehr.«

»Was? Quatsch.«

»Ehrlich. Lass uns zu Ryder gehen«, schlug Morgan vor.

Ruby beobachtete sie dabei, wie sie zwei Tassen im Schrank wieder geraderückte, nachdem sie eine weitere herausgenommen hatte. Morgan sah entspannt aus, und Ruby bedauerte es für einen Moment, dass sie ihren Flug vorverlegt hatte.

»Ich wollte mich ohnehin noch von ihm verabschieden, bevor ich zurückfliege. Einen Moment.« Ruby nahm das Glas mit Guppie Goldberg und öffnete die Hintertür.

»Ich dachte, der Teich ist noch nicht fertig?«, rief Morgan hinter ihr her.

»Ist er auch nicht, Guppie und ich sind gleich wieder zurück.«

Am Teich ging Ruby in die Hocke und stellte das Glas auf den Boden. Guppie Goldberg hielt inne beim Schwimmen, und Ruby bildete sich ein, dass der Fisch einen Blick auf den Teich warf, bevor er seine Runden im Glas wieder aufnahm.

»Du wirst es hier gut haben. Und keine Sorge, Morgan sagt zwar immer, sie hat es nicht so mit Tieren, aber sie kümmert sich wirklich um jeden. Und Stanley hat versprochen, er bringt dir neue Freunde.« Ruby sah von dem Glas über den Teich hinauf zur Bergkette. Die Wolken hingen heute tief, die Twin Peaks Gipfel waren gar nicht zu erkennen. Sie fragte sich, wie es hier wohl im Hochsommer aussah. Ob es da immer noch vereinzelt Schnee in den höheren Lagen geben würde? Und wie farbenprächtig wohl der Herbst wäre? An den Winter wollte sie lieber nicht denken. Jedes Mal, wenn in New York Schnee fiel, brach Chaos aus, Ruby hasste daher Schnee.

»Es ist gut, seinen Horizont zu erweitern. Neue Dinge auszuprobieren, neue Orte und Menschen kennenzulernen«, sagte Ruby zu Guppie Goldberg. Sie umschlang ihre Beine und wiegte zusammengekauert wie eine Kugel leicht vor und zurück. Ihr Leben war in New York. Sie war nicht wie Guppie Goldberg in einem kleinen Glaspalast gefangen, von dem aus man immer auf das Leben anderer starrte. Sie hatte Kontakt mit anderen, erlebte das echte Leben in der Stadt, die niemals schlief. Sie war nicht einsam wie der Fisch.

Abrupt stand sie wieder auf und brachte Guppie Goldberg zurück in die Küche, in der Morgan auf sie wartete. Ruby nahm ihren Koffer und schaute sich ein letztes Mal in der picobello aufgeräumten Küche um.

»Gib zu, dir wird mein sauberes Haus fehlen.« Morgan lächelte.

»Niemals.« Ruby grinste und drückte ihr einen Kuss auf die Wange.

»Der Bus fährt um zehn, oder?«, vergewisserte sich Morgan.

»Ja. Genügend Zeit für deinen Tee und meinen Kaffee.«

Vorm Bond drängte Morgan sich vor Ruby, riss die Tür weit auf, trat zur Seite und breitete die Arme aus. »Tada!«

Aus dem Innern kamen Jubelrufe. Ruby erkannte Walter auf seinem Lieblingsplatz. Neben ihm standen Cassidy, Becca und Stanley. Donna saß an einem Tisch zusammen mit Cash, und Ryder und Elodie standen hinter der Theke.

»Was ist denn hier los?« Ruby sah von einem zum anderen.

Morgan schob sie in den Coffeeshop und zog die Tür hinter ihnen zu. »Wir müssen dich doch vernünftig verabschieden.«

Ruby schluckte. Ihr Hals fühlte sich so geschwollen an, als wenn sie einen Tennisball verschluckt hätte.

Ryder kam hinter dem Tresen mit einer Flasche hervor. »Hat leider etwas länger gedauert, bis die Bestellung geliefert wurde. Und du warst am Dienstag so schnell wieder verschwunden.«

Rubys Augen weiteten sich, als sie erkannte, dass es sich um Agavensirup handelte. »Hast du den extra für mich besorgt?«

Stanley hob seine Tasse. »Können wir jetzt endlich mal anstoßen?«

Elodie kam aus der Küche und drückte Ruby ein Glas in die Hand. »Latte macchiato mit Hafermilch, Agavensirup und Zimt.«

»Klingt wie eine professionelle Barista«, sagte Morgan.

Ruby starrte Elodie an. Diese lächelte sie an und nahm sich dann eine Kaffeetasse vom Tresen. Ruby sog das frische Kaffeearoma ein. Unglaublich, es roch tatsächlich wie ihr geliebter Latte macchiato. Sie konnte ihre Augen immer noch nicht von Elodie lösen, die heute auch viel entspannter aussah als am Dienstag. Vielleicht hatte Walter recht gehabt, und sie war an dem Abend einfach nur überfordert gewesen. Was auch immer es gewesen war, ihre schlechte Laune hatte offenbar nichts mit Ruby zu tun gehabt. Aber wie so oft hatte Ruby es sofort auf sich bezogen.

Dann rief Stanley: »Auf Big Apple!«

»Auf Ruby«, schallten die Stimmen zurück.

Nacheinander stieß Ruby mit den Kaffeebechern und Teetassen der anderen an. »Aber ich hab doch gar nichts getan.«

»Von dem, was ich gehört hab, hast du dich todesmutig einem Mörder gestellt und so Gradys Tod aufgeklärt.« Cash war an sie herangetreten.

Morgan räusperte sich. »Also, ganz allein war Ruby das ja nicht. Cassidy hat mit ihren Kollegen ja auch …«

»Ruby hat uns wertvolle Hinweise geliefert«, fiel Cassidy ihr ins Wort. »Sie war uns nur einen kleinen Schritt voraus.«

»Der kleine Schritt, der sie beinah auch das Leben gekostet hätte.« Morgan schüttelte sich.

Cassidy winkte ab. »Jetzt mal nicht den Teufel an die Wand. Ist doch alles prima.«

»Wirst du darüber in der New York Gazette berichten?«, wollte Donna wissen.

»Mach doch so ein Hördings draus, wie heißt das noch?«, grübelte Walter laut.

»Du meinst einen Podcast? Wusstet ihr, dass ›pod‹ für ›playable on demand‹ steht und das ›cast‹ vom Rundfunkbegriff ›broadcast‹ kommt?« Becca schritt mit ihrem Kaffeebecher auf und ab wie ein Dozent in der Vorlesung.

»Dann könnte ich jederzeit«, Cash zog das Wort in die Länge wie ein Bonbonmacher die Toffeemasse, »deine sexy Stimme hören.«

»Aller Anfang ist tödlich – Ruby Rock ermittelt«, quäkte Morgan mit übertrieben hoher Stimme. »Das findest du sexy?«

Ruby lachte erleichtert auf. Cashs unverhohlene Flirterei vor allen anderen, vor allem vor Ryder, war ihr unangenehm.

»Was ist jetzt mit dem versprochenen Frühstück?«, mischte Stanley sich ein. »Ich hab Hunger.«

»Alles schon vorbereitet. Moment.« Ryder verschwand mit Elodie in der Küche.

Morgan legte eine Hand auf Rubys Schulter. »Überraschung gelungen?«

»Total.« Ruby fuhr sich mit der Hand über die Nase, um das Kribbeln zu vertreiben. »Ich dachte, die sind alle froh, wenn ich wieder verschwunden bin.«

»Blödsinn.« Morgan umarmte sie. »Ich werd dich vermissen. Besuch mich bald mal wieder, okay?«

Ruby schniefte. »Logisch. Ich muss doch schauen, ob du dich auch gut um Guppie Goldberg kümmerst.«

Lachend lösten sie sich voneinander. Ryder und Elodie trugen eine große Platte mit Essen aus der Küche nach vorn und stellten diese auf einem der Tische ab.

»Das ist noch nicht alles!«, rief Elodie, und beide verschwanden erneut kurz nach hinten, bevor sie mit einer zweiten Platte folgten.

Süßlicher Duft zog durch den Raum. Ruby schnupperte. »Das riecht wie frische Zimtschnecken.«

»Du hast gesagt, mit der Kombi startest du morgens am besten durch.« Ryder stellte sich neben sie. »Greif zu.«

Ruby fiel ihm um den Hals und drückte ihm spontan einen Kuss auf die Wange. Erschrocken über ihre eigene Reaktion, wich sie von ihm zurück. Sie hatte das Gefühl, ein Airbag würde jeden Moment in ihrem Oberkörper explodieren, so voller warmer Gefühle war sie.

Ryder lächelte sie an, sagte aber nichts, sondern zog sie zu dem mittlerweile von Elodie aufgebauten Buffet. Rubys Augen weiteten sich, als sie Berge von Pfannkuchen, Bagels, Scones, Muffins, Toast, Rühreier und Speck auf den beiden Tischen sah.

»Wo habt ihr denn das alles her?«, wollte sie wissen.

»Das hat Ryder alles selbst gemacht.« Elodie streckte ihren Rücken durch und zeigte mit dem Daumen auf sich. »Ich musste ihm allerdings helfen, sonst hätte er das gar nicht alles geschafft.«

Ruby wandte sich Ryder zu. »Du hast das alles gezaubert?«

Dieser hob die Schultern.

»Aber woher ...« Ruby fehlten die Worte.

»Das ist doch Kinderkacke für ihn. Er war doch beim CIA«, dröhnte Stanleys Stimme durch den Raum.

Ruby runzelte die Stirn.

»CIA – Culinary Institute of America.« Ryder stellte den Bagelkorb näher ans Rührei.

»Und ich dachte, du warst mal Spion!« Ruby schlug die Hände vors Gesicht.

Ryder lächelte. »War nett, mal für einen Agenten gehalten zu werden.«

In diesem Moment war Ruby sich sicher, dass Ryder, auch ohne Agentenvergangenheit, eine Geschichte wert war. Und wer weiß, vielleicht könnte sie eines Tages einen Artikel über ihn schreiben, der ganz anders war, als sie erwartet hatte.

Sie knuffte ihm an den Oberarm. »Deshalb hast du deinen Laden The Bond genannt. Damit deine weiblichen Gäste dich anschmachten können.«

»Mensch, Big Apple!« Stanley drängte sich neben sie und füllte Rührei auf seinen Teller. »Das Haus liegt an der Bond Street.«

Ryder machte ein kleinlautes Gesicht. »Mir ist nichts besseres eingefallen.«

Ruby biss sich auf die Unterlippe. Auf dem Weg von Naansense nach Hause war sie der Bond Street sogar zu Fuß von der kleinen Innenstadt bis vor Morgans Haustür gefolgt. Aber die Verbindung zum Coffeeshop war ihr nie aufgefallen. Um ihre Verlegenheit zu überspielen, zeigte sie auf Morgan. »Ihr Straßenname ist Highway 34.«

»Bei den Straßen, die aus dem Ort rausführen, müssen die im Rathaus ja irgendwo eine Grenze ziehen.« Stanley legte sich ein Toast neben sein Rührei. »Ryder hat noch die Bond Street abbekommen, die Helfe-Elfe halt die Highway-Adresse.«

Wieso hatte Ryder eigentlich keinen Spitznamen? Bevor Ruby nachfragen konnte, hatte Stanley sich schon an einen Tisch gesetzt und Morgan kam mit einem Muffin auf sie zu. »Ryder, der ist himmlisch. Und du solltest endlich was essen, sonst fährt der Bus noch ohne dich ab.« Sie drückte Ruby einen Teller in die Hand und zog sie zum Anfang des Buffets.

Bei all der Auswahl konnte Ruby sich zunächst gar nicht entscheiden. Aber dann entschied sie, einfach ordentlich zuzugreifen. Schließlich stand ihr ein langer Tag bevor. Und wer wusste schon, wie gut das Essen im Flugzeug sein würde?

Neben einer Zimtschnecke lud sie sich den Teller mit Pancakes und Rührei voll und setzte sich an die improvisierte Tafel, die Ryder und Elodie aus zwei großen Tischen zusammengestellt hatten. Als zwischendurch jemand an die Tür klopfte, ging Elodie hin und streckte den Kopf durch den Spalt: »Geschlossene Gesellschaft. Wir sind ab 12 Uhr wieder für euch da.«

»Find's schade, dass du uns wieder verlassen wirst.« Walter setzte sich mit seiner Kaffeetasse zu Ruby.

Sie hob die Schultern. »Ich muss halt wieder nach Hause.«

»Für mich ist zu Hause dort, wo meine Familie ist.«

Ruby sah zu Morgan hinüber. »Es ist besser, wenn ein wenig Abstand zwischen uns ist. Wir sind einfach zu verschieden.«

Walter war ihrem Blick gefolgt. »Seid ihr das wirklich? Oder habt ihr euch dazu gemacht?«

»Wie meinst du das?« Ruby biss von ihrer Zimtschnecke ab. Der Hefeteig war herrlich fluffig.

»Es muss schwer sein, seine Individualität zu finden, wenn jemand immer neben einem steht, der genauso aussieht wie man selbst.«

In Rubys Mund entfaltete sich eine buttrige Zucker-Zimt-Geschmacksexplosion, während sie sich Walters Worte ebenfalls auf der Zunge zergehen ließ. So exakt hatte noch niemand ihr Problem auf den Punkt gebracht. Und schon gar nicht hatte sie diese tiefsinnige Einsicht von dem alten Walter erwartet. In der Regel waren alle immer begeistert darüber, wenn sie feststellten, dass Morgan und sie eineiige Zwillinge waren, und betonten immer, wie gleich sie wären. Ohne zu wissen oder auch nur zu ahnen, dass es nervtötend war, wenn man immer nur als die perfekte Kopie des anderen gesehen wurde.

»Vielleicht unterdrückt man auf der Suche nach der eigenen Persönlichkeit all die Gemeinsamkeiten. Bewusst oder auch unbewusst. Einfach nur, um sich abzugrenzen und auf Teufel komm raus anders zu sein.«

Ruby legte die angebissene Zimtschnecke auf den Teller und tupfte sich mit der Serviette das Frosting ab, das sich neben ihren Mund verirrt hatte. Hatte Walter recht?

»Ich kenne dich noch nicht so lange, aber ebenso wie Morgan ist deine Empathie für andere Menschen sehr groß.« Ruby holte Luft, um etwas zu entgegnen, doch Walter hob die Hand. »Du siehst das vielleicht nicht, aber du schreibst, um Menschen aufzuklären, das Leben anderer, die Gesellschaft zu ändern. Und Morgan wollte Ärztin werden. Sie wollte auch Leben verändern. So wie du.«

Rubys Hals war so eng, als wenn der Hefeteig plötzlich ein zweites Mal in ihr aufgegangen wäre. »Aber Morgan hat das Studium abgebrochen«, quetschte sie hervor.

»Weil sie nicht damit umgehen konnte, wenn sie Menschen nicht helfen konnte. Jetzt hat sie für sich etwas entdeckt, wo sie Menschen helfen kann, ohne an ihren eigenen Gefühlen kaputtzugehen.«

Ruby erinnerte sich an Morgans Aussage, Putzen würde sie glücklich machen, weil es keine langwierige Diagnose, geschweige denn ängstliche Patienten oder sich sorgende Angehörige geben würde. Walter schien den Nagel auf den Kopf getroffen zu haben, nur Ruby hatte nie erkannt, dass Morgan genau aus diesem Grund den Arzttraum für sich beendet hatte.

»Ihr habt beide einen guten Instinkt für andere. Eine Intuition, die euch leitet, eure Antriebskraft durchs Leben. Das ist eure größte Gemeinsamkeit. Zusammen könntet ihr so viel bewegen.« Walter trank den Rest seines Kaffees aus, stand auf und ging zum Buffet.

Ruby biss erneut von ihrer Zimtschnecke ab. Hatten Morgan und sie im Innern tatsächlich die gleiche Motivation, die sie aber individuell im Leben nutzten? Waren all die Unterschiede, die Ruby jahrelang versucht hatte zu kultivieren – angefangen von Äußerlichkeiten wie Haare und Kleidung bis hin zu Aktivitäten und der

Berufs- und Wohnortwahl – tatsächlich nur verzweifelte Versuche gewesen, der Welt zu zeigen, dass sie, Ruby, ein Individuum war?

Erneut bildete sich in ihrem Hals etwas, was das Ausmaß einer Orange locker überstieg. Ihr Herz schlug schneller, und ihr Brustkorb wurde warm. Ruby blinzelte aufsteigende Tränen weg. Ihr schoss durch den Kopf, was Walter ihr gesagt hatte, als sie durchnässt im Pub gesessen und sich über Morgan beschwert hatte, weil sie sich ständig in ihr Leben einmischte: »Man übertreibt es oft mit der Fürsorge bei den Menschen, die einem am meisten am Herzen liegen.«

Eine einzelne Träne löste sich jetzt doch aus dem Augenwinkel, und Ruby wischte sie weg. Sie ließ ihren Blick über die Anwesenden schweifen.

Selten hatte sie sich so wohlgefühlt wie hier und jetzt. Diese Menschen, die sie abgesehen von Morgan bis vor Kurzem noch nicht gekannt hatte, hatten sie schneller ins Herz geschlossen als der Barista in ihrem Lieblingscoffeeshop in New York. Der schüttete nach über vier Jahren immer noch Zucker in ihren Latte macchiato, wenn sie ihn nicht jeden Morgen daran erinnerte, es nicht zu tun.

»Möchtest du noch einen?« Ryder war neben ihrem Tisch aufgetaucht und deutete auf ihr leeres Glas.

Sie nickte. Dann fiel ihr Blick auf die Uhr über dem Küchendurchgang. Sie fuhr hoch. »Mist! Der Bus!«

»Oh verflixt!« Morgans Teller klirrte, als sie ihn auf dem Tresen abstellte.

Cassidy sprang auf. »Wir nehmen mein Auto, mit Blaulicht können wir den Bus vielleicht noch einholen.«

Rubys Blick wanderte durch den Coffeeshop, vom Anschlagbrett mit den Treffen der kuriosesten Vereine, über die heimelig wirkende Einrichtung bis hin zu den einzelnen Personen:

Becca, die Donna gerade wieder eine Kostprobe ihres Wortschatzwissens gab;

Donna, deren Fuß währenddessen unterm Tisch den Beat des Rocksongs aus dem Radio mitwippte;

Elodie, die auf der Tafel überm Tresen den Walter Spezial ins Angebot schrieb;

Cash, der neben Elodies Tritt stand, um sie ›im Notfall‹ aufzufangen;

Stanley, der ihr mit seiner ruppigen Art geholfen hatte, Guppie Goldberg ein neues Zuhause zu verschaffen;

Cassidy, die Ruby als ebenbürtige Ermittlerin anerkannt hatte;

Walter, der ihr eben auf den Kopf zugesagt hatte, wofür sie in New York vermutlich jahrelang einen Psychiater hätte bemühen müssen;

Ryder, der sie nicht nur mit ihrem geliebten Latte versorgt hatte, sondern ihr auch den Rücken gestärkt und von Anfang an an sie geglaubt hatte;

und natürlich Morgan. Ihre große Schwester, die sich wie immer um sie gesorgt hatte, sie mit ihrer Ordnungsliebe zur Weißglut trieb und immer noch versuchte, das letzte Wort zu haben. Die mit dem gleichen Feuer durchs Leben lief wie sie selbst und versuchte, das Leben anderer positiv zu beeinflussen – egal, ob die es wollten oder nicht. Und mit lauter anderen Macken, die sie genau zu dem Menschen machte, den Ruby mehr als jeden anderen auf der Welt liebte.

Cassidy knuffte Ruby in die Seite. »Los, komm!«

Sie spürte Morgans Hand auf ihrer Schulter und drehte sich zu ihr um. Wie in einen Spiegel schauend blickte sie in die traurigen Augen ihres Zwillings. »So hatte ich mir den Abschied nicht vorgestellt, aber du solltest jetzt wirklich gehen.«

Die Wolkendecke brach auf, ein schmaler Sonnenstrahl fiel durch die Fenster ins Bond. Sie sah hinter Morgan in die Gesichter der anderen: Überraschung, Bedauern und Bedrücktheit waren darin zu lesen.

Morgan umarmte sie. »Pass auf dich auf.«

Ruby drückte sie einmal fest und löste sich dann von ihr.

»Schade, dass du uns schon verlässt.« Ryder hatte sich neben Morgan gestellt. Seine Arme wirkten ein wenig unbeholfen, als wenn er sich nicht sicher war, ob er sie umarmen dürfte oder nicht.

»Tu ich nicht. Ich bin doch gerade erst angekommen.« Ruby ging unter den verwirrten Blicken der anderen zurück zum Buffet. »Und ich werd mir dieses tolle Frühstück doch nicht entgehen lassen. Ich kann auch morgen noch zurückfliegen. Oder später.« Sie suchte nach Morgans Blick. Ihre Schwester lächelte sie so herzlich an, dass Rubys Herz zu platzen drohte. Ruby deutete auf die Fensterstreifen, die man durch das Sonnenlicht erkennen konnte. »Ryder, ich hätte morgen Zeit, deine Fenster zu putzen. Für 100 Dollar poliere ich dir auch noch die Theke.«

Alle brachen in lautes Lachen aus, und Morgan umarmte Ruby heftig.

Weder New York noch ihre Karriere würden weglaufen, dessen war sich Ruby sicher. Ein paar Tage länger ohne Großstadttrubel, aber dafür mit Menschen, die sie mochte, erschien Ruby als die beste Idee, die sie seit Langem gehabt hatte.

Danksagung

Liebe Leserinnen und Leser,
ich hatte schon länger den Wunsch, eine neue Krimiserie mit den Rocky Mountains als Setting zu schreiben. Doch woher die Idee mit den Zwillingen kam, weiß ich bis heute nicht.

Meine Lektorin Britta war sofort begeistert von meiner Idee und hat mit ihrem Enthusiasmus dazu beigetragen, dass aus einer vagen Vorstellung erst ein Exposé mit Leseprobe und dann ein komplettes Manuskript wurde.

Nachdem sich sowohl Louise als auch Melanie die Zeit zum kritischen Testlesen genommen hatten, hat Stephanie von dp dafür gesorgt, dass ihr jetzt den Auftakt zu dieser neuen Serie in der Hand halten könnt. Doch nicht nur ihnen gilt ein großes Dankeschön, sondern auch Rick, dem Polizeichef aus Estes Park in Colorado, der mir viele Fragen beantwortet hat, sowie Chris und Sophia, deren Umarmungen einfach die beste Unterstützung sind.

Und natürlich auch ein herzlicher Dank an euch Leserinnen und Leser. Ohne euch als Publikum würde das Schreiben nur halb so viel Spaß machen.

Wenn euch das Buch gefallen hat, würde ich mich sehr über eine Bewertung oder eine kurze Rezension in Online-Shops, Buchforen oder Blogs freuen. Teilt mir und anderen mit, was euch besonders gefallen hat und was vielleicht weniger. Jedes Feedback hilft einem Autor. Vielen Dank im Voraus!

Wenn ihr wissen wollt, wie es mit den Rock Sisters weitergehen wird oder welche Geschichten noch an meinem Schreibtisch entstehen, folgt mir auf Instagram (danibaker.autorin) oder besucht hin und wieder meine Homepage (www.danibakerbooks.com). Dort könnt ihr euch auch für meinen Newsletter anmelden. Dieser informiert euch über aktuelle Veröffentlichungen.

Ich wünsche euch jederzeit genügend Lesestoff,
Eure Dani Baker